茨の墓標

警視庁文書捜査官

麻見和史

角川文庫
22589

目次

第一章　四行詩

1

社有車から降りて、結城《ゆうき》光朗《みつろう》はひとつ息をついた。

ここは東京都小《こ》金井《がねい》市にある住宅街の一画だ。戸建て住宅の多い区域で、都心部に比べると、どの家も比較的ゆったりした敷地を持っている。築四、五十年ほどの家があるかと思えば、最近建ったばかりのきれいな家もあった。

腕時計に目をやった。九月十九日、午前九時五分。場所は間違っていないかと、念のためメモ帳を開いてみた。番地まで詳しく確認して、問題ないことがわかった。

通りの向こうから、賑《にぎ》やかな子供たちの声が聞こえてきた。大きな台車のようなものに、帽子をかぶった子供たちが五、六人乗せられている。保育士らしい女性ふたりが台車を押して歩いていた。保育園児たちを散歩させている最中なのだろう。

一行はゆっくりとこちらにやってきた。

結城は顔をほころばせた。結城の長男は先日三歳になったばかりだ。今は妻が家で育児をしているが、いずれ保育園か幼稚園に入れなければならない。近くの園がいいと思っているが、希望が通るかどうかわからず、情報を集めているところだった。

子供好きな人物だと思ったのだろう、保育士ふたりが「こんにちは」と声をかけてきた。

「お散歩ですか。いいですね」結城はにこやかに会釈をする。

結城が着ている作業服が珍しいのか、子供たちはまばたきもせず、こちらをじっと見ていた。結城が軽く右手を振ると、何人かが手を振り返してきた。

可愛い手だな、と思った。息子の手もそうだ。大人と比べると本当に小さくて頼りない。しかし彼らはいつも力いっぱい、その手を動かしている。

子供たちは交差点のほうへ去っていった。

さて、とつぶやいて結城は仕事に取りかかることにした。

目の前には老朽化した民家がある。周りの家が築四、五十年だとすると、それよりさらに十年か二十年古いかもしれない。もともと白かったであろう壁は黄土色に変色し、あちこちにひび割れが見える。一階も二階も雨戸が閉まっているが、建て付けが悪いのか、斜めに傾いているところがあった。

手袋を嵌《は》めて門扉を開ける。ぎー、ぎ、ぎ、と耳障りな音がした。表面の塗料がぱらぱらと剝《は》がれ、手袋に赤錆《あかさび》が付いた。

結城は建設会社に勤めている。来月からこの家の取り壊しが始まるため、今日は事前の確認に訪れたのだ。工事車両の出入りが可能か、資材などの仮置き場は確保できるか、そういったことを調べるのが目的だった。

図面とデジタルカメラを手にして敷地に入っていった。敷地の東側にある前庭には、木箱や段ボール箱のほか、壊れた炊飯器などが転がっている。廃屋だと知って、誰かが捨てていったのだろう。まったくマナーの悪いことだ。

玄関の左側には目隠し代わりの立木があった。この木のせいで、南側の庭は道路から見えにくくなっている。

結城は前庭を調べ始めた。ずいぶん長いこと放置されているようで、どこも雑草だらけだ。

図面を見ながら進んでいく。ガス管や水道管などの位置を確認したあと、南の庭へと回った。そこはさらにひどい状態だった。三、四十センチほどの高さまで草が生えていて、歩くのにも苦労しそうだ。

解体作業をする前に、一部だけでも草刈りが必要になるかもしれない。あとで車に戻ったら、タブレット端末で作業日程を調整しなければならないだろう。

草を掻《か》き分けながら進んでいくうち、おや、と思った。

庭の中に、なぜか雑草が倒れている一角がある。近づいてみると、その辺りだけ一度抜いた草を重ねてあるように見えた。

誰かが忍び込んで、いたずらしたのだろうか。もしかしたら、近所の子供がおもちゃでも隠していったのか。

結城は慎重に、その一角に近づいていった。

しゃがみ込んで、倒れている草を取りのけていく。そうするうち、何か妙な気配を感じた。草の下から現れた地面は、最近掘り返されたように軟らかくなっている。

徐々に作業の手が早くなった。ここでどんなことが起こったのか、気になって仕方がない。しまいには何かに取り憑《つ》かれたかのように、夢中になって草をよけていった。

やがて指先が何かにぶつかった。石だろうか。いや、そんなに硬いものではなかった。背中に汗が伝うのを感じながら、結城は雑草の束を払いのけた。

そこに信じられないものがあった。

青白い皮膚に、ごつごつした指。わずかに曲がった関節。人間の右手だ。

何かをつかもうとするような形で、五本の指はそこにあった。手首から下は、土の中に埋まっていて見えない。

背後で、がた、と音がした。驚いて結城は振り返った。

段ボール箱の上に猫がいた。野良だろうか。猫はまばたきもせず、こちらを凝視している。おまえ、そこで何をしているのだ、と言いたげな顔で結城を観察している。

我に返り、結城は大きく首を横に振った。自分が見つけたものは子供のおもちゃなどではなかった。人間の手だ。そして、地面の下には肘《ひじ》や肩、頭、体などが埋まっているに違いない。

全身が細かく震えだした。

唐突に、先ほど見た保育園児たちが頭に浮かんだ。続いて、息子のことを思い出した。もみじのような小さな手は、子供たちの可愛らしさを象徴していた。それに比べてこの右手は、なんとグロテスクなのだろう。

風が吹いてきた。まだ夏の気配が残る庭で、雑草がさわさわと音を立てる。

突然、猫が気味の悪い声で鳴いた。

弾《はじ》かれたように立ち上がり、結城はポケットから携帯電話を取り出した。

2

今年の夏は暑かった。夏がこれほど厳しい季節だと感じたのは久しぶりだ。

それというのも、すべて「元資料保管室」の古めかしい設備のせいだった。九月も半ばを過ぎてようやく暑さが和らいできたが、八月中の不快指数は相当なものだった。

備品のリストを手にして、矢代朋彦《やしろともひこ》はぼやいた。

「これ、どうして早く修理してくれないんですかね」

「え……。何ですか？」

紺色のパンツスーツを着た女性が、手元の書類から顔を上げた。ボブにした髪に緩いウェーブをかけている。警察官らしく化粧は控えめだが、整った容《よう》貌《ぼう》はタレントのようだ。

彼女は椅子から腰を浮かせた。机の上に本や文書の山があるため、立ち上がらないと矢代が見えないのだ。

「エアコンですよ」矢代は言った。「温度設定を低くしても、なんだか風がぬるいでしょう。おかげで仕事の効率が上がらなくて」

「ああ、たしかにあまり涼しくありませんでしたね。修理してもらえるか、相談してみたんですけど……」

鳴海《なるみ》理沙《りさ》警部補は矢代のそばにやってきた。

理沙は矢代の四つ下の三十三歳だ。しかし巡査部長の矢代より階級が上なので、彼女がこの部署のリーダーを務めている。

整った顔立ちをした理沙は、警視庁内の男性職員たちに注目されているという。だが彼らは知らないのだ。理沙が文書マニアで文字フェチだということを。一度何かを読み始めると、彼女は周りのことがまったく目に入らなくなってしまう。

「調子が悪いんでしょうね」理沙は怪《け》訝《げん》そうな顔でエアコンを見上げた。「なぜかこの部屋は全館空調から取り残されているんですよ。だから古いエアコンを使っているわけで……」

「元資料保管室だったのは知ってますが、なんで全館空調が届いてないんですか」

「そう、問題はそこです」理沙は深くうなずいた。「私も気になっていました。たとえば国会図書館の書庫なら、温度二十二度、湿度五十五パーセントを維持すると決まっています。この部屋の頼りないエアコンでは、とうていそこまでの温度、湿度管理は望めません」

「不思議ですよね。資料保管室には大事な書類が保管されていたんでしょう？」

「上の人たちがあまり大事に思っていなかったのかもしれません。経費節減を最優先にして、所詮《しょせん》は倉庫だからと甘く見ていたんでしょう。そんな調子では、紙がどんどん劣化してしまうのに……」

矢代はリモコンを手にして、いくつかのボタンを押してみた。風の強弱は変わるのだが、温度にはあまり変化がない。

「書類は文句を言いませんが、我々は人間ですからね」矢代は諦《あきら》めてリモコンを机に置いた。「環境が悪いと仕事に差し支えます。特に俺は、あれを運んだりするわけですから」

言いながら矢代は顎《あご》をしゃくった。部屋の大部分はスチールラックで占められていて、書類を詰めた段ボール箱がぎっしり並んでいる。そのほか、まだ整理できていない箱が、床の上に数十個積まれていた。捜査一課のメンバーが次々書類を持ってくるものだから、分類作業が追いつかないのだ。

「夏の盛りにはかなり汗をかきましたよ。ここが自分の家だったら、服を脱いで作業したいぐらいでした。下着一枚なら、まあ我慢できるかなと……」

「ちょっと矢代さん、セクハラはやめてください」

理沙が真面目な顔で言うので、矢代は口を尖《とが》らせた。

「え？　今のはセクハラじゃないでしょう。自宅だったらそうするという、仮定の話ですから」

「いろいろ想像してしまったんですよ。美しくないものを」

「勝手に想像しておいて『美しくない』とか言わないでください」

「……まあ、たしかにそうですね。私、なんでそんな想像をしてしまったんだろう」

自分で言っておきながら、理沙は首をかしげている。

彼女があまりにも真剣に考え込んでいるので、矢代は少し戸惑った。

「そんなに気になさらなくてもいいですよ」

「いえ、大いに気になります。なぜ私は急に美しくないものを想起したのか。普段の私なら、そんなことはありません。何かきっかけがあったはずなんです」

そこへドアが開いて、背の高い女性が入ってきた。身長は百七十九・八センチ、髪を短く整えた夏目《なつめ》静香《しずか》巡査だ。

彼女は大判の封筒を手にして、ひょいひょいとこちらへやってきた。段ボール箱を巧みによける様子は、障害物競走をする学生のようだ。剣道を長くやっていたせいで、彼女は運動全般に強い。

「ただいま戻りました。先ほど連絡があった件、殺人班から書類を預かってきました」

背筋を伸ばし、はきはきと夏目は報告する。

「お疲れさん」矢代は彼女に声をかけた。「いったい何を調べろって？」

「先月から捜査している事件で、被疑者のメモが出てきたそうです。至急というわけじゃないんですが、時間があれば見ておいてほしい、とのことです」

「時間があれば、なんて言われたら絶対後回しにするよな。向こうがそう言ったのなら、まあ、あまり重要じゃない事案ということだ」

「私が預かっておきましょう」

理沙は夏目から封筒を受け取り、中から資料を取り出した。ざっと目を通しているようだ。

自分の席に戻りながら、夏目は矢代に尋ねてきた。

「先輩、さっき何の話をしていたんですか？」

「エアコンの調子が悪いってところから、美しくないものの話になった」

「へ？」夏目はまばたきをする。

「じつはだな……」

矢代が先ほどのことを説明していると、突然、理沙が大きな声を出した。

「ああっ、プライミング効果だ！」

彼女は頭を抱えながら、ひとり机に突っ伏した。「どうしたんですか」と矢代が問いかけると、理沙は顔を上げ、眉《まゆ》をひそめて喋《しゃべ》りだした。

「プライミング効果というのを覚えていますか。以前、説明しましたよね」

「たしか……何かの問題を出して答えさせるとき、事前に情報を与えておくと、筆記者を誘導できるとかなんとか」

前に聞いた例はこうだ。『食卓にある白い食べ物』を『ひらがな三文字』で答えさせるとき、あらかじめ『ネギ』『ショウガ』『醤油《しょうゆ》』などの話をしておくと、筆記者は『とうふ』と答える確率が高くなる。別のヒントを与えれば『ごはん』という答えに誘導することも可能、ということだった。クイズのようにも思えるが、心理学ではプライミング効果と呼ぶのだそうだ。

「そのプライミング効果がどうしたんです？」

「これですよ」

理沙は机の引き出しから小冊子を取り出した。小説の単行本ほどのサイズだが、それよりかなり薄い。せいぜい三、四十ページというところだろうか。

表紙を見ると、あまりうまくないイラストとともに『異世界蛮勇大戦～愛の兆し～』というタイトルが印刷されていた。

「まさかそれは……薄い本？」

「漫画ではなくて小説ですけどね」

「その表紙、寄り添っているのは男性同士ですよね。いわゆるボーイズラブ的な何かでは……」

　そこまで言って矢代ははっとした。夏目のほうを向いて、強い調子で尋ねる。

「夏目が作った同人誌か！　いつだったか話していたよな。プロットを作って鳴海主任に見せているとか」

「そのとおりです」夏目はなぜか誇らしげな顔で答えた。「あれから執筆に取りかかって、苦労の末ようやく完成しました。そして先月、国際展示場の『例のイベント』に参戦してきたのです」

「例のイベントってあれか、マニアが大勢集まって、紙袋いっぱいの同人誌を買って帰るやつか」

「はい、ご名答」夏目はにやりとする。

「ご名答じゃないよ。公務員がそんなことしていいのか？」

　ああ、それはですね、と理沙が口を挟んできた。

「彼女の場合、秘密保持その他の条件は守っていますし、営利活動ではありません。そうですよね、夏目さん。何冊売れたんでしたっけ？」

「……七冊です」肩をすぼめて夏目は答えた。「五十冊も用意したのに、さんざんな初陣でした」

「それはまあ、なんというか、気の毒だったな」と矢代。

夏目は口をへの字に曲げていたが、じきに気を取り直した様子で胸を張った。

「だいたい、おかしいんですよね。鳴海主任も面白いと言ってくれたんですよ。矢代先輩も読めば絶対わかるはず……」

そこまで言いかけて、夏目は急に首を振った。

「あ、いえ、駄目です。矢代先輩は読まなくていいです」

「どうしてだ。何か話がおかしいな。イベントがあったのはお盆のころだろう？　なんで俺には本を見せてくれなかったんだ」

「世の中には、知らないほうが幸せなこともありまして……」

「いったい何を言ってるんだ」

理沙から本を受け取って、矢代はぱらぱらとページをめくってみた。挿絵の入っている部分に目を留める。本文を読んで仰天した。

「おい、なんだこのシーンは！」

「それは……美しい愛の交歓であります」

「自由連合のヤーシロンって俺のことだよな。なんでこんな目に遭ってるんだ？」

「違います。本書はフィクションであり、登場する地名、人名、団体名などすべて架空のもので、現実のものとは一切関係ありません」

「それは建前だろう。なあ、こんなものを売らないでくれよ……」

頭が痛くなってきた。前に話を聞いたときは「お人好《よ》しの下士官」という設定までしか知らなかったのだ。まさか、これほど露骨な描写があるとは思わなかった。

「他人の趣味に口を出すつもりはないけどさ、俺は男同士の絡みは好きじゃないよ。ヤーシロンなんて書かれたら、自分のことみたいに思える」

「そう！　そこです」

理沙が椅子から立ち上がった。彼女は矢代の顔をじっと見つめる。

「今朝、始業前にこれを読み返したせいで、私の頭に強いイメージが植え付けられてしまったんです。そこへ、矢代さんが裸の話なんかするから」

「裸とは言ってません。下着一枚と言っただけで……」

「ですからね、そこで私は美しくないものを想像してしまったんです。事前にインプットされていたヤーシロンの姿が、しっかり記憶に残っていたわけです。見事なプライミング効果の実験でしたね」

「見事じゃないですよ。勘弁してください」

これが警視庁捜査一課の科学捜査係、文書解読班で交わされている会話かと思うと、情けなくなってくる。矢代は理沙たちを睨《にら》んでから、咳払《せきばら》いをした。

「ふたりとも、いい加減にしてください。仕事の士気が下がります。たしかに俺たちは『倉庫番』なんて呼ばれて、文書の整理ばかりやらされていますよ。でも最近は殺人班の仕事を手伝って、力を認められるようになってきました。そうでしょう？」

「おっしゃるとおりです」

神妙な顔をして夏目は答えた。腕組みをしながら矢代は続ける。

「せっかく成果が出てきているんだから、ふざけていないでしっかり仕事をしてください。そうでないと俺の評価まで下がってしまう」

「……結局は自分のことに帰結するんですね」理沙がぼそりと言った。

「いけませんか？　誰にだって承認欲求はあるでしょう。我々は組織の中で生きているんです。上に認められたいという気持ちを持つのは当然です」

「私はそうでもありません。文書さえ読んでいられれば満足ですけど」

「価値を認められなければ、この部署は解体されるかもしれない。鳴海主任が好きな仕事を続けるためには、目に見える実績がなくてはいけないんです。そんなこともわからないなんて、まるで小学生レベルじゃないですか」

「ひどい言われようですね」

理沙は顔をしかめている。何か言いたそうだったが、言葉を呑《の》み込んだようだ。

矢代はもともと所轄の刑事だったが、二年前、念願かなって警視庁本部の捜査一課に異動できた。ところが畑違いの文書解読班に配属されてしまい、腐っていた時期があったのだ。そんな中、殺人班の捜査を手伝って成果を挙げ、周りから期待されるようになったと感じている。今が大事なときなのだ、という意識が強かった。

「いいですか。主任には文章心理学を応用するという強みがあるんです。立派な力があるんだから、他人の評価を気にしなくちゃ駄目です。あなたはただの文字フェチや文書マニアじゃありません。そろそろ、周りにどう見られているかを気にすべきだと思いますよ」

「そうなんですか？　私、毎回役に立てるかどうかわからないんですが……」

「鳴海主任が頭脳となり、俺や夏目が手足となって捜査する。この組み合わせで、今まで事件を解決してきたじゃないですか。自信を持ってください」

　その言葉を聞いて、理沙は夏目のほうを向いた。ふたりは顔を見合わせ、まんざらでもないという表情でうなずき合っている。

　これでいい、と矢代は思った。過去、文書解読班が捜査に貢献できたのは、理沙の力によるところが大きいのだ。今後も活躍を続けるには、捜査に前向きになってもらわなくてはいけない。そのために、少しおだててみたというわけだ。

　――いずれ、このチームが捜査班に昇格するかもしれないし……。

　自分ひとりが殺人班に異動するのではなく、文書解読班というチームで捜査に取り組んでいきたい。それが現在の矢代の気持ちだった。

　背の高い夏目とともに、矢代はエアコンの本体を調べることにした。

　以前より涼しくなってきたから急ぐ必要はないのだが、もし冬場に暖房が効かなければ、また困ることになる。

脚立を持ってきてあれこれ相談していると、ドアが開く音がした。

入ってきたのは、銀縁眼鏡をかけたスーツ姿の男性だ。矢代たちの上司で、科学捜査係の係長、財津《ざいつ》喜延《よしのぶ》だった。

「おまえたち、何をしている？」

脚立に乗った矢代を見て、財津は怪訝《けげん》そうな顔をした。

「エアコンの調子が悪いんですけど、なかなか修理してもらえないので……」

財津は何度かまばたきをした。記憶をたどる様子だったが、何かに気づいたような表情になった。

「……すまん、すっかり忘れていた。俺のところで手続きが止まっている」

「えっ、そうなんですか？」

だからずっと修理をしてもらえなかったのだ。ひどい話だと思ったが、上司を責めるわけにもいかない。仕方がないな、という顔をして矢代たちは黙り込んだ。

「その件はすぐ申請するとして、おまえたちに出動要請が来た」

矢代は表情を引き締め、素早く脚立から下りた。

「事件ですか？」

「小金井市で死体遺棄事件が発生した。廃屋で男性の遺体が見つかったそうだ。胸に刺し傷があるらしい」

「殺しですね……」

「現場で不可解なメモが見つかったという話だ。文書解読班、小金井署に向かってくれ」

要請を受けて出動することには大きな意味がある。おそらく殺人班の面々は、文書解読班に期待してくれているのだろう。

「了解しました」理沙は姿勢を正して答えた。「すぐに出発します」

「おまえたちの力を見せるチャンスだ。しっかり働いてこい」

「もちろんです。どんなメモなのか気になりますね」

理沙の表情が、先ほどまでとはすっかり変わっていた。文字や文書の謎があれば、俄《が》然《ぜん》やる気を見せる人なのだ。

準備を整え、矢代たち三人は警視庁本部庁舎を出た。

3

小金井警察署はＪＲ武蔵小《むさしこ》金井《がねい》駅から車で四、五分の場所にある。

タクシーを降りて、矢代たち三人は署に入っていった。一階にいた職員に特捜本部の場所を聞くと、まだ設置できていないという。刑事課に問い合わせてもらったところ、準備ができるまでしばらくかかるらしい。

どうしようかと考えていると、うしろから声をかけられた。

「なんだ倉庫番、どうした？」

　振り返ると、捜査一課四係の川奈部《かわなべ》孝史《たかし》警部補が立っていた。がっちりした体形で、声が野太いのが特徴だ。矢代が所轄にいたころからの知り合いなのだが、年下の捜査員をからかうようなところがある。

「今日はなんだ？　小金井署の倉庫を掃除するのか」

　またこの人は、と矢代は思った。面倒見のいい先輩なのは間違いない。しかし明るい毒舌家とでもいうべきか、口の悪さが玉に瑕《きず》だった。文書解読班に配属された矢代に「倉庫番」というあだ名をつけたのも彼だ。

　川奈部は夏目を見つけると、右手を軽く上げて挨拶《あいさつ》をした。

「いつもありがとな。子供が喜んでいたよ」

「いえいえ、お安いご用です」

　なにやら親しげな雰囲気だ。ふたりの間に交流があっただろうか、と矢代は考えた。

　そういえば夏目が話していた。以前、富野《とみの》という警察官が失踪《しっそう》する事件があったのだが、その捜査のとき夏目は川奈部と親しくなったのだ。川奈部の子供が『ポケットガーディアン』というアニメに嵌《は》まっていたので、夏目がトレーディングカードをプレゼントしたらしい。そのカードと引き替えに、川奈部は秘密の捜査情報を流してくれたという。

　あれ以降、友好関係は続いているようだった。

　矢代は川奈部に問いかけた。

「今回も、川奈部さんたちが捜査を担当するんですね？」

「ああ。……捜査会議が始まるまで、まだ時間がある。一緒に現場を確認するか？」

「ぜひ見せてください」矢代は理沙のほうを向いた。「いいですか、鳴海主任」

「私からもお願いします」理沙はうなずいた。「現場を見れば、何か気がつくことがあるかもしれません」

矢代、理沙、夏目の三人は川奈部とともに歩きだした。現場は署から徒歩で五分ほどの場所だという。

「ずいぶん近いんですね。犯人はよほど大胆な人間なのかな……」

「どうだろう。署の近くだからといって、夜中に警察官が歩き回っているわけじゃないからな」

住宅街の中に古い民家が見えてきた。あちこち傷んでいて、ひとめで廃屋だとわかった。二階建てだったが、どの雨戸も閉まっている。

近くの路上には覆面パトカーなどの警察車両が停まっていた。門扉の前には黄色い立入禁止テープが張られ、鑑識課員や捜査員が出入りしている。まだ現場の確認が完全には終わっていないのだろう。

「ゴンちゃん、中の様子はどうだい」

川奈部が活動服を着た男性を呼び止めた。鑑識課の主任・権藤《ごんどう》巌《いわお》警部補だ。普段から体を鍛えているそうで、権藤の腕には硬そうな筋肉がついている。見た目はごついが、常に丁寧な対応をしてくれる人だった。

「お疲れさまです。……ああ、文書解読班も臨場ですか。よかった」

「ご無沙汰《ぶさた》しています」理沙は会釈をした。「権藤主任の鑑識なら安心ですね」

「それは恐縮です。現場をご覧になりますよね。ご案内します」

矢代たちは権藤に続いて黄色いテープをくぐり、敷地に入っていった。

玄関に向かうのかと思っていたが違うらしい。権藤は南側の庭に向かった。ずいぶん荒れているようだ。生い茂っていたものを刈り取ったのだろう、あちこちに雑草の山が出来ていた。鑑識課員たちが、かなり念入りに庭を調べたものと思われる。

庭のほぼ中央、建物から一・五メートルほど離れたところに、スコップなどで掘り返した跡があった。ちょうど人ひとりが横たわれるぐらいの広さだ。

「ええとですね、被害者はここに埋められていました。犯人はその上に雑草をかぶせて、わかりにくいよう細工した模様。発見者は建設会社の社員です」

「なぜ気づいたんだろう。庭に不自然な点があったのかな」

川奈部が訊《き》くと、権藤は何度かうなずいた。

「本人によるとですね、草が抜かれたような場所があったと。それを取りのけているうち、右手が見つかったので驚いた、ということでした」

「右手が出ていた？」川奈部は首をかしげた。「埋め損なったんだろうか。それとも犯人が故意にそうしたのか」

「見つけてくれ、ということですかね」矢代は眉《まゆ》をひそめる。

「まだ何とも言えないが……」西洋の墓穴を思わせる窪《くぼ》みのそばに、川奈部はしゃがみ込んだ。「ゴンちゃん、向きはどうだったのかな。頭がこっちかい？」

「そうです。頭が西向き、足は東向きです。仰《あおむ》向けに埋められていました」

「で、右手が土の上に出ていたと……」

　つぶやきながら、川奈部は辺りをぐるりと見回す。南側に隣接している四角い建物に注目したようだ。

「南隣は工場なのかな」

「あれはですね、水道工事会社の資材を収めた倉庫です。夜は誰もいなくなってしまいます。……西隣は空き家になっています。東側には立木があって、外からこの庭は見えにくくなっています」

「うまい場所を見つけたもんだな」

　川奈部は南側のブロック塀に近づいていった。身を乗り出して、塀の向こうを確認している。

　ところで、と理沙が川奈部に話しかけた。

「私たちが呼ばれた理由は何なんでしょうか。不可解なメモが出てきたそうですが」

「ああ、すまん。俺もまだ見ていないんだが、詩のようなものだったらしい。捜査会議で説明があるだろう」

「詩のようなもの、ですか」理沙はひとり考え込む。

これまで遺体の近くに謎のカードが落ちていたり、文字が書かれていたりする事件はあった。だが詩のようなものが残されていた、というのは初めてだ。

川奈部に従って、矢代たちは廃屋の内部を一通り確認した。鑑識によると、屋内が荒らされた様子はなかったそうだ。

玄関から再び外に出て、川奈部は腕時計を見た。

「時間だな。小金井署に戻ろう」彼は門の外に向かう。

そうですね、と答えて矢代も敷地から出た。だが歩きだそうとして、近くに理沙がいないことに気がついた。振り返ると、彼女はひとり玄関の脇に佇《たたず》み、掘り返された庭をじっと見つめている。

「主任、どうかしましたか」

「気になりますね。家の中に遺棄すればよかったのに、なぜわざわざ庭に穴を掘って埋めたんでしょう。埋めるには体力がいるし、時間もかかります。この庭は見つかりにくい環境にありますが、目撃されるリスクはゼロではありません」

「遺体を埋めなくてはいけない理由、というと……」

矢代は首をかしげる。そばにいた夏目も不思議そうな顔をしている。

「もしかしたら、遺体を埋葬したかったんじゃないでしょうか」理沙は庭を指差した。

「犯人にとって、ここは墓地のように見えたのかもしれません」

　はたしてこれが墓地と言えるのだろうか、と矢代は考えた。ここには墓標もないし、墓誌もない。誰が埋められているのか、まったくわからない場所だ。

　理沙は敷地を出て、矢代たちのほうにやってきた。

「捜査会議で最新の情報を聞かないと」彼女は真剣な表情で言った。「そのあとじっくり考えましょう」

　川奈部のあとを追って、矢代たち三人は歩きだした。

　小金井署の講堂に特別捜査本部が設置されていた。

　正面奥に幹部用の長机が用意され、それ以外の席はセミナー会場のように配置されている。川奈部たち捜査一課四係は前のほうに座っていた。矢代たちはいつものように、後方の席に腰掛ける。捜査会議では殺人班が主役であり、文書解読班はあくまでそれをサポートする立場にあるからだ。

　号令とともに捜査員たちが起立、礼をした。全員が元どおり椅子に掛けると、ホワイトボードのそばに四十代後半の男性が立った。髪に白いものが交じった、落ち着きのある人物だ。

「では捜査会議を始めます」

　四係を率いる、古賀《こが》清成《きよなり》係長だった。

　張りのある声が講堂の中に響いた。古賀は幹部たちを順番に紹介したあと、机の上から資料を手に取った。

「事件の概要について説明します。本日、九月十九日、午前九時十五分ごろ、小金井市前原町《まえはらちょう》の廃屋で男性の遺体が発見されました。通報者は建設会社の社員で、来月から始まる解体工事の下見に来ていたとのこと。庭で違和感を抱いて雑草を取りのけたところ、遺体の右手が土から出ているのに気づいて通報となりました。配付した資料を見てください。鑑識が遺体を掘り出したときの写真が載っています」

矢代は資料を開いた。ページをめくっていくうち、現場の写真が見つかった。

まず、右手だけが地面から出ている写真。次に、顔まで掘り出された写真が載っていた。その下には、さらに掘り進めて全身が露出した写真がある。埋められていたのは男性で、黒っぽいジーンズを穿《は》き、青いシャツを着ていた。靴は茶色いスニーカーだ。

「胸にナイフなどによる刺創がありました。殺害されたあと庭に埋められたようです。死亡推定時刻は昨日午後十時から本日午前零時までの間。被害者の年齢は、推定で三十代から四十代。犯人の仕業だと思いますが、薬品で指紋を消されているため、データベースでの確認はできません。免許証などもないので現在のところ身元不明です。ポケットに小銭入れがありましたが、いくらかの硬貨と家の鍵らしきものが入っていただけでした」

わざわざ指紋を消したということは、もしかしたら被害者は前歴者なのだろうか。犯人はそれを知っていたのか。

「現場にはいくつか遺留品がありました。次のページを」と古賀。

　矢代たちは再び資料に目を向けた。

「遺体のそばにボールペンが落ちていました。ボディーに何かの文字が印刷されていたようですが、かすれていて読み取れない状態です。現在、科捜研へ分析を依頼しています」

　資料に載っているのは、どこにでもあるようなボールペンだった。プラスチック製で、先端にあるキャップを取り外して使用するタイプだ。ボディーの色は白。黒い塗料で何かの文字が印刷されていたが、かすれてしまっていた。

「それからボールペンの近くに、アンティークの懐中時計が残されていました」

　写真を見ると外側は金色で、上部に鎖が付いている。おそらく手のひらにおさまるサイズだろう。蓋《ふた》を開けると文字盤が見えるようになっている。

「一般的にこれを時計として使っている人は少ないはずです。あくまで趣味の品だと考えるべきかと思います。この懐中時計が被害者のものだとする根拠は、今のところありません。もし犯人のものだとしたらどうか。犯行の途中で落としたのか、あるいは故意に置いていったのか……」

　古賀はしばらく資料に目を落としていたが、捜査員たちのほうへ視線を戻した。

「そして三つ目の遺留品です。被害者のポケットに酒販店のレシートが入っていました。国分寺《こくぶんじ》駅の近くにある店です。確認したところ防犯カメラはなし。ここで昨日の十八時十四分に、缶ビールと焼き鳥の缶詰を買っています。ただ、店の人間から有益な情報は得られませんでした」

　ということは、被害者は国分寺駅周辺の住人だという可能性がある。矢代は酒販店の名前と所在地をメモした。

「最後に四つ目。これも被害者のポケットに入っていました」

　古賀はホワイトボードを裏返しにした。そこには写真を拡大してプリントしたものが貼ってある。パソコンで作成したらしい文字が撮影されていた。

〈死んだのは敵だ、彼は生きている〉
微笑みながら黒い影が言った
だが私の予想は大きく外れたのだ
目の前には埋もれた彼の死体がある

　古賀は胸のポケットから指示棒を取り出した。素早く伸ばして、大学教授か何かのように文章を指し示す。

「これを『四行詩』と呼ぶことにします。ボールペンや懐中時計と同じで、被害者のものか犯人のものかは不明です。……ただ、内容からすると、被害者自身が作った詩とは考えにくい」

そのとおりだ、と矢代も感じた。この文章には、現場とよく似た状況が描かれているからだ。

古賀は捜査員席に目を走らせていたが、じきに矢代たちを見つけたようだった。

「今の段階で何かを断定することは難しいでしょう。だが、捜査にあたって指針になるようなものがあれば聞かせてほしい。そのために文書解読班に来てもらっています」

彼の言葉は意外だった。文書解読班は古賀たち四係と何度も仕事をしているが、以前は「文章心理学など眉唾物《まゆつばもの》」という感じの扱いだった。ところが今日は、かなり丁寧に発言を求められている。

「鳴海、この詩を見て、何か気がつくことはあるだろうか」古賀は言った。

彼の態度が変わったことには、おそらく捜査一課内のパワーバランスが関係しているのだろう。古賀の上司・岩下敦子《いわしたあつこ》管理官は文書解読班を目のかたきにしている。少し前、捜一内部で勢力範囲を広げようとした岩下は、忠誠を誓えと古賀に踏み絵を迫ったそうだ。だが強引なやり方に疑問を抱いて、古賀は岩下の側につくことを拒んだらしい。その結果、敵の敵は味方というわけで、古賀は文書解読班に接近してきたものと思われる。

そういえば、と幹部席に目を向けると、岩下管理官の姿は見えなかった。四係が特捜にいるのなら、上司の岩下もここにいるはずなのだが、今日は不在のようだ。

「おい、鳴海……」

古賀が怪訝《けげん》そうな声で言った。どうしたのだろう、と矢代は隣の席に目を向ける。

理沙は資料に記載された詩に目を落とし、眉間《みけん》に皺《しわ》を寄せていた。これではせっかく整っている容貌が台無しだ。

「主任、指名されていますよ」

矢代がささやくと、理沙ははっとした様子でこちらを見た。

「ああ……すみません」

彼女は椅子から立ち上がり、古賀のほうを向いた。咳払《せきばら》いをしてから話しだす。

「海外の四行詩は韻を踏むのが普通です。この詩に押韻はないので、厳密には四行詩ではないかもしれませんが、便宜的にそう呼ぶことにしましょう。……私はこの四行詩を読んで、何か登場人物が戸惑っているように感じました」

「戸惑っている？」

不思議そうな顔で古賀が聞き返してきた。理沙は小さくうなずく。

「『死んだのは敵だ、彼は生きている』と発言したのは、視点人物とは異なる『黒い影』です。もちろん影というのは比喩《ひゆ》でしょう。『黒い影』と呼ばれる人物はそう発言し、視点人物である『私』を安心させようとしたのだと思われます。ところが『私』の予想は外れてしまった。死んではいないと言われたにもかかわらず、『私』の前には『彼』の死体がある。そういう状況ですから、『私』はかなり戸惑っているんじゃないでしょうか」

「しかも、その死体は埋もれている。おそらく土の中に、だな？」

「はい。この四行目から想起されるのは、今回の事件現場です。一行目の『彼』というのは、おそらく事件の被害者でしょう。『黒い影』は犯人ですよね。そうすると視点人物である『私』は誰かということですが、それはまだわかりません。犯人ではなく被害者でもない人間だとすると、たとえば目撃者なのか……。いずれにせよ、古賀係長がおっしゃるとおり、これを残したのは被害者ではないでしょう。おそらく犯人が置いていったものだと思います」

　古賀は指示棒を縮めたり伸ばしたりしながら、ホワイトボードを見ていた。ややあって、再び理沙に尋ねた。

「そうだったとして、犯人は何のために詩を残した？」

「この詩にはメッセージが隠されているんじゃないでしょうか。我々警察に何かを伝えようとしているのかもしれません」

「どんなことだ？」

「すみません。それはまだわかりません」

　そのまま古賀は何か考え込んでいたが、すぐには結論が出ないと悟ったようだ。

「ＯＫ、鳴海はこの詩の解読に取り組んでくれ」

「了解しました」

　理沙は頭を下げてから椅子に腰掛けた。

　古賀は捜査員たちをゆっくりと見回してから言った。

「なお、事件があった民家の所有者に確認しましたが、被害者のことは知らないと話しています。解体を請け負っている建設会社でも、この男性は見たことがないらしい。本来なら地取り、鑑取り、証拠品捜査というふうに班分けをしますが、今回はまず被害者の身元を特定するのが急務です。証拠品捜査班以外のメンバーをふたつに分けます。一班は事件現場周辺で情報収集を。二班は国分寺駅近くで被害者の足取りを追ってください」

はい、と捜査員たちは返事をする。資料を机に置いてから古賀は続けた。

「証拠品捜査ですが……矢代、ボールペンを調べてくれるか？」

「はい？」矢代は思わずまばたきをした。「私は文書解読班ですけど……」

「ボディーに書かれていた文字を解読する仕事だ。おまえの班に適していると思うが」

「まあ、たしかに……」

「それにボールペンは筆記用具だ。文書解読班には馴染《なじ》みのものだろう」

その点についてはどうかと思ったが、命令とあれば全力を尽くすまでだ。

古賀はこれからの活動に関して、諸注意をみなに伝えた。

4

会議が終わると、刑事たちは慌ただしく捜査に出かけていった。

理沙に呼ばれて、矢代と夏目は軽く打ち合わせをすることになった。

資料を指差しながら理沙は指示を出す。

「矢代さんと夏目さんはボールペンの出どころを調べてください。本来、そういうのはブツ担当の仕事だと思うんですけどね。なぜ古賀係長は矢代さんに命じたんでしょう？」

「たぶん我々は頼りにされているんですよ。その期待に応《こた》えなくては」

矢代が言うと、理沙は仕方ないという表情でうなずいた。

「わかりました。矢代さんたちは捜査を始めてください。私は特捜本部に残ります。詩の現物を見て、フォントやプリンターが割り出せたら手がかりになるかもしれません。そのへんは鑑識課と連携します」

「あとは、四行詩の内容ですよね」

「そうです。ああ、ちょっと失礼……」

理沙の携帯電話が鳴っていた。液晶画面を確認してから彼女は通話ボタンを押す。

「鳴海です。……はい、ご無沙汰《ぶさた》しています。さっきお送りしたメールの内容で、調査をお願いしたいんです。……ええ、急ぎますので、よろしくお願いします」

電話を切って、理沙は矢代たちのほうを向いた。

「どなたですか？」と夏目が尋ねる。

「頼りになる味方ですよ。結果が出たら、矢代さんたちにもお知らせします」

理沙は口元を緩めた。何か彼女なりの考えがあるようだ。

矢代たちはボールペンに関する捜査を開始した。

まずパソコンを使ってネット検索を行う。現場に残されていたボールペンと同じものを見つけよう、という考えだ。夏目と手分けして二台のパソコンで調べ始めたが、じきに矢代は戸惑うことになった。

「ボールペンって、いったいどれだけ種類があるんだ？　ちょっと検索しただけでも大変な数がヒットするぞ」

「しかもこの白いペン、最近のものではないみたいですね。今は販売されていない商品までチェックしていかないと……」

「まいったな。出鼻をくじかれた感じだよ」

文句を言っていても仕方がない。ふたりで検索作業を進めた。

矢代も夏目も、事務作業より外で捜査するのを好むタイプだ。パソコンにはあまり慣れていないから、ネット検索をしていると目が疲れてきた。ときどき目薬をさし、背伸びをし、缶コーヒーを飲みながら仕事を続ける。

そのうち、夏目が大きな声を上げた。

「先輩、見てください。これじゃないですか？」

どれどれ、と言って矢代は画面を覗《のぞ》き込む。捜査資料の写真と比べてみると、ボディーの形がそっくりだった。

「どこの会社の商品だ？」

「サワダ鉛筆という会社です」夏目はマウスを操作して、画面を切り替えた。「ええと……品川《しながわ》に本社がありますね」

「行ってみよう」

矢代は立ち上がって理沙の席に向かった。「鳴海主任」と声をかけたのだが、理沙は眉間に皺を寄せて四行詩を睨《にら》んでいる。集中しているときはいつもこんな具合だ。

「捜査に行ってきますよ」

と声をかけると、「ああ」だか「はあ」だかよくわからない返事が聞こえた。

鞄《かばん》に資料をしまい込み、矢代と夏目は特捜本部を出た。


武蔵小金井駅からＪＲ線に乗り、品川へ移動する。

品川駅から目的地までは徒歩十分ほどだ。上品な印象の茶色いビルに到着した。

受付で来意を伝え、警察手帳を呈示する。係の女性は内線電話で誰かと話していたが、受話器を置くとバッジをふたつ出してくれた。

「担当の者がまいりますので、このままロビーでお待ちいただけますでしょうか」

「ありがとうございます」

礼を言って壁際に移動した。マガジンラックに商品カタログが何冊も収めてある。ページをめくってから、矢代は夏目に話しかけた。

「ものすごい商品数だな」

「サワダ鉛筆といっても鉛筆専門の会社じゃありませんよね。総合文具メーカーだから、製造している商品の点数はかなり多いはずです」

五分ほどで商品開発部の社員がやってきた。小柄で肉付きのいい、四十代後半と見える男性だ。彼は矢代たちを応接室へ案内し、丁寧に名刺を差し出した。上村《うえむら》という人で、肩書きは係長だ。

「ボールペンに関するお問い合わせということですが、私どもの商品に何かありましたでしょうか」

不安げな顔をして上村は尋ねてくる。いえいえ、と矢代は首を振ってみせた。

「我々はある事件を捜査していまして、このボールペンを探しているんです」

テーブルにＡ４判の紙を置いた。例のボールペンをさまざまな角度から撮影した写真が、いくつか印刷されている。

「少々お待ちください」

上村は持参したノートパソコンを操作した。写真とパソコンの画面を交互に見ているようだったが、やがて彼は顔を上げた。

「弊社の商品に間違いありません。ですが、七年前に製造終了となっています」

「ここを見ていただけますか」矢代はボディーを拡大した写真を指差した。「文字がかすれているんですが、もとは何と印刷されていたんでしょうか」

「その部分、弊社の標準品には何も印刷されていません。おそらくノベルティグッズではないかと」

「ノベルティというと、会社の宣伝に使われるものですか」

「はい。企業の名前や商品名を印刷しておいて、記念品として配付するんです。このタイプのボールペンは、そういう用途で購入されるケースが多くて」

「どこの会社のノベルティグッズだったか、わかりますか」

それが判明すれば、事件と関係があるかどうか、ヒントが得られるかもしれない。

だが上村は、困ったという顔で矢代たちを見た。

「申し訳ありません。これは私どもでは何とも……。弊社では標準品を販売するだけなんです。文字を入れることはありません」

え、と言って、矢代は夏目と顔を見合わせた。

「じゃあ、誰が文字を印刷するんですか？」

夏目が尋ねると、上村は何度かうなずきながらこう答えた。

「ノベルティグッズを製作、販売する会社があるんです。メーカーから商品を仕入れたあと、『名入れ』をして販売しているんだと思います」

「サワダ鉛筆さんでは、自社の商品がどんなふうに名入れされているかまったくわからない、ということですか」

「おっしゃるとおりです」

それは知らなかった。てっきりサワダ鉛筆がすべての情報を管理しているのだと思っていた。

「では、名入れをしているノベルティグッズの会社を紹介していただけませんか」

「弊社でわかっている会社だけになりますが……」

上村はまたパソコンを操作して、いくつかの会社名を挙げてくれた。都内に限っても、十数社あるようだ。

礼を述べて、矢代たちはサワダ鉛筆の本社ビルを出た。

リストを見ながら、どの順番で回っていこうかと考える。矢代は低い声で唸《うな》った。

「こんなに多いのか。大変だなあ」

「でも先輩、情報があったんだからラッキーじゃないですか」隣で夏目が言った。「ひとつずつ訪ねていけば、きっと当たりが出ますよ」

彼女はあくまで前向きだ。長く剣道などの武道をやっていると、精神的にも持久力が出てくるのだろうか。

「夏目のそういうところ、見習いたいと思うよ」

「先輩だって昔は『お遍路さん』と呼ばれるぐらい、粘り強かったんでしょう？」

「俺の場合は、諦《あきら》めが悪かっただけだからな。決して前向きじゃなかった。成果を挙げようとすると焦りが出るから、あれこれ考えずに聞き込みをしていた」

「悟りを開いたわけですね。さすが先輩」

「そんな立派なものじゃないよ」

いずれにせよ自分には、内勤より外で聞き込みをするほうが合っている。夏目もよく似たタイプだから、いいコンビだと言えるのかもしれなかった。

リストに載っている会社を順番に訪ねていった。

写真をよく見てもらう必要があるから、電話で済ませるわけにはいかない。足で稼ぐという、昔ながらのやり方を続けていった。

定食屋で食事をしてから、午後の捜査を再開する。外れが続くと気が滅《め》入《い》ってくるものだが、そこは夏目の空元気に救われた。

午後二時、上野《うえの》にある「ベストグッズカノン」という会社を訪問した。事務所の隅にある応接セットで、矢代たちは警察手帳を呈示する。

「警視庁の矢代と申します」

「同じく、夏目です」

「専務の対馬《つしま》です。よろしくお願いします」

対馬は五十代の男性で、腕貫《ぬ》きと呼ばれる袖《そで》カバーをつけていた。昔ながらの事務員という雰囲気がある。専務みずからこういう恰好《かっこう》をしているのだから、比較的小規模な会社なのだろう。

「我々はこのボールペンを探しています」矢代は写真の載った紙を見せた。「サワダ鉛筆さんの商品なんですが、ボディーに名入れされていたようです。ノベルティグッズとして使われたんじゃないかと思うんですよ。ご存じありませんか」

　対馬は紙を手に取り、写真をじっと見つめた。それから「ちょっと失礼」と言って立ち上がり、スチールラックからチューブファイルを持ってきた。写真を見ながら、資料を確認しているようだ。

　ややあって、彼はファイルから顔を上げた。

「たぶん、この会社だと思います。消え残っているこの部分ですが、『桑』の字の一部じゃないでしょうか」

　資料写真を見せてもらうと、白いボールペンのボディーに《有限会社　桑島《くわしま》不動産》という社名と電話番号が印刷されていた。対馬が言うとおり、かすれた文字のひとつは「桑」のように思われる。ほかにも「有」や「動」の字が一致しそうだ。

「どこにあるんですか、この会社は」

　勢い込んで矢代は訊《き》いた。対馬は資料の文字を指先で追っている。

「ええと、あきる野《の》市ですね。販売促進用ということで注文をいただきました。今から十二年前のことです」

「十二年前……」思ったよりも時間が経っている。「ボールペンというのは、そんなに持つんですか？」

「ものによりますね。ときどき使っていただいて、保管の状態がよければ、十年以上持つケースもあると思います」

桑島不動産の連絡先を教えてもらった。万一話が通じないと困るから、対馬のいる場で電話をかけさせてもらうことにする。矢代は携帯を取り出し、番号を押していった。

　コール音が二回続いたあと、相手が出た。

「はい、桑島不動産でございます」中年男性の声だ。

「こちら警視庁の矢代と申しますが」

「えっ、あ、はい、お世話に……なっております」

　男性の声に戸惑う気配があった。いつものように電話対応をしたが、よく考えてみれば警察の世話にはなっていないな、と思ったのかもしれない。

「そちらの会社で十二年前、ノベルティグッズを作ったと思うんですが……。白いボールペンに社名を入れて、販売促進に使いませんでしたか」

「ああ、ボールペンね。作りました。知り合いに紹介されて、上野の会社に注文したんです」

　よし、と矢代は右手を強く握り締めた。隣で夏目も顔を輝かせている。

「ある事件を捜査しているんですが、現場でそのボールペンが見つかりました。被害者か犯人、どちらかが持っていた可能性があります」

「え……。そうなんですか？」

「販促としてどういう方に配ったか、覚えていらっしゃいますか？」

　うーん、と唸る声が電話の向こうから聞こえてきた。

「たしか五百本作ったんですよ。社員たちに持たせましたから、具体的にどこへ渡したかまではちょっと……」

「桑島不動産さんはあきる野市にありますよね。すべて市内で配ったんでしょうか」

「いや、周辺の市でも配ったと思いますよ。販促グッズですから、取引のないところにも渡したでしょうし」

　矢代は頭の中に地図を思い浮かべた。あきる野市は八王子《はちおうじ》市や青梅《おうめ》市の近くにある。都心部の不動産業者とは違って、広い範囲で仕事をしているのだろう。

「ありがとうございました。またご連絡するかもしれませんが、よろしくお願いします」

「あ、はい。失礼します」

　電話は切れた。

　ひとつ息をついてから、矢代は対馬のほうを向く。そばで様子をうかがっていた彼は、神妙な顔をしていた。

「……事件現場に落ちていたんですか。嫌ですね」

「まだ誰の持ち物だったかわかっていないんですがね」矢代は答えた。「でも、何かの手がかりになりそうな気がします」

「あの、刑事さん」対馬はためらう様子を見せながら言った。「ボールペンから指紋や何かは出ていないんでしょうか」

「今、鑑識で調べているはずですが、それが何か？」

矢代が問うと、対馬は黒い腕貫きをいじりながら首を横に振った。

「いえ、興味があっただけです。古いものからも指紋は採れるのかな、と。……すみません、最近刑事ドラマに凝っているものですから」

捜査協力への礼を述べて、矢代たちはベストグッズカノンの事務所を出た。

矢代は歩道に立って、もう一度携帯を取り出す。小金井署にいる理沙に架電した。

彼女が電話に出たのは、六コール鳴ったあとだった。おそらく四行詩の解読に熱中していたのだろう。

「はい、すみません、鳴海です」慌てたような声が聞こえてきた。

「お疲れさまです。ボールペンの文字がわかりました。『有限会社　桑島不動産』です」

これまでの捜査結果を、矢代は手短に報告した。理沙は相づちを打ちながら聞いていたが、やがて「なるほど」と言った。

「あきる野市はちょっと遠いですね。名入れをしたのは十二年前だというし、たぶんこれ以上の情報は得られないでしょう」

「前歴者の指紋が出るかどうか、鑑識の結果を待ったほうがよさそうですね」

矢代がそう応じると、理沙は少し間をおいてから切り出した。

「捜査が一段落したようなので、ひとつお願いがあるんですが……。前に一度、神保《じんぼう》町《ちょう》のカツマタ書店というところに行ってもらいましたよね」

「ああ、自称『古本探偵』の店ですか」

「このあと訪ねてほしいんです。例の四行詩とよく似たものが見つかった、と連絡があったんですよ」

どうやら理沙は、あの詩の出どころを探るため、知り合いの古書店主に調査を依頼していたらしい。

「わかりました。すぐに行ってみます」

通話を終えると、矢代は今の話を夏目に伝えた。彼女も古本探偵のことはよく覚えているようで、苦笑いを浮かべていた。

「あの人のところですか……」

「どうした。気が進まないか？」

「いえ、そうじゃないんですけど」夏目は声のトーンを落として言った。「鳴海主任の知り合いって、変わった方が多いような気がして」

たしかにそうだ、と矢代は納得した。夏目の言うことは正しい。

類は友を呼ぶというのは、こういうことなのだろう。

5

靖国《やすくに》通りの一本裏にある路地を進んでいく。

じきに黒っぽい外壁の雑居ビルが見えてきた。一階に小さな店があり、《カツマタ書店》と書かれた看板が出ている。

「久しぶりですね、このお店」夏目がなつかしそうな声で言った。

去年の四月、夏目が文書解読班に入ってすぐ、ふたりでここを訪れたのだ。そのときは『永久囚人』という稀《き》覯本《こうぼん》を探していた。あれからもう一年半も経つのか、と矢代は感慨深く思った。こういう仕事をしていると、時間の経過がやけに早く感じられる。

ガラス戸を開けて店に入った。

奥行きのある細長い売り場だ。この構造はほかの古書店と似ているが、驚かされるのは店内の棚だった。なぜか半分ぐらいしか本が並んでいない。看板には書店という文字があるのに、どういうわけかこの店には本が少ないのだ。

「全然変わっていませんね」

「本当だ」矢代は小声で答えた。「去年も思ったが、このお店、大丈夫なのかな……」

ふたりでそんな話をしていると、男性の声が耳に届いた。

「いらっしゃい」

慌てて口を閉ざして、矢代たちは店の奥に目を向ける。

書棚の向こうにちょっとしたスペースがあり、小さなテーブルと椅子が二脚置かれていた。その先のカウンターにひとりの男性が立っている。

「ご無《ぶ》沙汰《さた》しています。警視庁の矢代です」

会釈をしながら、矢代は相手に近づいていった。

男性は五十歳ぐらいだろうか。短めの髪をハリネズミのように逆立て、整髪料で固めている。この姿も去年とまったく変わっていない。カツマタ書店の主人・勝俣善文《かつまたよしふみ》だ。

「ああ、矢代さん。前回お会いしてから一年半経ちますね。その間あなたには何か変化がありましたか」

「それほど大きな変化はないですね」記憶をたどりながら矢代は答えた。「事件はいくつか解決しましたが、今も鳴海警部補の下で働いています」

「ふむ。お連れの女性も、去年と同じ方ですね」

「夏目です」彼女は軽く頭を下げた。「勝俣さんもお変わりないようで何よりです」

「今なんと？」

急に勝俣が真顔になったので、矢代は驚いてしまった。夏目もきょとんとした顔をしている。戸惑う様子を見せながら彼女は尋ねた。

「ええと……勝俣さんのほうは何かお変わりが？」

「気がつきませんか。そこです、その棚をご覧ください」

勝俣に言われて、矢代たちは壁際の書棚に目を向けた。すかすかのスペースの中、ある段にだけ十冊ほどの本が並んでいる。ソフトカバーの単行本らしいが、よく見るとすべて同じものだった。タイトルは『古本探偵・神田神保町の事件簿』、著者は勝俣善文となっている。

「えっ。勝俣さん、本を出したんですか？」

矢代はまばたきをして背表紙を見つめた。夏目も驚いたらしく、本を手に取ってぱらぱらとページをめくり始める。

「二百八十八ページもある！」夏目が声を上げた。「いったい、どうやってこんな立派なものを……」

「夏目さん、あなた、いいですね。その本の価値がわかるようだ」

「ただし、出版社は見たことない名前ですけど」

「自費出版したんですよ。よろしいですか。部数が少ないからこそ稀覯本として価値が出るんです。数十年後、それらの本には大変な値段がつくことでしょう。あの有名な古本探偵が書いたミステリー小説となれば、世間が放っておかないはずです」

たしかに稀覯本には高い値段がつくことがある。だがそれは需要と供給のバランスによるものだ。いくら部数が少ないといっても、ほしがる人がいなければ意味がない。

矢代がそんなふうに考えていると、勝俣がいきなり商売を始めた。

「よろしければお売りしますよ。特別価格四千二百円です」

「そんなに！」

「部数が少ないから仕方ないのです。さあ、いかがですか矢代さん、ご遠慮なく」

「すみません、今日は持ち合わせがないので……」

それを聞くと勝俣は、ふん、と鼻を鳴らした。

「わかりました。では、またのご来店をお待ちしております。さようなら」

深く頭を下げ、そのまま奥の部屋へ入っていこうとする。

「いや、待って……。ちょっと待ってください」矢代は慌てて声をかけた。「勝俣さん、我々は鳴海主任の指示でここに来たんです。主任から何か依頼を受けていますよね？」

「ええ、そうですが、これ以上あなたとお話しするのは気が進みません。私の心はひどく傷つきました」

わざとらしくため息をついて、勝俣は書棚に並んだ自分の本をちらちら見ている。弱ったな、と矢代は思った。

「あの、これ一冊ください」

本に目を通していた夏目が、こちらを向いて言った。矢代はまじまじと彼女を見る。

「いいのか？　すごく高いぞ」

「小説の参考になりそうです。それに鳴海主任も喜ぶと思いますし」

夏目が財布を取り出したので、矢代は手を振って制した。自分の財布から紙幣を取り出し、代金を払う。

「先輩、買ってもらっちゃっていいんですか？」

「あとで経費の申請をするよ。それが通らなければ鳴海主任に請求する」

紙袋に本を入れてもらって、夏目は受け取った。大切そうにバッグへしまい込む。

自分の本が一冊売れて、勝俣は上機嫌になっていた。

「よろしい。では本題に入りましょう」彼は咳払《せきばら》いをした。「鳴海さんからの依頼はこれです。この詩と関わりがありそうな本があれば手に入れてほしい、と」

勝俣の手元には写真を印刷した紙があった。例の四行詩だ。

「まずこの文章そのものでネット検索してみましたが、ヒットはありませんでした。ふむ、それはそうでしょうね。鳴海さんが検索しても、何も見つからなかった。だからこそ、この私、古本探偵に調査を依頼したはずですので」

気取ったような言い方がいちいち引っかかるのだが、ここは我慢すべきだろう。矢代は尋ねてみた。

「それで、古本探偵さんはどう調べたんですか」

「文章を構成する言葉に注目して、その組み合わせで検索をかけました。しかし、やはりうまくいかなかった。私は悩みました。そこからの過程をじっくり話すと、かなり長くなるのですが……」

「手短にお願いします」

「知人らにも依頼して、この四行詩に近いものを探してもらいました。その結果、ネット検索では見つからないものにたどり着いたのです。それがこちらです」

勝俣はレジカウンターから古い本を手に取った。彼が出版した小説とは違って、立派なハードカバーの上製本だ。背表紙には『死者と魂の楽園』とあった。作者は白鳥《しらとり》大洋《たいよう》という人物だ。

「ここをご覧ください」勝俣は栞《しおり》を挟んでいたページを開いた。

文字が少なく、紙にはかなりの余白がある。ひとめ見て、小説ではないことがわかった。これは詩集だ。

勝俣が指差しているところには、こんな詩が載っていた。タイトルは「生きながらの死」という不気味なものだ。

彼は無事だよ、まだ死んではいない
微笑しながら黒い影が言った
だが、そんな言葉は信じられない
私の前にいる彼は、土気色の顔をしている

驚きを感じながら、矢代はその文章を何度か読み返した。

「なるほど、あの四行詩とよく似ていますね」矢代は顔を上げた。「これがもとになっていたんでしょうか」

「そう思います。犯人はこれを参考にした可能性があります」

「でも細かいところが違っていますよね。現場の状況と合わせるためにそうしたのかな」

「私は現場のことまでは聞かされていませんが、こんな状況だったのですか?」

「あ……ええ。おおむねこんな感じでした」

矢代は言葉を濁した。依頼時に理沙が細部まで伝えていないのなら、自分も黙っているべきだろう。

「拝見してもいいですか？」

夏目が言うと、勝俣は芝居がかった仕草で本を差し出した。夏目のほうも、押し頂くように受け取る。

彼女の横から、矢代も詩集を覗《のぞ》き込んだ。

「『生きながらの死』の前後は別の詩だな。何か関係あるんだろうか」

前のページにある詩は「天界の海」というタイトルだった。

私たちの命は今、消えようとしている
私たちの魂は今、天界に昇ろうとしている
もはや肉体は必要なく、知覚さえも失われ
揺らめきの中、原初の海に還《かえ》る

これもよくわからない詩だ。「生きながらの死」とは少し傾向が違うような気がする。

そして、ひとつあとの詩は「翼手竜の宴《うたげ》」というものだった。

空が真っ黒に染まり、ぎゃうぎゃうという声
彼方《かなた》から翼手竜たちがやってくる

牛や豚をむさぼり食い、人を丸呑《まるの》みして
奴らは悠々と低空飛行を楽しむのだ

矢代は戸惑いを感じた。夏目の様子をうかがうと、彼女も困ったような顔をしている。

「なんというか……荒唐無《こうとうむ》稽《けい》な詩ですね」

矢代が感想を漏らすのを聞いて、勝俣はゆっくりと首を横に振った。

「理解できないものを荒唐無稽と評するのは、思考停止への第一歩です。そもそもこの作者は、万人に受けるための創作をしているわけではないでしょう」

「わかる人だけわかればいい、ということですか？」

「我々は今まさに、篩《ふるい》にかけられているのです。これを理解できない者は、汚い言葉で作者を見下すかもしれません。しかし作者はそうした人間たちを憐《あわ》れんでいるはずです。深く考えることをせず、理解できないものを貶《おとし》めて安心するという権威主義者たち。彼らを抽出するために、芸術作品は役立つのですよ。すべての人間と理解し合うのは不可能です。ならば、価値観の合わない人間とはつきあわないほうが精神衛生によいでしょう。そのための篩なのです」

話がややこしくなってきたが、要するに馬の合わない人間には近づきたくない、ということだろう。

考えてみれば、勝俣はかなりプライドの高い人物のように思える。商品を半分しか揃えない古書店で、古本探偵などと名乗っているのだ。さらには小説を自費出版するという、目立ちたがりな面もある。その一方で、人づきあいがうまいとは思えないから、そもそも矛盾を抱えた人なのかもしれない。

「三つの詩に繋《つな》がりはあるんですかね？」矢代は首をかしげた。「『天界の海』、『生きながらの死』、『翼手竜の宴』という順番ですが……」

「繋がっている感じはしませんよね」夏目もうなずいた。「共通点といったら、どれも死を扱っていることぐらいでしょうか」

　勝俣はしばらく考え込んでいたが、やがてゆっくりした口調で言った。

「私はすべての詩を読んでみましたが、矢代さんの言うとおり、物語として繋がっているわけではなさそうです。そして夏目さんの言うとおり、共通するモチーフは死でしょう。作者が死について考えを深めている様子が想像できます。本のタイトルが『死者と魂の楽園』ですから、そこは間違いありません」

「たとえば、身近な人が亡くなったとか？」

「真実は作者だけが知っている。私たちがどう想像しても、作者の心の中を覗き込むことはできないのです」

　勝俣はそう言って静かに目を閉じた。自分の台詞《せりふ》に酔っているように見える。

　そのとき、夏目が右手を高く挙げた。

「意見具申！」

「どうした。何を思いついた？」驚いて矢代は尋ねる。

「作者にしかわからないのなら、直接訊《き》きに行ってみてはどうでしょうか」

「え……。でも、この白鳥大洋さんの住所なんてわからないぞ」

「何を言ってるんですか、先輩。我々は警察官ですよ」

夏目は意味ありげな笑みを浮かべている。

携帯を取り出し、彼女は本の奥付を見て出版社に電話をかけた。『死者と魂の楽園』について聞きたいことがあるので担当者を、と頼んだようだ。

「……あ、お忙しいところすみません。こちら警視庁の夏目と申します。『死者と魂の楽園』の作者、白鳥大洋さんにお会いしたいんですが、連絡先を教えていただけないでしょうか」

しばらく相手とやりとりしていたが、そのうち夏目は不機嫌そうな表情になった。

「……いえ、本当です。捜査のために白鳥さんに会いたいんです。……いやいや、そこをなんとかお願いできませんか。……え？　嘘じゃありませんよ」

二分ほどで夏目は通話を終えた。渋い顔をして矢代のほうを向く。

「すみません、信じてもらえませんでした。いたずら電話だと思われたようです」

「仕方ないだろうな。簡単に個人情報を教えてしまったら、熱狂的なファンが作者の家に押しかけるかもしれない」

「こうなったら、出版社に行って警察手帳を見せましょう」

夏目の鼻息はかなり荒い。

わかったよ、と答えたあと、矢代は勝俣に礼を述べた。

「費用は鳴海さんに請求しておきます。……では、またのご用命をお待ちしております」

オーバーな仕草で、自称・古本探偵は丁寧に頭を下げた。


出版社は飯田《いいだ》橋《ばし》駅の近くにあった。

手帳を呈示して警察官であることを証明し、捜査に必要な情報だからと頼み込む。編集者は困った様子だったが、しぶしぶ作者に電話をかけてくれた。その結果、住所を伝えてもいい、という許可を得たようだ。

矢代たちはJRで埼玉県川口《かわぐち》市に向かった。

駅から徒歩二十分、住宅街の一画に古めかしい日本家屋があった。近所はみな二階建てだが、そこだけは平屋で、周囲にはぐるりと生け垣が設けてある。一昔前に戻ってしまったかのような印象があった。

「これは立派ですねえ」瓦《かわら》屋根を見上げながら夏目が言った。「最近、大正《たいしょう》時代が舞台になっているコミックスを読んだんですよ。古い家が出てきて、いい雰囲気だなあと思ったんですが、ここは漫画の世界観を見事に再現していますね」

「いや、漫画より、この家のほうが先にあったと思うけどな」

表札には筆文字で《安田《やすだ》一郎《いちろう》》とあり、その脇に小さく《白鳥大洋》と書かれていた。

この家で間違いないようだ。

チャイムを鳴らしてしばらく待つと、インターホンから声が聞こえた。

「はい、どちら様でしょうか」

「警視庁の矢代と申します。出版社を通じて許可をいただいたので、お邪魔しました」

「少々お待ちください」

二十秒ほどで玄関の引き戸が開かれた。ジャケットにループタイという洒落《しゃれ》た恰好《かっこう》の男性がこちらにやってくる。歳は六十ぐらいだろうか。白髪頭をきれいに整えた、紳士的な人物だった。

「お待たせしました。安田……いえ、白鳥大洋です。どうぞお上がりください」

彼は矢代たちを家に招き入れてくれた。

あちこち傷んでいるが、生活には支障がないよう、よく手入れをしてあるようだ。板張りの廊下を進んでいくと応接間があった。座卓のそばに座布団が何枚か置いてある。そこへ座るよう促された。

床の間の辺りを見て、矢代は目を見張った。大量の本が山のように積み上げられているのだ。どれも古いもので、箱に入った文学全集なども交じっている。

白鳥はみずから麦茶を運んできた。矢代たちにコップを差し出し、どうぞ、と勧めてくれた。

「お忙しいところ、すみません。……白鳥さん、このあとどこかへお出かけですか？」

「いえ、特に外出する用事はありませんが……」

そうなんですか、と矢代はにこやかに応じた。だとすると、ジャケットにループタイというのは普段着なのだろうか。それとも警察官が来るというので、着替えて待っていたのか。

「こちらには、ひとりでお住まいなんですか？」

「二十年前、妻は出ていってしまいましてね。それ以来ずっとこんな有様です」

「ああ、それは……」

悪いことを訊いてしまったようだ。咳払《せきばら》いをしてから矢代は本題に入った。

「じつは今、ある事件を捜査しているんですが、現場の遺留品としてこんな詩が見つかりました」

矢代は例の四行詩が印刷された紙を、座卓の上に置いた。

事件の重要な手がかりだから、普通なら一般市民に見せるべきではないだろう。だが今回は詩の内容に意味がある。これを見てもらわなければ証言を引き出せないのではないか。そう思ったから、ここへ来る前、理沙からも許可を得ていた。

白鳥は紙をじっと見つめていたが、じきに眉《まゆ》をひそめた。

「私の詩によく似ていますね」

座布団から立ち上がり、彼は一冊の本を持ってきた。夏目もバッグから本を取り出す。

どちらも彼の著書『死者と魂の楽園』だった。

「私たちもそれに気づいて、白鳥さんの本を手に入れました」矢代は言った。「遺留品の詩は『生きながらの死』によく似ています。白鳥さんの作品をもとにして、誰かがこの四行詩を書いたのだと思われます。そして……この詩とよく似た状況で、死体遺棄が行われました」

「恐ろしい話ですね。いったい誰がそんなことを……」

腕組みをして、白鳥は黙り込んだ。記憶をたどっている様子だが、思い当たることはなさそうだ。

「白鳥さんの詩集は、何冊ぐらい販売されたんでしょうか」

何の気なしに矢代が尋ねると、白鳥と夏目がほぼ同時に身じろぎをした。

戸惑っている白鳥の代わりに夏目が口を開く。

「先輩、そういうデリケートなことを、作者さんの前ではちょっと……」

「え……。ああ、なるほど」

夏目の本は同人誌即売会で七冊しか売れなかったのだ。白鳥の詩集も自費出版だから、売上的にはかなり苦戦したのかもしれない。

「すみません、失礼な質問をしてしまったようで……」

「いえ、かまいません」白鳥は苦笑いを浮かべた。「これを作ったのは十六年前です。もともと三百部しかなくて、知り合いに配ったのが六十部少々。あとは出版社に販売を委託しましたが、はたしてどうなったものやら……。まあ私としては、この本で儲《もう》けようなどとは思っていませんでしたから、いいんですがね」

「何かの記念に、ということだったんでしょうか」

「そうです。十六年前、急に妻の夢を見るようになりました。なんだか助けを求めているようでね。出ていってから四年、もしかしたら遠い土地で何かあったのかもしれない。そういう思いが強くなって、詩を書きました」

「……そんなことがあったんですか」

「白鳥大洋というペンネームは、以前、妻とふたりで考えたものなんです。少部数の自費出版ではありますが、人の手から手へと渡って、いつか妻のもとへ届いてくれないかと期待していました。この家に戻ってくることはなくても、詩集を読んで一瞬でも私を思い出してくれればと……」

しんみりした口調で白鳥は語った。そういう経緯だったのかと、矢代は納得した。

そこへ、すすり泣きする声が聞こえてきた。はっとして矢代は隣に目を向ける。夏目がハンカチで目頭を押さえていた。

「白鳥さんにそんな過去があったとは……。作品には、奥さんへの強い思いが込められていたんですね。すばらしいですよ。最高にエモいです」

そうだった。夏目には涙もろいところがあって、この手の話には極端に弱いのだ。

「妻が出ていったのは私のせいでしょう」白鳥はため息をついた。「自分で気づかないうちに、彼女を傷つけてしまっていたんだと思います。今さら詩を見てもらおうなんて、おこがましいのかもしれませんが……」

「そんなことはないですよ。白鳥さんの気持ちは、いつか必ず奥さんに届くはずです。私が保証します」

夏目の保証がどこまで当てになるのかわからないが、「そうだな」と矢代はうなずいた。

麦茶を一口飲ませてもらってから、矢代は白鳥に尋ねた。

「詩の内容ですが、白鳥さんは以前からこういう……何というか、幻想的なものをお書きになっていたんですか？」

「そうですね。昔は純文学の小説を書こうとしたこともあったんですが、そちら方面は長続きしなくて、結局、詩を書くようになりました」

「『死者と魂の楽園』のほかにも、詩集を出版なさいましたか？」

「いえ、これ一冊だけです。人生の記念は、そうたくさんは作れませんから」

なるほど、と矢代は思った。読むのはあっという間でも、白鳥にしてみれば詩のひとつひとつに思いを込めているのだろう。

「ところで白鳥さんの『生きながらの死』ですが、そもそもどういう着想でお書きになったんでしょうか」

「ああ……これらはどれも空想から書いたものでして、特にきっかけになるような体験はありません」

「詩の解釈ですが、『彼は無事だよ、まだ死んではいない』と『黒い影』が言っていますよね。どういう状況だと考えればいいんでしょうか」

「受け取り方は人それぞれでいいと思いますが、作者の思いとしては、この『黒い影』は冥界《めいかい》からの使いですね。それに対して『私』というのは人間です。冥界の使いは心の弱みにつけいり、人間の魂を奪おうと企んでいます。『私』は騙《だま》されないよう警戒している。目の前にいる『彼』は土気色の顔をしているから、もう死んでいるのだと『私』は気づいているわけです」

「『彼』というのは何者なんですか」

「はっきり書いてはいませんが、『私』にとってとても大切な人でしょう」

「ん？　だとすると『私』というのは女性ですか？」

「そういう解釈もできます」

　わずか四行しかないのだから、説明が充分だとは言えない。だからこそ読み手ひとりひとりに解釈が委《ゆだ》ねられている、ということらしい。

　白鳥はためらう様子を見せながら尋ねてきた。

「遺留品の詩は、たぶん犯人が残したものですよね？」

「ええ、おそらく」

「だとすると、犯人は私の詩を読んでから犯行方法を考えた、ということになりませんか。詩に合わせる形で、誰かを地面に埋めたんでしょう？」

「そうかもしれません」

白鳥は不快感を顔に浮かべ、声のトーンを落とした。

「なんてことだろう。私の詩がそんなふうに使われるなんて……」

彼は自分の本のページをめくり始めた。そこにはいくつもの死のイメージが記されている。芸術作品として生み出されたものだが、これらが犯罪のきっかけになってしまった可能性があった。

「私にできることなら何でもします。刑事さん、その犯人を一刻も早くつかまえてください。そして、真相がわかったらぜひ私にも教えてください」

白鳥の目は真剣だ。真面目で実直な人だということがよく伝わってくる。

念のため、本を送った知人の名簿を捜してもらった。白鳥は献本先のリストを見つけ出し、コピーしてくれた。

ほかにいくつか質問を重ねたあと、矢代たちは白鳥に謝意を伝えた。

6

午後七時十五分、矢代と夏目は小金井署の特捜本部に戻った。

ほかの捜査員たちも徐々に集まってきている。このあと会議が行われるから、それぞれ今日の捜査結果をまとめておく必要があるのだ。

「矢代に夏目、お疲れさん」

理沙のそばにいた財津係長が、ふたりに声をかけてきた。

「いらっしゃったんですか」

「初回の会議には出られなくて悪かったな。夜は参加させてもらう」

「そうしていただけると助かります」書類を整えながら理沙が言った。「初日ですから、各捜査員からいろいろ報告があると思いますので」

「会議の前に、文書解読班の打ち合わせをしておくか。……おーい、谷崎《たにざき》、こっちに来てくれ」

財津に呼ばれて、眼鏡をかけた若い男性がやってきた。左手にノートパソコンを持っている。

捜査一課、科学捜査係でIT関係を担当している谷崎廉太《れんた》郎《ろう》巡査だ。彼はこれまで、何度も文書解読班をサポートしてくれていた。

「ご無沙汰《ぶさた》しています」谷崎は矢代たちに会釈をした。「今回も財津係長の指示で、捜査に加わることになりました。よろしくお願いします」

「いいね、谷崎くん」夏目が彼の背中をぽんと叩《たた》いた。「君がいると、パソコンやネット関係はすぐ調べがつくものね。期待してるよ」

「あ、はい、全力を尽くしますので」

谷崎は眼鏡の位置を直しながら、愛想笑いを浮かべた。彼はパソコンマニアで運動が苦手だから、夏目のノリには馴染《なじ》めないのだろう。だがそんなことには気づかない様子で、夏目はひとり豪快に笑っている。

矢代たち五人は打ち合わせを始めた。

まず矢代と夏目が聞き込みの結果を報告した。捜査中、何度か理沙に電話をかけていたのだが、彼女はあらためて熱心に話を聞いてくれた。

「これが問題の詩集です」矢代は鞄《かばん》から『死者と魂の楽園』を取り出した。「古本探偵のおかげで、作者がすぐわかりました。たいしたものですね」

「そうでしょう。勝俣さんは変人だけど優秀なんですよ」

身も蓋《ふた》もない言い方だが、たしかにそのとおりだ。

「余談ですが、勝俣さんから自費出版の本を買わされました。これ、資料費か何かで落とせますよね？」

「どれどれ」財津が本を受け取って、タイトルを確認する。「『古本探偵・神田神保町の事件簿』だって？　これ、資料になるかな……」

「面白そうじゃないですか。経費で落ちなければ私が払いますよ」理沙が言った。

「俺が立て替えておきました。四千二百円ください」

「えっ、そんなに高いんですか？」理沙は慌てた様子で財津のほうを向く。「係長、必ず経費でお願いします」

「わかったよ。あとで処理しておく」

続いて矢代は、白鳥大洋から聞いた話をみなに伝えた。

　理沙は『死者と魂の楽園』をぱらぱらとめくりながら、矢代に尋ねる。

「その白鳥さんという人は、あの事件現場とは関係ないんでしょうか」

「小金井市には行ったことがない、と話していました。知り合いも住んでいないそうです」

「土に遺体を埋めることについては？」

「白鳥さんの詩に、何かを土に埋める描写はありません。土気色という言葉は出てきますが、これは顔色が悪いってことですからね」

　たしかに、とつぶやいて理沙は考え込む。

「鳴海主任は四行詩を調べていたんですよね。どうでしたか？」

　矢代が訊《き》くと、理沙は自分のノートに目を落とした。

「鑑識課に調べてもらったんですが、フォントもプリンターも一般によく使われているもので、手がかりにはなりませんでした」

「詩の内容のほうは？」

「まだはっきりしたことは言えません。ただ、原典となる『死者と魂の楽園』と比べてみると、何か発見がありそうですね」

　理沙は四行詩をコピーした紙を、机の上に置いた。

「遺留品の詩は、白鳥さんのものから少し改変されています。三行目ですが、白鳥さんの詩では『だが、そんな言葉は信じられない』となっていて、『私』は『黒い影』を警戒し、疑っているように見えます。でも遺留品のほうは『私の予想は大きく外れたのだ』となっていますから、『黒い影』の言葉を信じていたのに裏切られた、という感じですよね」

「『私』の考え方が違っているわけですね」と矢代。

「そして四行目。元は『私の前にいる彼は、土気色の顔をしている』わけですが、遺留品は『目の前には埋もれた彼の死体がある』となっています。遺留品のほうがより具体的だと言えますね」

財津は眼鏡を外して、ハンカチでレンズを拭《ふ》き始めた。

「犯人が詩集を読んだことは間違いないな。この詩に触発されて、被害者を庭に埋める犯行を思いついたんだろうか……」

「土気色という言葉から地面を連想して、遺体を埋めたってことですか？　うーん、それはどうでしょうね」

半信半疑という顔で矢代が言うと、財津は腕組みをした。

「無理があるかな」

「いや、まだ何とも……」

矢代は言葉を濁した。それを聞いて、理沙が再び口を開いた。

「今の段階では、いろいろな考え方があっていいと思います。どんな可能性も見逃さずに、捜査の計画を立てていきましょう」

了解です、と答えてから、矢代は財津に一枚の紙を差し出した。

「これは白鳥さんが本を配った知人のリストなんですが……」

「わかった。会議の前に古賀さんへ報告しておく。あとで聞き込みをしてもらおう。もしかしたら、この中に犯人がいるかもしれないからな」

たしかにそうだ、と矢代は思った。時間はかかるかもしれない。だが可能性はひとつずつ、つぶしていかなくてはならないのだ。

午後八時から捜査会議が開かれた。

司会は前回と同様、四係の古賀係長だ。各捜査員からの報告を聞いたあと、古賀は指示棒を伸ばしてホワイトボードを指し示した。

「今日の捜査内容をまとめます。まず、被害者の身元は現在も不明。死亡推定時刻は変更なし。現場付近で目撃情報を集めようとしましたが、はっきりした証言は得られていません。ただ、昨夜午後十一時四十分ごろ、自動車のエンジン音を聞いたという情報がありました。時間から考えて、犯人の車だった可能性があります」

そこまで説明したあと、古賀は機嫌の悪そうな声で唸《うな》った。

「これだけの人員を投入して、被害者の身元がまったくわからず、不審者の目撃証言もない……。捜査初日の成果として、とうてい納得できるものではありません。捜査員諸君には、みずからの行動を振り返ってもらいたい。今日一日、君たちは本当に全力を尽くしたと言えるのか。ちなみに文書解読班は、すでに四行詩の原典を見つけてきているぞ」

　刑事たちは黙り込んでいる。手抜きをした者などいないだろう。しかし古賀の言うように、聞き込みの成果がないのは大きな問題だ。

　古賀はしばらく捜査員席を見回していたが、ひとつ咳払《せきばら》いをしてから、鑑識課員たちのいる一角に視線を向けた。

「権藤、報告を」

　はい、と答えて権藤主任が椅子から立ち上がった。

「鑑識から報告させていただきます。まずボールペンについて。多数の指紋が付着していましたが、チェックしたところ、いずれも前歴者のものではありませんでした。文書解読班からの情報では、ノベルティグッズとして不動産会社が配付したということでしたから、複数の人間が触っていても不思議ではありません。……次にですね、懐中時計の件をご報告します。こちらにも多数の指紋が付いていましたが、注目すべきものが見つかりました。下倉健也《しもくらけんや》という人物の指紋です」

「前歴者か？」

　古賀が短く尋ねると、権藤は首を横に振った。

「いえ、前歴者ではなく被害者です。十年前、墨田《すみだ》区で強盗殺人事件があったんですが、そのとき殺害されたのが下倉健也さんです」

「強盗殺人……。いったいどんな事件だ？」

「はい。九月七日の午前十時ごろ、墨田区向島《むこうじま》三丁目にある賃貸マンション『ジュネス向島』の四〇六号室で、下倉さんが遺体で発見されました。部屋が荒らされていたこと、下倉さんはスーツ姿だったことから、窃盗目的で侵入した何者かが、六日の夜に帰宅した下倉さんを殺害したものと思われます。室内に靴跡が少なくとも二種類あったので、犯人は複数人だと推測されます。当時下倉さんは二十四歳。社会人になって二年目でしたから、自宅に現金の蓄えなどはなく、銀行口座にも十三万円ほどしかありませんでした。これまで犯人が何を盗んだのかわかっていませんでしたが、今回の『小金井事件』で懐中時計が出てきました。犯人は下倉さん宅を物色し、この懐中時計を持ち去ったんじゃないでしょうか」

「たまたま見つかった懐中時計で、十年前の事件のことがわかってきたわけか。……犯人は捕まっていないんだな？」

「はい、この事件は未解決のままです」

　指示棒を握ったまま古賀は何か考えているようだ。やがて彼は、ホワイトボードに《十年前》《墨田事件》《懐中時計》と書いた。

「墨田事件で、目撃証言はなかったのか？」

「それがですね、左隣は空き部屋、右隣の住人は留守だったそうです。階下の住人も、早く寝てしまったので物音などは聞いていない、ということで……」

「ほかに何か情報は？」

古賀に訊かれて、権藤はメモ帳のページをめくった。

「ひとつ気になることが記録されています。下倉さん宅の電気のメーターボックスに、油性ペンで妙なマークが書かれていたというんです」

権藤は席を離れ、古賀のそばまで歩いていった。失礼します、と断ってからマーカーを手にする。ジムで鍛えた腕で、権藤はホワイトボードにこんなマークを書いた。

†

▽

×

「この三つが書かれていたそうです」

権藤はマーカーにキャップを嵌《は》めて古賀のほうを向く。古賀は腕組みをした。

「最初のは十字架だろうか。次は下向きの三角、最後はバツ印か？」

「もしかしたら、アルファベットのエックスかもしれませんが」

「その『†《じゅうじか》』『▽《さんかく》』『×《バツ》』が電気のメーターに書かれていた……。どういう意味だろうな」

そこへ、川奈部が手を挙げて言った。

「係長、それに関連しそうな話を聞いた覚えがあります。セールスの人間が訪問したあと、こっそり住人の情報を書いていくことがあるらしいですよ」

「住人の情報とは？」

「たとえばですが、この家はひとり暮らしだとか、簡単に契約してくれそうだとか、逆に怒りっぽくて駄目だとか、そういったことでしょう」

「セールスに使う情報を、電気のメーターに書いていくのか。そんなことがあるか？」

古賀が首をかしげるのを見て、夏目が手を挙げた。

「それ、事実だと思います。前に知り合いの家に行ったとき、メーターに変な数字が書かれているのに気づいたんですよ。ネットで調べたら、セールスの人間が書いていったらしいとわかったので、急いで消すよう、知り合いにアドバイスしました」

ほかにも何人かの捜査員が、同様の話を聞いたことがある、と発言した。

そうか、とつぶやいてから古賀は再び権藤のほうを向く。

「下倉宅にもセールスマンが来ていた可能性があるわけだ。そして、その人物が強盗殺人の犯人かもしれない、と……」

「ええ。当時の特捜本部でそういう推測が出たそうです。ただ、マンションに出入りしていたセールスの人間を洗っても、不審な人物を突き止めることはできなかったようです」

それらの情報を、矢代は自分のメモ帳に書き付けた。今後、小金井事件を捜査する上で何かヒントになるかもしれない。

　十年前の事件の説明を聞き終わると、古賀は話題を元に戻した。

「墨田事件を踏まえて、我々は小金井事件を考え直す必要がありそうです。墨田事件の犯人が時計を持っていたとすれば、三つの可能性が浮かんでくる。パターン1。墨田事件の犯人たちが今回の小金井事件を起こした、という可能性。……下倉健也を殺害した犯人たちは、十年経ってまた事件を起こしたことになります。そうだとすると、埋められていた被害者は下倉健也と繋《つな》がりがあるのかもしれない」

「犯人はふたりに同じような恨みを抱いていた、ということですか」川奈部が尋ねる。

　そうだな、と古賀はうなずいて話を続けた。

「次にパターン2。墨田事件の犯人のひとりが、小金井事件で殺害されたという可能性。つまり今回殺害された被害者は、墨田事件の犯人グループに属していたのではないか。それが殺害されたとなると、犯人は下倉健也の復讐《ふくしゅう》を果たしたのかもしれません」

「あるいは、犯人たちが仲間割れを起こしたという線もあるでしょうか」

「たしかにそれも考えられるな。……さらにパターン3。墨田事件とは無縁な人物が、あたかも墨田事件と関係あるような形で、小金井事件を起こしたという可能性です」

「動機は何でしょうね」

　わからない、と答えて古賀は首を振った。

「いずれにせよ小金井事件の犯人は、下倉健也を知っているものと思われます。となると、我々は十年前の墨田事件も調べなければならない」

「あのう……」

矢代の隣で理沙が手を挙げた。指名を受けて、彼女は椅子から立つ。

「パターン3ですが、犯人が下倉健也さんを嵌めようとした、ということは考えられないでしょうか」

「なんだと?」古賀は真顔になって理沙を見た。「下倉は十年前に死亡しているんだぞ」

「ええ。そのことを知らなかった犯人が、下倉さんに罪をかぶせようとしたのではないかと……」

「そんなことがあるだろうか」

「今の段階では、どんな可能性も否定しないほうがいいんじゃないでしょうか」

古賀は黙って思案する様子だったが、じきに理沙に向かって「わかった」と答えた。

「鳴海の言うとおりだ。あらかじめ決めつけてしまうのはやめよう。しっかり裏を取って、着実に捜査を進めていくことにする」

矢代はそのやりとりを、少し意外に思いながら見ていた。殺人捜査のベテランである古賀係長が、理沙の意見を受け入れたのだ。以前なら考えられないことだった。

これも文書解読班が認められてきたからだろう。矢代はそう考えた。

会議が終わると、財津係長は前に出ていって古賀係長と何か話し始めた。

そのうち古賀は鑑識課の権藤を呼び、財津は科学捜査係の谷崎を呼んだ。四人はホワイトボードのそばで相談を続けている。やがて結論が出たらしく、財津は谷崎と一緒にこちらへ戻ってきた。

「何かあったんですか？」矢代は尋ねた。

「遺体の指紋が消されているだろう。あれをどうにかできないかと話し合っていたんだ」

財津がそう答えると、谷崎が続けた。

「あの遺体の指から指紋を採るのは無理ですが、洋服やベルトのバックルから部分指紋が採れたそうです。今、科学捜査係で、部分指紋を効率よく照合するシステムを作っているんですよ。それを使って、鑑識課に協力することになりました」

「科学捜査係はすごいな。前に見せてもらった類似・近似画像検索システムも便利だったし、たいした技術力だ」

矢代に褒められて、谷崎は「ふふん」と上機嫌な顔になった。

「僕が全力で取り組めば、こんなものですよ」

「おまえひとりの手柄じゃないだろう」横から財津が口を挟んだ。「先輩たちの研究成果があったからだ。そこを履き違えないように」

「……わかりました」

谷崎は首をすくめて小さく頭を下げる。

さて、と言って理沙は『死者と魂の楽園』を手に取った。表紙を財津のほうに向ける。

「私はこの詩集をよく調べてみます。四行詩と似ている詩は『生きながらの死』ですが、すべてに目を通せば、何か気がつくことがあるかもしれません」

　財津は理沙から本を受け取り、ぱらぱらとページをめくった。何編か詩を読んでいたが、じきに首をかしげた。

「四行詩を書いた人物は、この詩集のどこが気に入ったんだろうな」

「死の雰囲気に惹《ひ》かれたんじゃないでしょうか」理沙は答えた。「矢代さんたちの話だと、作者は居場所のわからない奥さんを案じてこの本を作ったそうです。全編に漂う暗い空気に、味わいがあるんだと思います」

「その死の雰囲気とやらが、殺人事件を招いたとしたらどうだ？」

　財津に質問され、理沙は難しい顔で考え込む。ややあって、彼女は言った。

「犯人からじっくり話を聞いてみたいですね。なぜあんなことをしたのか。どの段階で非日常の殺人者に変わってしまったのか。そして、創作物が犯罪に影響を与えることはあるのか……」

　よくわからないという表情で、財津は詩集を理沙のほうに差し出す。

　本を受け取ると、理沙は真剣な顔で表紙をじっと見つめた。

第二章　墜落した男

1

翌、九月二十日。朝の捜査会議が終わると、川奈部がこちらへやってきた。

「倉庫番、俺たちと出かけるか？　大事な情報収集だ」

矢代は慌てて椅子から立ち上がった。

「どこへ行くんですか？」

「十年前に下倉健也が殺害された、という話があっただろう。父親の下倉栄輔《えいすけ》と連絡がとれたんだ。経営コンサルティング会社の社長だそうだ」

「父親ならいろいろ話してくれそうですね。ぜひご一緒させてください」

理沙から許可を得て、矢代と夏目は川奈部についていくことにした。川奈部は小金井署の若手刑事を連れてきた。現在、ふたりでコンビを組んでいるそうだ。

電車で新宿《しんじゅく》駅に移動した。自動改札を抜けて、四人は駅前の道を歩きだす。目的のビルまでは五分ほどだった。

ビルの壁面には、一階から三階まで《下倉コンサルティング株式会社》という看板が出ている。経営コンサルティング会社としては、かなり規模が大きいようだ。

受付で川奈部が警察手帳を呈示し、来意を伝えた。事前に連絡してあったので、話はすぐに通じた。応接室へ案内され、矢代たちはソファに腰掛ける。

壁を見ると、前衛絵画ふうの油彩画が飾ってあった。動物の絵のようだが、何を描いたものかはわからない。サインが記されていたが、誰の作品なのかも不明だった。

三分ほどでドアがノックされた。六ー歳前後と見える、白髪頭の男性が入ってくる。矢代たちは揃って立ち上がった。

ひとめ見て、プライドの高そうな男性だな、と思った。顔が細長く、いかにも神経質そうな印象がある。矢代たち四人を素早く見回し、誰がリーダーなのか即座に察したのだろう。男性は川奈部の前に立った。

「お待たせしました。代表取締役の下倉栄輔です」

はっきりした声で言ってから、彼は高そうなスーツの内ポケットに右手を差し入れた。きれいな動作で名刺を差し出す。川奈部はそれを受け取り、警察手帳を呈示した。下倉は鋭い目つきで川奈部の名を読み取ったようだ。

勧められて、矢代たちはあらためてソファに座った。

タイミングをはかったように再びドアがノックされ、女性社員がコーヒーを出してくれた。香りのいいコーヒーだ。彼女が一礼して出ていくのを待ってから、川奈部は口を開いた。

「こちらの会社は下倉さんが起業なさったんですか？」

「そうです」下倉はうなずいた。「もとは会計事務所にいたんですが、三十年ほど前にこの会社を設立しました。知人と共同経営していましたが、彼が体調を崩して辞めたので、今は私ひとりで舵《かじ》を取っています」

「コンサルティング会社というと、少数精鋭といいますか、もっと小規模なものを想像していましたが……」

「当初はそうでしたね。起業したときには、私を含めて社員が五人だけでしたから」

「その後、大きく躍進したわけですか。秘訣《ひけつ》は何です？」

「経営コンサルタントというと、経営だけわかっていればいいようなイメージがあるでしょう。しかし私は、さまざまな産業のプロを採用して、あとから彼らに経営のノウハウを仕込んだんです。その結果、お客様の業態に合わせた、きめ細かいアドバイスができるようになりました」

言葉づかいは丁寧だが、下倉の表情は硬いままだった。捜査員の前だから緊張しているのだろうか。いや、違うな、と矢代は思った。彼はおそらく用心深い人物なのだ。

「なるほど。そのへんがほかの会社とは違うわけですか」感心した様子で言ったあと、川奈部は口調を変えた。「ところで今日お邪魔したのは、十年前のお話をうかがいたいと思ったからです」

「息子のことですね？」

「つらいご記憶だと思いますが、ぜひ捜査にご協力ください」

下倉はしばし黙り込んだ。かすかに眉《まゆ》をひそめるのがわかった。息子のことは、ずっと意識の底に押し込めていた忌まわしい記憶に違いない。それを掘り起こそうとする警察官たちに、いい感情を抱いているはずはなかった。

「十年前、警察の方にはお世話になりました」低い声で下倉は言った。「ですが、結局犯人は見つかりませんでした。私や妻がどれだけ失望したか、おわかりですか」

決して強い調子の発言ではなかった。だがそれは、ここが会社の応接室だからだろう。もし個人的に話を聞いていたとしたら、下倉はもっと厳しい言葉を発していたのではないか――。そう思うと、少し居心地が悪くなった。被害者の遺族から話を聞くのは、いつも気が滅《め》入《い》る仕事だ。

だが川奈部は何も気にしないという顔で、質問を続けた。

「当時のことは資料で読みました。犯人が見つからず、下倉さんは本当に無念な思いをされたことと思います」

「こう言ったら失礼かもしれませんが、今になって急に調べ始めたのはなぜですか？　もしかしたら何か別件の捜査のために、健也の事件を見直しているだけなのでは……」

下倉の勘のよさに、矢代は驚かされた。彼の言うとおりだ。自分たちは小金井事件を解決するために、十年前の墨田事件を調べようとしている。もちろん、できることなら墨田事件の再捜査も手がけたいのだが、時間の制約があってそれは難しい、というのが現状だ。

「おっしゃるとおり、きっかけは別の事件です」

川奈部がはっきり答えたので、矢代は思わず身じろぎをした。遺族の前なのだから、もう少し取り繕ったほうがいいのではないか。

「本音が出たようですね。申し訳ありませんが、そういうことなら私は……」

と下倉が言いかけるのを、川奈部は制した。

「きっかけは別であっても、警察が墨田事件を調べ直すのは事実です。十年前のことは遺憾に思いますが、これはチャンスだと考えていただけませんか。十年経った今、我々の捜査技術も向上しています。今回の捜査で、墨田事件の犯人が見つかる可能性があります」

真剣な顔で説明する川奈部を見て、下倉は考え込んでいる。心の中で悔しさや悲しさ、憤りなどの感情が入り交じっているに違いない。

ややあって下倉は口を開いた。

「わかりました。いろいろ思うところはありますが、刑事さんの言葉を信じましょう」

「助かります」うなずいてみせてから、川奈部は質問を始めた。「健也さんはジュネス向島というマンションに住んでいたそうですが、いつからひとり暮らしをなさっていたんですか」

「大学を卒業したあと、就職にあわせてマンション暮らしを始めました。最初のうちは私が家賃を半分ほど出していました。新入社員の給料では、生活するのも大変でしょうから」

「たしかに、健也さんにはあまり余裕がなかったようです。資料によると、銀行口座の残高は十三万円ほどでした。不正な引き出しは認められていませんから、これが健也さんの預金の全額だったと考えられます」

「ええ、当時も刑事さんからそう聞きました。どうして健也が狙われたのか理解に苦しみます。犯人たちは結局、たいしたものは盗めなかったわけでしょう？」

　下倉の顔に悔しそうな表情が浮かんだ。今まで経営者として落ち着きを保っていた彼が、初めて親の顔になった。こみ上げてくる怒りを抑えるのに、苦労しているようだ。

「仕事や交友関係で、健也さんが何か困っていることはありませんでしたか」

「どうでしょうね。あの子が家を出てからは、たまに電話で話すぐらいでしたから」

「よく思い出してください。誰かとトラブルになっていたような話は聞きませんでしたか」

　川奈部がそう尋ねたとき、かすかだが下倉の顔に戸惑いの色が浮かんだ。何かあると感じたのだろう、川奈部は質問を重ねる。

「ここは大事なところです。小さなことでも聞かせてください」

「お恥ずかしい話ですが……」ためらったあと、下倉は続けた。「健也の行動には少し問題がありました。酒を飲むと気が大きくなってしまったようで、いくつかトラブルを起こしていたかと思います。でも、だからといって殺されるほどだったとは思えないんですよ。そうじゃありませんか？」

下倉は川奈部から矢代へと視線を移した。だが当時の状況を知らない矢代には、肯定も否定もできない。黙っているしかなかった。

川奈部は鞄《かばん》を引き寄せて中を探った。懐中時計の写真がプリントされた紙を、テーブルの上に置く。

「じつは、今我々が調べている事件でこんなものが出てきました」

「時計……ですか」

「これに健也さんの指紋が複数付いていました。息子さんが何かの記念にもらったとか、そんな記憶はありませんか」

下倉は即座に首を振った。

「私は知りません。でもあの子は鍵《かぎ》とか写真立てとか、アンティークグッズが好きでした。その延長で、懐中時計を買った可能性はあると思います。……これが、最近起こった事件の現場に落ちていたんですか？」

「そうです。もしかしたら、健也さんを殺害した犯人があらたな事件を起こしたのかもしれません」

「なるほど。そういうことですか……」

下倉は川奈部をじっと見つめた。表情がこれまでとは変わっている。警察の捜査への、強い期待が感じられた。

「お願いします。絶対に犯人を逮捕してください。私にできることがあれば何でも協力しますから」

「ええ、そのときはよろしくお願いします」

そろそろ聞き込みも終わりだろうか。矢代がそう考えていると、下倉が妙なことを話しだした。

「刑事さん、私はこのときを待っていたんですよ。あんなひどいことをした奴らです。逮捕されて、新聞やテレビで報道され、ネットで叩《たた》かれるべきなんですよ。犯人の家族も親族も全員不幸になればいい。そうでなければ、私や妻の気持ちはおさまりません」

遠くを見るような目をして、下倉はつぶやき続ける。先ほどまでの紳士的な態度はどこかに消えてしまっていた。今矢代たちが見ているのは、犯人への憎しみをつのらせる哀れな父親の姿だ。

最後にいくつか質問を済ませると、川奈部は下倉に礼を述べた。

「お忙しいところ、どうもありがとうございました」

「何か犯人のことがわかったら教えてください。待っていますから」

真剣な口調で下倉は念を押す。

川奈部は喉仏《のどぼとけ》に触りながら何か考えていたが、やがて「わかりました」とうなずいた。

ビルを出て、四人は駅のほうへ歩きだした。矢代は小声で川奈部に話しかける。

「なんだか、独特の雰囲気を持った人でしたね」

「嫌な記憶を無理やり掘り起こしてしまったんだ。ある程度は仕方ない」

「もっと冷静な人かと思いましたけど」

「子供を殺された経験があれば、誰だって普通ではいられないさ。でも下倉さんは頭のいい人間だ。感情的には納得いかない部分もあっただろうが、俺の話を聞いて、自分にもメリットがあると判断した。……彼が協力したくなるよう、俺のほうから仕向けたというわけだ。うまくいっただろう？」

「そうなんですか？　川奈部さん、なんだか鈍感なように見えたんですが」

「まあな。刑事なんていうのは多少鈍感なほうがいいんだよ。そうでないと、相手に気をつかってしまって身が持たない」

なるほど、と納得しながら矢代は先輩の話を聞いた。そばで所轄の若手刑事もうなずいている。夏目は夏目で、我が身を振り返っているようだった。

続いて矢代たち四人は墨田事件の現場に向かった。

住宅街を歩いていくと、青みがかった灰色のマンションが見えてきた。ジュネス向島だ。

比較的家賃の安い賃貸マンションなのだろう、オートロックはなく、誰でも出入りできるようになっている。管理人室もない。西向きのエントランスから中に入り、エレベーターで四階に上がってみた。

かごから降りて右を見ると、四一〇号室があった。奥に向かって共用廊下を進んでいくと、四〇九、四〇八、四〇七と続いている。その先が問題の四〇六号室だ。

「先輩、今もマークがありますよ」

背の高い夏目が、電気のメーターボックスを指差した。

彼女の言うとおりだ。事件からすでに十年経っているが、現場となった四〇六号室の電気メーターには《†》《▽》《×》のマークが残っている。

「話を聞いてみるか」

表札を確認したあと、川奈部がチャイムを鳴らした。インターホンから男性の声が聞こえたので、警察官であることを伝える。

驚いた様子で住人が出てきた。二十代後半と思われる小太りの男性だ。灰色のトレーナーの上下を着ていた。

「何かありましたか？」

まばたきをしながら尋ねてくる男性に、川奈部はメーターを指差してみせた。

「ちょっとうかがいますが、このマークはいつからここに？」

え、と言って男性はメーターボックスを見上げる。三つのマークを見て、彼はまばたきをした。

「何でしょうね。今まで気がつきませんでした」

「そうですか。十年前の事件については、お聞きになっていますか？」

「知りませんけど……。何かあったんでしょうか」

「いえ、それならけっこうです。どうもお邪魔しました」

不思議そうな顔をしている男性を残して、川奈部は踵《きびす》を返した。矢代たちは男性に会釈をして、共用廊下を歩きだす。

川奈部は非常階段の手すりにもたれかかり、携帯でどこかへ架電した。やがて話がついたらしく、電話を切ってこちらを向いた。

「不動産会社に行こう。事件当時、四〇五号室は空き部屋、四〇七号室の住人は外出していたという話だったよな。四〇七の住人は今、別のマンションに住んでいる。詳しいことを聞かせてもらおう」

四人は不動産会社を訪ねて、隣人のその後について質問した。

かつて四〇七号室に住んでいた人は、事件があって気味が悪いから、と引っ越したそうだ。同じ不動産会社の仲介で、ジュネス向島から徒歩五分ほどのマンションに転居した。今もそこに住んでいるというので、矢代たちは会いに行った。

男性は戸越慎太郎《とごししんたろう》といって、現在四十五歳。髪にはパーマをかけ、顎《あご》ひげを生やしていた。インテリアデザイナーとして自分の部屋で仕事をしているらしい。ここが事務所兼住居というわけだ。

「不動産会社から連絡をもらいました。どうぞこちらへ」穏やかな口調で彼は言った。

礼を述べて川奈部はドアの中に入る。矢代たちもあとに続いた。どこかに仏壇があるのだろう、線香のにおいが感じられた。

矢代たちはリビングルームに通された。大型のテレビに高級そうなオーディオセット、天井から吊《つ》り下げられた照明器具も豪華だ。壁にはシンプルだが美しい版画がいくつか飾ってあった。かなり裕福な暮らしをしているようだ。

仕事中だろうに、彼はわざわざ紅茶を淹《い》れてくれた。

「いいお部屋ですね。……奥に仏壇がありますか？」

川奈部がそう問いかけると、戸越は笑顔で答えた。

「ええ、線香のにおいを嗅《か》ぐと落ち着くんです。仏壇には両親の位牌《いはい》があります。父が亡くなってから十四年になりますかね。母はその翌年、あとを追うように病死しました」

なるほど、とうなずいてから川奈部は本題に入った。

「十年前にジュネス向島、四〇六号室の下倉健也さんが殺害されました。覚えていらっしゃいますよね」

「もちろんです。あれには驚きました」

「事件があったのは九月六日の夜でした。その日は出かけていたそうですが……」

「仕事の打ち合わせで、静岡県のホテルに泊まっていたんです。七日の昼ごろ帰ってきたら警察の人が大勢いて、隣で殺人事件があったと聞かされました。下倉さんは無断欠勤して連絡がつかないというので、会社の人が様子を見に来たんだそうです。鍵《かぎ》が開いていたから中を覗《のぞ》いてみると、下倉さんが倒れていた、という話でした」

　矢代はメモ帳にその証言を書き付ける。隣で夏目も同じようにメモをとっていた。

「当時、四〇六号室の下倉さんが何かトラブルに巻き込まれている、というような話はなかったでしょうか」

　川奈部が尋ねると、戸越は顎ひげを撫《な》でながら、ぽつりと言った。

「あの人はちょっとねえ……」

「何かあったんですね？」

「亡くなった人のことを悪く言いたくはないんですが、下倉さんには困っていたんです。私だけじゃなくて、たぶんほかの階の住人たちもね。だってあの人、夜中にステレオをかけたり、大きな声で電話をしたり、急に金槌《かなづち》で何か作業を始めたり……。苦情を言いに行ったら、かなり酔っているみたいでした。私も酒は好きだから、あんまり責めちゃ気の毒だと思いましたが、それにしても迷惑でしたよ。ほかにも、ごみ捨てのマナーが悪かったりね。喧嘩《けんか》はしませんでしたけど、ちょっと揉《も》めることはありました」

　十年も前のことだし、相手は死亡している人物だ。とはいえ戸越の中には、今もよくない印象が残っているようだった。

「下倉さんの部屋の電気メーターに、妙なマークが書いてあったのをご存じですか」

「マークですか。……ええ、ありましたね」

おや、と矢代は思った。隣の家の住人だったのに、戸越はあのマークに気づいていたらしい。

「セールスの人間が書いていくんだと、どこかで聞きました。うちのメーターにも書かれていたんですよ。気持ちが悪いから、うちはマークを消したんですけどね」

「よくお気づきになりましたね」

「私はデザイナーですから、ものの形に注目するんです。電気メーターをじっと見ていたら、たまたま妙なマークを発見したというわけです」

彼のようにマークに気づく人は、案外少ないのかもしれない。今度、自分のうちのメーターも調べてみよう、と矢代は思った。

感謝の意を伝えて、川奈部は聞き込みを終わらせた。

矢代たちはマンションを出て、駅への道を歩きだした。

前を行く川奈部に、夏目が話しかける。

「今ちょっと思ったんですが、あのマークがターゲットの印だった、ということはないでしょうか」

「ターゲットの印？」川奈部は振り返って尋ねた。

「はい。犯人は何かの目的をもって家を選び、マークを書いたのではないかと」

「その目的って何だい。この家には懐中時計があるぞ、とか？」

「もしかしたら、そうかもしれません」

歩道で足を止め、腕組みをしながら川奈部は考え込む。「どうだろうなあ」と彼はつぶやいた。夏目の意見には賛成しかねるといった顔だ。

そこへ電話の着信音が鳴り響いた。四人は一斉に自分の携帯を確認する。

「あ、俺だ」川奈部がつぶやいて携帯を操作した。「はい、川奈部です。……今、下倉健也の隣に住んでいた人物から、話を聞いたところです。……えっ？　本当ですか？」

川奈部は険しい表情を浮かべて、携帯を握り直した。

「了解です。メールで場所を教えてください。……はい、すぐ現場に向かいます」

現場に向かう、という言葉を聞いて矢代は眉《まゆ》をひそめた。嫌な予感がする。何か事件が起こったのではないだろうか。

「川奈部さん、どうかしたんですか？」

「男性の他殺死体が発見された」川奈部は険しい表情で答えた。「また四行詩が出てきたそうだ」

「四行詩が？」

矢代は夏目と顔を見合わせる。遺体とともに発見された四行詩。小金井事件とよく似た現場状況だ。これは同一人物による犯行ではないのか。

――連続殺人事件ということか？

被害者はまた、庭の土に埋められていたのだろうか。草を掻《か》き分けていったところに、突然人間の手が現れたのか。血の気の失《う》せた、青白い死者の手が――。

遺体の様子を想像して、矢代は拳《こぶし》を握り締めた。

大胆な犯行を続け、警察をあざ笑うかのような犯人には憤りを感じる。奴はあの詩を読み解けとでも言いたいのだろうか。もしかしたらゲームのような感覚で、犯行を繰り返しているのか。

川奈部の携帯にメールが届いたようだ。

「場所がわかった。狛江《こまえ》市だ」

「急ぎましょう！」

表情を引き締めて矢代は言った。四人は駅に向かって走りだした。

2

タクシーの運転手はこの辺りの土地に詳しいようだった。

抜け道をよく知っていて、細い道路を苦もなく走り、短時間で矢代たちを目的地まで運んでくれた。

助手席に乗っていた矢代が料金を払う。その間に川奈部たちは後部座席から外に出た。

少し遅れて矢代もタクシーから降り、辺りを見回した。ここは住宅街の外れだ。近くにはアパートや駐車場、空き地、民間企業の倉庫などがある。

　そんな中、どこが事件現場なのかは一目瞭然《いちもくりょうぜん》だった。二十メートルほど先に警察車両が多数停まっていて、関係者が慌ただしく出入りしている。

　矢代はそこにある建物を見上げた。灰色のコンクリートの塊だ。

　四階建ての古いアパートだが、使われなくなってからかなり経つようで、廃墟《はいきょ》という名にふさわしい雰囲気だった。エレベーターはなく、すべて階段で上り下りするタイプだ。横に長い建物には階段が三つ設けられていて、それを上っていくと各フロアに左右一戸ずつ部屋がある。

　子供のころ友達がこういうアパートに住んでいたことを、矢代は思い出した。当時友達は四階の住人で、重い荷物を運ぶのに階段を使わねばならず、大変だと話していた。

　東側にある階段の下に、ブルーシートが広げられていた。塀の向こうは駐車場だから、そこなら目撃されにくいと犯人は考えたのかもしれない。

　川奈部が、現場にいた中年の鑑識主任に声をかけた。

「お疲れさまです。ご遺体はまだそこに？」

「ああ、川奈部さんか。お久しぶり」主任は腰をさすりながら言った。「拝んでやってくれ。ひでえ有様だよ」

　鑑識主任に案内されて、矢代たちはブルーシートの中に入った。

　コンクリートの上に男性が横たわっていた。歳は三十代半ばだろうか。ブルージーンズにボーダーのシャツ。胸の辺りと後頭部が血で汚れていた。左腕があり得ないような角度に曲がっている。

「これは……上から墜落したのか」

川奈部がつぶやくと、鑑識主任が深くうなずいた。

「三階と四階の間の踊り場に、靴跡が残されていたよ。その前に、胸を刺されて死亡していたようだ。死亡推定時刻は昨日の二十二時から二時間ほどの間だろう」

矢代と夏目は遺体に向かって手を合わせた。それを見て川奈部と若手刑事も、しばし遺体を拝んだ。

「しかし妙ですね」遺体のそばにしゃがみながら、矢代は言った。「すでに死亡していた人を、わざわざ上から落としたんですか？」

「俺もおかしいと思った」鑑識主任はこちらを向いた。「小柄だとはいえ、被害者の体重は六十キロぐらいある。三階半運ぶのはかなりの重労働だっただろう。殺害のあと、なぜそんなことをしなくちゃいけなかったのか……」

「よほど恨みが深かったんでしょうか」

遺体を見つめて、夏目が小声で言う。矢代は首をかしげた。

「そうだとしても、運んで落とす必要があるかな」

「ですよね……」

よくわからないという顔で、夏目も考え込む。その横で川奈部が口を開いた。

「特別な理由があったのかもしれないぞ」

「どういうことです？」

矢代は川奈部の顔をじっと見つめた。夏目や若手刑事も彼に注目する。

みなの視線を受けて、川奈部はひとつ咳払《せきばら》いをした。

「死者をさらにむち打つような犯行だ。もし感情的な理由だとすれば、夏目の言うように相当恨みが深かったんだろう。あるいは……感情以外の理由があったという可能性も考えられる。何かを偽装したかった、とかな」

「偽装というと？」

矢代が尋ねると、川奈部は少し考えてから自分の喉仏《のどぼとけ》を撫《な》でた。

「たとえば、被害者は事前に何か怪我をしていたが、それは犯人の特定に繋《つな》がりかねないものだった。なんとかごまかすため、犯人は遺体を墜落させてひどい怪我をさせた。墜落すれば打撲に骨折、場合によっては裂傷も負うだろう。そういう傷で、もとからあった傷を隠してしまったというわけだ」

「なるほど。可能性はありますね。検視でそのへんをしっかり調べてもらわないと……」

「俺から伝えておこう。見落としのないよう、ご遺体を調べてもらうようにする」

鑑識主任はメモ帳に何か書き込んでいる。それから、部下の鑑識課員に小声で何か指示を出した。

ところで、と川奈部が言った。

「被害者の身元はわかっているんですか？」

「今のところ不明だ。免許証も会員カードもなかった。指紋を調べたいんだが、薬品で消されている」

「前の被害者と同じですね」夏目が矢代のほうを向いた。「でも、変です。身元を隠したいのなら、なぜ遺体を見つかりやすい場所に放置していったんでしょうか」

　犯人の行動には矛盾があるように思われる。だがそう見せかけているだけかもしれず、今の時点では判断がつかない状態だ。

　ここで矢代は大事なことを思い出した。

「今回も四行詩が見つかったんですよね？」

「ああ。ジーンズのポケットに入っていた」

　鑑識主任が証拠品保管袋を差し出した。もとは四つに畳まれていた紙だろう。パソコンでプリントされたらしい文字が並んでいる。

生きながらの死はいつまでも続く
光と影の【反転】、生と死の【逆転】
〈罪人は奈落の底に落ちるだろう〉
黒い影は私にそっと話しかけた

前回の詩と似た雰囲気がある。だが内容としては、直接関係があるわけではなさそうだ。

「なんというか、この前より不気味な感じになっていますね」

矢代が言うと、川奈部や夏目は深くうなずいた。

みなでその文章を見ているところへ、シートをめくって誰かが現場に入ってきた。

「すみません、遅くなりました」

理沙だった。急いで来たのだろう、少し息が乱れている。

川奈部に会釈をしたあと、彼女は遺体を拝んだ。それから矢代のほうを向いて尋ねた。

「状況はどうです？」

「胸を刺されて死亡したあと、階段の踊り場から落とされたようです」矢代は手短に説明した。「……というわけで、今ちょうど四行詩を読んでいたところなんです」

「見せてもらえますか」

白手袋を嵌《は》めた手で、理沙は証拠品保管袋を受け取った。

彼女の眉間《みけん》に皺《しわ》が寄った。真剣な表情で、何度も四行詩を読み返しているようだ。今、彼女の頭の中にはさまざまなイメージが飛び交っているに違いない。

しばらくして理沙は顔を上げた。

「『生きながらの死はいつまでも続く』とは、ずいぶん不気味な表現ですね。『光と影の【反転】』『生と死の【逆転】』は、生きていた者が死んでしまうことの恐ろしさを表現しているんでしょうか。そのあとの言葉……。『罪人』というのは誰なんでしょう。それを『私』に向かって言ったのは『黒い影』です。これは小金井事件の四行詩にも出てきましたね。『黒い影』と『私』の間にはどんな関係があるのか……」

口の中でぶつぶつ言いながら、理沙は詩の内容を考え続けている。

矢代は紙を指差して彼女に尋ねた。

「白鳥大洋さんの本に、こういう詩は載っていましたか？」

「いえ、なかったはずです」

理沙はバッグの中を探って『死者と魂の楽園』を取り出した。すでに大量の付箋《ふせん》が貼られている。ぱらぱらとページをめくっていたが、じきに彼女は首を振った。

「やっぱり、ありません。今回の詩は犯人独自のものだと思います」

「小金井の詩と、直接の繋がりはなさそうですね」

「とはいえ、『黒い影』と『私』が登場しています。そして死のイメージが強く感じられますよね。犯人は『生きながらの死』という詩を改変してから、自分なりの観点で第二の詩を書いたんじゃないでしょうか。そしてもうひとつ、大事なことがあります」

理沙はゆっくりと男性の遺体を指し示した。

「被害者の状況はこの詩と関係があると思いませんか。『罪人は奈落《ならく》の底に落ちるだろう』……今回の被害者は高いところから落とされていますよね」

あ、と夏目が声を出した。彼女は理沙が持っている保管袋を見つめる。

「この四行詩と同じ形になるように、犯人は被害者を墜落させたわけですか？」

「私はそう思います。小金井事件のときは遺体を土に埋めていました。犯人は自分で作った詩に合わせて、死体損壊や死体遺棄を行っているんでしょう。かなり計画的な犯行だと言えます」

そういえば白鳥大洋も、自分の詩と現場状況が似ていることを気にしていた。第二の事件で犯人は独自の詩を使って、再び現場の細工をしたというわけだ。

「犯人は遺体の身元を知られたくなかったんでしょうね。でもその一方で、事件を起こしたことは警察に知らせたい、というふうに見えます。私たちをからかっているのか、あるいはほかの目的があるのか……。いずれにせよ、警察の捜査を強く意識していることは間違いありません」

理沙の説明を聞いて、鑑識主任は納得したという様子だ。

さらに遺体を調べたあと、矢代たちはブルーシートの外に出た。


鑑識主任の案内で、アパートの階段に向かった。

古い建築物だから、最近のマンションよりもコンパクトな造りになっている。各戸のドアはかなり小さめに見えた。

一階に設けられた集合郵便受箱のそばに、血だまりがあった。

「殺しの現場はここだろう」鑑識主任が言った。「そのあと犯人は被害者を運んで階段を上った。埃《ほこり》やごみの上に、遺体を引きずった跡があったよ」

矢代たちは階段を上っていく。三階と四階の間にある踊り場で、鑑識主任はこちらを振り返った。

「ここに乱れた靴跡が残っていた。揉《も》み合ったという感じじゃないな。手すりに付いていた汚れもこすれている。遺体を持ち上げて、この踊り場から落としたんだろう」

矢代たちは手すりに近づいて、そっと下を見てみた。遺体があった一階のコンクリートまでは、十数メートルといったところか。圧倒的な高さではないが、恐怖を感じるには充分だった。

矢代は事件当時の様子を想像してみた。

犯人はナイフで刺殺したあと、遺体を引きずっていった。この踊り場に着くと、被害者の上半身を引っ張り上げ、手すりの外に出した。あとは腰や太ももに手をかけて体を押し出せば、重みで落下するというわけだ。どすん、という音が聞こえたに違いない。犯人は、今の矢代たちのように手すりから身を乗り出して下を見たはずだ。

そのあと急いで一階へ下りて、遺体の状況を確認したことだろう。後頭部から流れ出る血液。奇妙な具合に曲がった腕。暗い夜空を睨《にら》んでいるかのような両目。すでに死亡していた被害者は、あらためて呻《うめ》き声を上げたりはしない。壊れた人形のような姿で、そこに倒れているだけだ。犯人はどんな思いで、その遺体を見つめていたのか。

夏目は階段を半フロア上って、四階を見にいくようだ。矢代もそれにつきあって、四階にある住戸を確認した。左右どちらの部屋も施錠されていてドアは開かない。

踊り場に戻っていくと、川奈部がどこかに電話をかけていた。

しばらく難しい顔で話していたが、やがて彼は電話を切り、こちらを向いた。

「この現場の状況を、古賀さんに報告しておいた」

「小金井事件の被害者のほうはどうですかね。何かわかったんでしょうか」

「捜査を続けているが、まだ身元はわからないそうだ。被害者がふたりになってしまったから、今後区別する必要がある。小金井のほうはマル害1、こちらはマル害2と呼ぶことになったらしい」

「名無しのままだなんて、被害者がかわいそうですね……」

夏目が神妙な顔をしてつぶやいた。こういう話に彼女は弱い。

「動機が怨恨《えんこん》だとすれば、マル害1と2の間には関係があるかもしれない」川奈部が言った。「同じように犯人から恨まれていたとかな。古賀さんも、そのへんを探ってほしいと言っていた」

わかりました、と理沙はうなずく。

「あとは指紋の件ですね。IT担当の谷崎さんが、部分指紋を照合するシステムで対応可能かどうか調べています。うまくいくといいんですが……」

「とにかく被害者ふたりに、早く名前を取り戻してあげたいですね」

そう言って、矢代は川奈部から夏目、理沙へと視線を移していった。みな、厳しい表情を浮かべている。

記号で呼ばれてしまうふたりは本当に気の毒だ。一日も早く身元を特定して、遺族にも報告しなければならないだろう。

――今の時点では、遺族もこの事件を知らないんだ。

残酷な形で殺害されたふたりの被害者。彼らには家族、親族がいるはずだが、身元がわからなければ連絡のとりようがない。自分たち捜査員はまだ、充分に役目を果たせずにいる。

強い焦りを感じながら、矢代は一階のブルーシートを見下ろした。

3

矢代たちは事件現場を離れ、それぞれの捜査を進めることにした。

理沙は小金井署に戻り、ふたつの四行詩を分析するという。川奈部と相棒は、地取り班とともに現場周辺で目撃情報を探すそうだ。矢代と夏目は細かい役割に縛られず、自由に動いて情報収集することになった。

「文書解読班とはいいながら、今の俺たちにできるのは聞き込みだけだからな」

「私も先輩も、足で稼ぐのが得意ですもんね。刑事時代を思い出して情報を集めましょう」

夏目はやけに張り切っているようだ。不思議に思って矢代は尋ねた。

「まだ手がかりもないのに、ずいぶん前向きじゃないか」

「手がかりがないからこそ気合を入れるんですよ。こういうところで成果を挙げなくちゃいけません」

マル害1、マル害2の写真は用意してある。鑑識がきれいに顔を拭《ふ》いてから撮影したものだ。これを使って目撃者を探すことにした。

「第二の事件については、殺人班が地取りをしてくれている。俺たちはマル害1を調べたほうがよさそうだ。一番手がかりがありそうなのは、やはり国分寺駅近くの酒販店だな。一昨日《おととい》の夜、被害者がそこに行ったことは間違いない」

「地取りの人たちは駅周辺でローラー作戦をやっているところでしょうね。一軒一軒訪ねて、写真を見せているはずです」

「俺たちも行ってみよう」

矢代と夏目は電車で国分寺駅へ移動した。

問題の酒販店は、駅から徒歩三分ほどの場所にあった。個人経営だと思われる小さな店だが、酒の品揃えはいいようだ。

警察手帳を呈示して、店主らしい中年男性に声をかけた。

「すみません、警視庁の者ですが……」

「え、またですか」額の広いその男性は、迷惑そうな顔をしている。

「何度も捜査員が来ていると思いますが、少しお時間をください」矢代は申し訳なさそうな顔をしてみせた。「これも事件解決のためですので」

「一昨日の夜のことでしょう？」男性は記憶をたどる表情になった。「レシートの印字は夜六時十四分。そのころたしかに男のお客さんが来ましたよ」

「この人ですよね？」

マル害1の写真を相手に見せる。男性は何度かうなずいた。

「そうです。ビールと焼き鳥の缶詰を買っていきました」

「ビールですが、ちょっと珍しいものですよね」レシートのコピーを出して、矢代は指差した。「あまり聞いたことがない銘柄ですが」

「ベルギーのビールです。好きな人はけっこういますよ。コンビニなんかでは売っていないんだけど」

「このお客さんは、わざわざベルギーのビールを買いにきたんでしょうか」

「最初はほかのビールの名前を挙げて、ここにあるかどうか確認していましたよ。それがなかったから、ベルギーのビールを選んだみたいです。かなり銘柄に詳しい人でしたね」

「そしてつまみは焼き鳥の缶詰だった、と……」

「けっこう高いものです。セットにしてお歳暮に送るようなやつ」

「財布に余裕のある人だったんですかね」

「見た目はそういう感じじゃなかったけど、好きなものにこだわる人だったのかもしれませんねえ」

矢代はマル害1の着衣を思い浮かべた。黒っぽいジーンズに青いシャツ、茶色いスニーカー。たしかに、一見して富裕層とは感じられない恰好《かっこう》だ。

「鞄《かばん》などは持っていましたか？」

「たしかショルダーバッグを掛けていたと思います」

そのバッグは事件現場には残っていなかった。おそらく犯人が持ち去ったのだろう。

礼を述べて、矢代と夏目は酒販店を出た。

「マル害1はここからどう移動したんでしょうね」夏目は辺りをぐるりと見回す。

「本人の気持ちになって考えてみようか。一昨日の十八時過ぎ、彼はこのへんを歩いていた。その時刻に普段着でいたわけだから、会社員ではないのかもしれない。いや、会社員だったとしても一昨日は休みだったのかもな。……おそらく彼はどこかへ出かけて、家に帰る途中だったんだろう。駅からここまで歩いてきて酒屋に入った。外国産のビールが欲しかったから、コンビニやスーパーには行かなかったわけだ」

「で、ベルギーのビールと高級な缶詰を買ったわけですね」

「そう。……店を出て、自宅に向かったんだろうな。どっちへ行ったのか。帰宅する途中で酒屋に寄ったのなら、駅へ戻ることは考えにくい。このまま駅の南に進んだんだろう」

携帯電話で地図を開いて、矢代はＪＲの南側一帯を指差した。夏目も異論はないようだ。

矢代たちは酒販店を中心とした区域を歩きだした。

途中、雑居ビルにある会社や個人商店、民家などで話を聞いてみた。この写真の男性を見たことはないかと尋ねたが、知っているという人は見つからない。散歩中の老人や、買い物帰りの主婦などにも声をかけてみたが、成果はなかった。

「まあ、そうだよな」矢代は渋い表情を浮かべる。「普通、よほど近くに住んでいる人でなければ、顔なんて知らないだろうし」

「たしかに、ちょっと離れてしまうと、誰が住んでいるのかわからなくなりますよね」

前方に歯科クリニックの看板が見えた。あ、と矢代は声を上げた。

「そうか、これだ！　近くに住んでいたのなら、歯医者に通っていた可能性がある」

「なるほど、さすが先輩」

矢代たちは早速ドアを開けて、その歯科クリニックに入った。

受付に近づいていくと先客がいた。スーツ姿で、やけに目つきの鋭いふたり組だ。クリニックの女性職員と何か話し込んでいる。矢代はすぐに気がついた。あれは捜査会議に出ていた所轄の刑事たちだろう。髪をスポーツ刈りにした三十代後半の男性は、たしか刑事課の班長だったと思う。

こちらから会釈をすると、ふたりは話を切り上げてやってきた。

「お疲れさまです、文書解読班の矢代です。たしか刑事課の……」

「大場《おおば》だ」彼は品定めをするような目で、矢代たちを見た。「あんたら、どうしてこんな場所にいる？」

尋問するような口調だった。矢代は表情を引き締める。

「小金井事件の被害者について、聞き込みをしているところです」

「この歯科クリニックでは情報なしだ。……それより、別の事件が起こったと聞いたぞ。また妙な詩が出てきたんだろう？　文書解読班なら、そっちを調べるべきじゃないのか」

「詩についてはうちのリーダーが調べています。我々ふたりは情報収集を命じられていまして……」

「矢代さんだっけ？　あんた、何のためにこの特捜に来たんだよ。ただの聞き込みなら、文書解読班でなくてもできるじゃないか」

「まだ捜査の初期段階ですから、人数は多いほうがいいと思うんですが」

ふん、と大場は鼻を鳴らした。不快感を隠そうともせずに、彼は言った。

「あんたら最近、特捜で点数を稼いでいるみたいだな。古賀係長にも気に入られてるらしいが、勘違いするなよ。現場で捜査をするのは俺たちだ。文書解読班は自分の仕事に専念していればいいんだよ」

「ですから、それは鳴海主任が……」

「昨日から調べていて収穫はあったのか？　まだ何もわかってないんだろう？」

矢代は黙り込んだ。大場の言うとおり、今のところ四行詩はまったく読み解けていない。頼みの綱は理沙のひらめきだが、まだしばらく時間がかかりそうなのだ。

「どうしても聞き込みをするって言うんなら、まあいいさ。だけどな、文書解読班ならしっかり文書を解読しろって俺は言いたいんだよ。わかったな」

そう言うと、大場と相棒の刑事はクリニックから出ていった。

やれやれ、と矢代はため息をついた。おかしなところで因縁をつけられたものだ。

「何ですかあれは……」夏目が口を尖《とが》らせて言った。「失礼な人ですね。鳴海主任は一生懸命、頭を働かせているっていうのに」

「しかしな、結果を出さないことには、ケチをつけられても仕方がない」

「それはそうですけど、言い方ってものがあるでしょう」

「成果がなくて、あの人もイライラしてるんだと思うよ。……さあ、捜査を続けるぞ。俺たちが手がかりをつかめば、文句を言う人間はいなくなる」

歯科クリニックを出て、矢代と夏目は捜査を再開した。

そのまま数時間歩き回り、あちこちで聞き込みを続けた。だが、これといった情報は出てこない。焦りはあるものの、さすがに少し疲れてきた。気分転換が必要だろう。

定食屋を見つけて、矢代たちは少し遅めの昼食をとった。ランチの時間帯を過ぎているせいで、店内にほかの客はいない。

「この店の唐揚げは旨《うま》いな。ビールにも合いそうだ」

「事件が解決したら、ここで一杯やりましょうか。いや、まあ、そんな余裕はないでしょうけど……」

夏目が言うのを聞いて、矢代はふと首をかしげた。

「妙だな。マル害1は十八時十四分にビールと焼き鳥の缶詰を買った。一杯やるつもりだったんだろうが、焼き鳥だけというのは少ないよな。これから飲むぞ、というのなら、もう少しつまみがほしいところじゃないか？　俺だったらあと何品か選ぶよ。ついでに弁当なんかも買うかもしれない」

「酒屋さんを出て、ほかの店で買ったんじゃありませんか？」

「いや、駅から酒屋に行くまでに、コンビニやスーパーがあった。これから家に帰るのなら、先につまみや弁当を買うんじゃないかな」

夏目はひとり、まばたきをしている。

「となると……どういうことです？」

「本格的に飲むつもりではなかったんだろう。小腹が空《す》いたので少しビールを飲み、焼き鳥を食べた。まだ十八時台だから、そのあとどこかへ出かけるつもりだったのかもしれない」

「もしかして、犯人と会う予定だったとか？」

彼女の顔を見て、矢代は深くうなずいた。

「そうだったと仮定してみよう。会う前にビールを飲んだということは、マル害1にとって犯人は、馴染《なじ》みの人間だったんじゃないだろうか。……いや、こうも考えられるか。マル害1は自分を落ち着かせるために、アルコールの力を借りたのかもしれない」

「なるほど、ありそうな気がしますね」

「それからもうひとつ。夕方ちょっと早めにビールとつまみで一杯やる、という状況は俺にも覚えがある。出張先で時間に余裕があるときだよ。まずはホテルに戻ってビールを飲みたい、ということだ。今は九月でまだ少し暑さの残る時期だから、考えられるんじゃないだろうか」

「だとしたら、マル害1は自宅に帰ったんじゃなく、ホテルに向かったと……」

「たぶんビジネスホテルだと思う」

　矢代はもう一度、携帯の地図を開いた。駅周辺に何軒かビジネスホテルがある。順番に訪ねていくことにした。ホテルの従業員であれば、客の風貌《ふうぼう》は記憶しているはずだ。写真を見せ、この男性が泊まっていなかったかと質問する。

　三軒目でついに当たりが出た。

「はい、おそらくこの方だと思いますが、当ホテルに宿泊なさいました」フロント係の男性は言った。「ただ、一昨日《おととい》の夜、お出かけになったまま戻られていないんです。ずっと連絡がとれなくて困っていたところでした」

　本人であれば戻っていないのは当然だ。殺害され、今は司法解剖に回されているのだから。

「宿泊予定はいつからいつまででしたか？」

「一昨日、九月十八日から一泊二日のご予定でした」

殺害されなければ十九日――つまり昨日の朝には、チェックアウトするつもりだったわけだ。となると、犯人と会うことだけが目的だったのかもしれない。

宿泊カードを見せてもらうと、彼の個人情報がわかった。

「名前は江原透《えばらとおる》。住所は東京都奥多摩《おくたま》郡辰井《たつい》か。聞いたことがないな」

夏目が素早く、携帯で地図をチェックしてくれた。東京都西部を調べて、彼女は言った。

「ごく小さな集落みたいですね。山の奥のほうです」

カードに記載されていた携帯番号に架電してみたが、電源が切られているというメッセージが聞こえるばかりだった。もしマル害1の携帯なら、犯人に奪われているはずだ。犯人が電源を切ったか、どこかへ捨ててしまったか、どちらかだろう。

江原は車で来訪したのだろうか。従業員に尋ねると、ホテル専用の駐車場はないという。ただ、近くのコインパーキングの利用券を呈示すれば精算してもらえる、という仕組みだそうだ。

「部屋を見せてもらえますか」

矢代たちは従業員の男性に案内してもらい、江原が泊まっていた部屋に入った。

比較的低価格のシングルルームだ。入って右手にユニットバスがあり、部屋の奥にべッドが設置されている。左手の壁には小さな書き物机がひとつ。その上にポットやテレビが置かれていた。

「客室清掃はされていますよね？」

「はい。ですが、お客様の持ち物には触れないようにしています」

白手袋を嵌《は》めてから、矢代は机の引き出しを開けてみた。A4判のクリアファイルの中に、国分寺駅周辺の地図のコピーが挟んである。それとは別に、一枚のメモが入っていた。

《寺尾《てらお》和正《かずまさ》》という名前と、目黒《めぐろ》区内の住所、携帯電話の番号が書かれている。

矢代はひとりで廊下に出て、エレベーターホールに移動した。携帯を取り出し、周囲に誰もいないのを確認してから、その番号にかけてみた。

二回、三回とコール音が続く。駄目だろうかと諦《あきら》めかけたとき、電話が繫《つな》がった。

「はい、もしもし……」

落ち着いた感じの男性の声だ。しかし、知らない番号からかかってきたせいだろう、警戒するような気配が感じられる。

「寺尾和正さんでしょうか」

「……どちら様ですか？」

「警視庁の矢代と申します。じつは今、ある事件を調べているんですが、捜査の中で、あなたの携帯番号が見つかりました」

相手はさらに警戒を強めたようだ。もしかしたら、不審者からの電話だと疑っているのかもしれない。

「あなたは江原透さんをご存じですか？」ストレートに矢代は尋ねた。

「……あ、はい」

男性は驚いている。この反応ならおそらく間違いないだろう。江原と寺尾は知り合いだ。それも、親しい間柄だったのではないだろうか。

「寺尾さん、落ち着いて聞いていただけますか。まだはっきりしないんですが、江原さんが殺害された可能性があります。我々はその事件を捜査しているんです」

「え……」

電話の向こうで、寺尾は息を呑《の》んだようだ。無理もない。親しい人物が殺されたと聞いて、驚かない人間がいるはずはない。

「ちょっと待ってください。どうして兄さんが……」

今度はこちらが驚く番だった。矢代は携帯を握り直して相手に尋ねる。

「ご兄弟なんですか？」

「そうです。江原透は私の兄です」

「でも名字が違っていますよね」

「ああ、それにはちょっと事情がありまして……」

どうやら電話では答えにくいことらしい。

　わかりました、と矢代は言った。左手を上げて腕時計を確認する。

「今どちらにいらっしゃいますか？　急な話ですが、このあとお時間をいただけませんか。ご遺体が江原さんご本人かどうか、確認をお願いしたいんです」

　少しためらっているようだったが、やがて寺尾は了承してくれた。

「わかりました。あの……兄は今どこに……」

「大学の医学部です」

「それはもしかして……解剖されている、ということでしょうか」

「ええ、そうです」

　しばらく相手は黙り込んでいた。矢代はできるだけ穏やかな声で問いかける。

「寺尾さん、大丈夫ですか？」

「……すみません、大丈夫です。場所を教えていただけますか」

　矢代は大学の名称と所在地を伝えた。寺尾はそれをメモしたようだ。おそらく今、彼の手は震えているに違いない。

「一時間ぐらいで行けると思います」寺尾は言った。

「では、現地でお待ちしています。何かあったら、遠慮なく私の携帯に連絡してください」

「そうですね。ありがとうございます」

　電話は切れた。

客室に戻ると、すでに夏目が捜索を済ませてくれたようだった。矢代は目配せをする。意を察して、彼女はこくりとうなずいた。

ホテルの従業員に礼を述べて、矢代たちは辞去することにした。

千代田《ちよだ》区神田にある東祥《とうしょう》大学医学部で、寺尾和正と落ち合った。

寺尾は三十代半ばで、紺色のスラックスに灰色のジャケットという、落ち着いた服装の人物だった。目が細く、表情が引き締まっていて誠実そうな印象がある。髪はやや長めだが、きちんと整えられていて清潔感があった。

「寺尾和正です」

彼は名刺を差し出した。《特定非営利活動法人　オーケストラネット》と印刷されている。

「矢代と申します」矢代は警察手帳を呈示した。「お忙しいところ、すみません」

「いえ、状況が状況ですから……」

医学部の建物のそばで、矢代は質問を始めた。

「先に教えていただきたいんですが、あなたと江原さんの間には、どんな事情があったんでしょうか」

少しためらう様子を見せてから、寺尾は言った。

「父親が早くに亡くなって、母はかなり苦労したらしいんです。兄弟ふたりは育てられないということで、知り合いだった寺尾の家に、私が養子に出されました。それで名字が違うんです」

　なるほど、そういうことか、と矢代は納得した。免許証を見せてもらって住所と名前を確認し、本人に間違いないことがわかった。念のため養父母にも電話をかけてみたが、そちらも問題なしだ。

　矢代と夏目は手続きをしたあと、寺尾を連れて医学部の建物に入った。

　法医学の教授に面会を求め、事情を説明する。解剖中のご遺体を見せてもらえることになった。

　無影灯のまばゆい光が、ステンレス製の解剖台を照らしている。その上に中年の男性が横たわっていた。

　矢代たちがマル害１と呼んでいる遺体だ。小金井市内の廃屋の庭で、土に埋められていた人物。雑草が生い茂る中、右手だけが土の外に出ていたという。その白い手が、殺人事件があったことを警察に知らせたのだ。

　すでに司法解剖は進められている。胸や腹はシートですっかり覆い隠されていた。それがあるために、この男性はかろうじて人の姿を保っている。だが、もしシートが剝《は》ぎ取られたら、解剖された部位が露出するだろう。そうなったら、寺尾は卒倒してしまうのではないか。

　解剖台から二メートルほど離れたところで、寺尾は足を止めた。顔を強《こわ》ばらせて遺体を見ている。

「どうぞ、近くへ……」

矢代はささやくように言った。ゆっくりと呼吸をしてから寺尾は足を踏み出す。解剖台のそばに立ち、あらためて死者の顔を見つめた。

「ああ……どうしてこんな……」

寺尾の口から嗚咽《おえつ》が漏れた。唇を震わせながら、彼は一歩うしろに下がる。ふらついた弾みに、左手がスチール製の棚にぶつかった。あ、と言って寺尾は左手の小指を押さえ、その場にしゃがみ込んだ。

「大丈夫ですか？」

矢代は彼に駆け寄った。手を取って立ち上がらせようとする。

驚いた様子で、寺尾は首を横に振った。

「……いえ、すみません。大丈夫ですから」

そう答えながらも、彼は左手の小指を気にしている。痛みがあるのか、右手でそっと揉《も》んでいるようだった。

寺尾が立ち上がるのを待ってから、矢代は小声で尋ねた。

「この男性ですが、いかがです？」

「ええ……兄です。江原透に間違いありません」

絞り出すような声で、彼は言った。あとの言葉は聞き取れなくなってしまった。

薄暗い部屋の中に、寺尾のすすり泣く声が響いていた。

キャンパスにあるカフェテリアで少し休憩することにした。

寺尾はようやく落ち着いてきたようだったが、コーヒーカップを前にして、肩をすぼめている。彼は小さな声で矢代たちに詫《わ》びた。

「すみません。取り乱してしまって、みっともない姿を……」

「いえ、お気持ち、お察しいたします」

矢代は丁寧に頭を下げた。その横で、夏目もうなずいている。

「もう少し、お話をうかがってもいいですか？」

「もちろんです。何でも訊《き》いてください」

そう言って、寺尾は椅子の上で姿勢を正した。これなら質問にも答えてもらえそうだ。

矢代はあらためて尋ねた。

「あなたが養子になってから、江原さんとはどれぐらいのつきあいがあったんでしょうか」

「自分が養子だというのは、中学校のとき養父母から聞きました。正直かなりショックを受けまして、しばらくふさぎ込んでいたんです。養父は気の毒に思ったんでしょうね。私の実母と話して、兄弟が連絡し合えるように取りはからってくれました。それで私は兄と電話したり、メールを送ったりできるようになったんです」

「……そうだったんですか」

「とは言っても、あまり頻繁にやりとりすると、それぞれの親が気にするでしょうから、ほどほどのところで抑えていました。でも成人してからは何度か会いましたよ。私が海外へ行くときにもふたりで食事をしました」

　おや、と矢代は思った。

「寺尾さんは海外にいらっしゃったんですか？」

「はい。縁があって、ドイツで働いていたんです。今は日本のＮＰＯ法人で事務をしています」

「ドイツにはいつごろまで？」

「十二年前に行きまして、去年帰ってきました」

「かなり長かったんですね」

「久しぶりに日本に戻って、ずいぶん変わったなあと驚きましたよ。向こうにいる間、兄とはメールで連絡をとり合っていたんです。まあ、お互いに忙しかったので、たまにでしたけど。……私がドイツに行った翌年に、実母が病気で亡くなりました。見舞いに行けなかったのは本当に残念ですが、兄がしっかり看取ってくれたそうです」

「それは大変でしたね」

　ちょっとすみません、と言って夏目が席を外した。少し離れた場所で携帯を取り出し、耳に当てている。何か連絡が来たようだ。

コーヒーを一口飲んだあと、矢代は話題を変えた。

「今回の事件について、少しお話ししたいと思います。よろしいですか？」

「お願いします」寺尾は表情を引き締めた。「兄がどんな目に遭ったのか、聞かせてください」

支障のない範囲で、矢代は小金井事件のことを説明していった。遺体発見時の状況については、相手があまりショックを受けないよう配慮した。だが寺尾は真剣な顔で、状況を詳しく聞きたがった。興味本位というのではなく、肉親の最期を知っておきたいという気持ちからだろう。

「兄は個人投資家だったようです。離れて暮らしていましたが、本当に大切な人でした。私が養父母とぎくしゃくしたときには忙しい中、メールで励ましてくれたし……。私にとっては兄でもあり、父親代わりでもありました。だからですよ。兄を殺した犯人が憎い。なぜそんなことをしたのか、問いただしてやりたい。矢代さん、お願いです。一刻も早く犯人を捕まえてください」

「ええ、全力を尽くします」

電話を終えて夏目がテーブルに戻ってきた。彼女は矢代にだけメモを見せた。

《寺尾、江原の戸籍確認、ＯＫ》

念のため、特捜本部に裏をとってもらったのだ。これで、寺尾が江原の弟だということがはっきりした。

「去年帰国されてから、江原さんにはお会いになりましたか？」矢代は尋ねた。

「一度会いました。ふたりで飲みに行ったんですが……」

「そのとき、江原さんが何かに悩んでいるようなことはなかったでしょうか」

「いえ、そういう感じはありませんでした。昔のとおりの兄貴でしたよ」

矢代はポケットから一枚の写真を取り出した。第二の被害者、墜落した男性が写っている。

「この人に見覚えは？」

寺尾は写真に目を落とす。真剣に男性の顔を見ていたが、五秒ほどで首を横に振った。

「知らない人です」

そうですか、と矢代はつぶやく。それから表情を和らげて言った。

「もし何か思い出したら連絡をいただけますか」

メモ用紙に特捜本部の番号を書いて、相手に差し出した。頭を下げて、寺尾はそれを受け取る。

「寺尾さんのおかげで捜査が進展しそうです。本当にありがとうございました」

「いえ、お役に立てて嬉《うれ》しく思います」

寺尾は椅子から立ち上がった。深く礼をしたあと、彼は深呼吸をする。それから目を伏せ、またハンカチを取り出した。

「どうか兄の無念を晴らしてください。そのためなら……私は何でもします」

声を震わせながら、彼はそう言った。

4

特捜本部では毎日二回、会議が行われる。捜査に参加しているのは現在四十名ほどだ。人数が多いため、活動方針の連絡漏れがないよう注意しなければならない。また捜査状況は刻々と変化するから、集めた情報はその日のうちに報告すべきなのだ。それを全員に周知する意味でも、会議の時間を決めておく必要があった。

その捜査会議の前に、チーム内で情報のすり合わせをしておきたい。矢代と夏目は特捜本部に戻ると、理沙の姿を探した。

彼女は椅子に腰掛け、眉間《みけん》に皺《しわ》を寄せて資料を睨《にら》んでいた。いつものように作業に集中しているらしい。

「鳴海主任、戻りました」

矢代がそう話しかけたが、反応がなかった。近づいてもう一度声をかけると、彼女はようやく顔を上げた。

「ああ、矢代さん、お疲れさまです」理沙は腕時計を見て、目を丸くした。「えっ、もうこんな時間？　じきに会議じゃないですか」

「ですから、先に打ち合わせをしておきたいんですが」

「わかりました。すぐに始めましょう」

パソコンで作業をしていた谷崎も呼んで、四人でミーティングを始めた。あいにく財津係長は不在だそうだ。

みなを見回してから、理沙はA４判の紙を机に置いた。

「矢代さんたちの捜査によって、小金井事件の被害者は江原透さん、三十九歳と判明しました。連絡をもらってすぐ、古賀係長には伝えてあります。それを受けて夕方、捜査員が辰井集落を訪ねて自宅を捜索してきたそうです。小銭入れの中にあった鍵で、家に入れたんですね。パソコンなどを持ち帰って、科学捜査係に調べてもらっているようですが、これは大きな収穫だと言えます。しかしその一方で、今日第二の事件が起こってしまった……。調べる項目が増えてきたので、まとめておきました」

「いつものタスク管理図ですね」谷崎が言った。「これ、わかりやすくていいですよね。最近、僕も真似して作るようになりました」

「便利でしょう。私は財津係長から教えてもらったんです」

理沙は紙に描いた図を指差した。

□小金井事件
└■被害者（マル害1）

- ■身元　★江原透（39）、個人投資家、奥多摩郡辰井集落在住
- ■遺族　★寺尾和正、江原透の弟、NPO法人勤務
- □遺留品
  - ■ボールペン　★十二年前、桑島不動産が配付
  - ■懐中時計　★十年前の墨田事件被害者・下倉健也の指紋あり
  - ■酒販店のレシート　★国分寺駅近くの個人商店
  - □四行詩
    - □作者
    - □意味
    - ■原典　★白鳥大洋『死者と魂の楽園』だと思われる

- □狛江事件
  - □被害者（マル害2）
    - □身元
    - □遺族
  - □遺留品
    - □四行詩
      - □作者

- □意味
- □原典　★白鳥大洋『死者と魂の楽園』ではない

□墨田事件
- ■被害者
  - ■身元　★下倉健也、会社員（十年前24）
  - ■遺族　★下倉栄輔、コンサルティング会社経営
- □懐中時計　★下倉健也のものか？
- □電気メーターの記号《†》《▽》《×》

「先ほど古賀係長から聞いたんですが、江原さんが所有する車が、国分寺駅から一キロほどの場所で見つかったそうです。彼は辰井集落から車でやってきたわけですね。でも車内に遺留品はなかったようです」

　理沙は難しい顔をして、そう説明した。

　彼女から車種を聞いて驚いた。誰もが知っている海外メーカーの高級車だったのだ。

「この人、お金持ちだったんですかね」夏目は江原の写真を見つめている。

　矢代はタスク管理図を見ながら唸《うな》った。

「しかし、まいったな。やっと小金井事件のことがわかってきたのに、同じような事件

が起こってしまうなんて……。昨日の今日ですよ。早すぎます」

「犯人には、警察の都合なんて関係ありませんからね」理沙は顔を曇らせた。「奴は事前にふたつの犯行を計画していたんでしょう。四行詩も準備していたわけです」

「狛江の現場にあった詩は、出どころが不明なんですよね？」

「ええ、『死者と魂の楽園』を詳しくチェックしましたが、似たような詩は載っていません。念のため白鳥さんに電話してみましたが、狛江事件の詩には心当たりがないそうです」

だとすると、やはり第二の詩は犯人が独自に作ったもの、ということになりそうだ。

資料を読んでいた夏目が、理沙のほうに顔を向けた。

「二次創作に似ているかもしれませんね」

「……はい？」

「詩集に『生きながらの死』という作品があるのを見つけて、犯人はインスピレーションを得たんでしょう。真似しながら小金井事件の詩を書いた。そのときは初めてでしたから、オリジナルの詩の影響を強く受けています。でも狛江事件の詩では腕を上げていて、オリジナルの世界観を大事にしながら、自分だけの詩を作ったわけです。オリジナルへのリスペクトが感じられますよね」

「そういうものかな」

矢代が首をかしげると、夏目は強くうなずいた。

「小金井事件の詩のイメージを踏襲して、狛江事件の詩が書かれていると思うんです。それはすなわち、オリジナル作品を尊重している、ということです。最近、巷《ちまた》ではかなりひどい改変があるんですよ。そんなことをしたら原作に失礼だろうって思うような二次創作が多いんです」

「いや、夏目の趣味の話じゃないんだけど……」

「でも私の勘では、この犯人は白鳥大洋さんを尊敬しているはずですよ、絶対に」

矢代は谷崎と顔を見合わせる。それに気づいて、夏目は身を乗り出してきた。

「谷崎くんもそう思うよね？」

「いや、僕には何とも……」

「君だって、そういうことあるでしょう。尊敬するプログラマーとかいないの？」

「ああ……いましたね。僕が高校生のとき、便利なフリーソフトを次々発表する人がいたんです。ソースを公開して、好きに直していいと言っていたんですよ。でも、ひどい改修をする人がいまして……。悪気はないんでしょうけど、技術がないのにこんなことしないでくれ、と思いましたね。これじゃ作者の厚意が無駄になってしまう、と」

「それよ、それ」夏目は我が意を得たりという顔になった。「オリジナルを作る人はすごく苦労しているのに、あとから出てきて楽をしようとする行為は許せません」

「たしかにそうですね。夏目さんの意見に賛成です」

夏目と谷崎は意見の一致を見たようだ。

矢代はタスク管理図をしばらく見つめたあと、ふと疑問に思って口を開いた。

「今さらですけど、犯人が現場に詩を残していくのはなぜでしょうね。詩に似せて、死体損壊や死体遺棄をしているのはわかるんですが……」

「自己顕示欲が強いのでは？」夏目が言った。「自分の犯罪を見てほしいんじゃないでしょうか。詩を書くぐらいですから、何かを表現したい欲求が強いんだと思います」

「人に見てもらうために、事件を起こしているってことか？」

「ないとは言えませんよね？」

「まあ、そうだけど……」

矢代は腕組みをして考え込む。単に世間を騒がせて楽しむタイプなのだろうか。あるいは、犯人は現実と空想の区別がつかなくなってしまった人物なのか。

「動機から考えてみたらどうでしょうか」谷崎が言った。「犯人は過去に起こった何らかの出来事を恨んでいる。それと似せて、事件を起こしているのかもしれません」

「……うん、いい着想だな」

「山に遺体が埋められたとか、被害者が踊り場から突き落とされたとか、そういう未解決事件がどこかにありそうですよね」

「わかった。俺から古賀係長に話しておくよ」

矢代はメモ帳にその件を書き込んだ。

資料を見ていた理沙が、何かを思い出したようだった。

「鑑識からの報告ですが、狛江事件で墜落した遺体を調べたところ、小さな傷を大きな傷で隠すような偽装は認められなかった、ということです」

「川奈部さんが疑っていた件ですね」矢代は理沙に話しかけた。「だとすると、なぜわざわざ遺体を落としたのか、謎のままということに……」

「やはり詩のとおりにしたかったんでしょうか。それとも、計画案に合わせて詩を作ったのか。……鶏が先か、卵が先かみたいな話になりますね」

矢代も思い出したことがあった。谷崎のほうを向いて尋ねてみる。

「被害者はふたりとも指紋を消されていたけど、部分指紋を照合するシステムはどうなっているのかな。小金井事件の被害者は身元が判明したが、マル害2のほうは……」

「鑑識課とも相談しながら、作業を進めているところです。まだ照合の精度が低いようで、時間がかかっています」

それがうまくいけば、さらに捜査は進むはずだ。ふたりの被害者の関係がわかれば、彼らが恨まれた理由が判明するかもしれない。

「頑張ってくれよ。期待しているんだからな」

矢代は谷崎の肩を軽く叩《たた》いた。ふふん、と谷崎は鼻を鳴らす。

「任せてください。こういう仕事ができるのは僕だけですからね」

天狗《てんぐ》になってもらっては困るが、今は自信を持って作業を進めてほしい。できるだけ煽《おだ》てておいたほうがいいだろう。

四人であれこれ話していると、誰かが近くを通りかかった。そのまま去っていくかと思ったのだが、矢代のそばで足を止めたようだ。

誰だろうと思って顔を上げる。そこでぎくりとした。

「あなたたち、今日も楽しそうね」

ファッション誌から抜け出してきたような、美しい容姿の女性だ。しかし目つきが鋭く、冷たい印象が強い。見ているだけでこちらは緊張してしまう。

岩下敦子管理官だった。

矢代たちの直接の上司ではないが、ここは四係・古賀係長が仕切る特捜本部だ。その古賀の上に立つのが岩下だから、矢代たちは彼女の指揮下にあると言っていい。

「お疲れさまです、管理官」

そう言って矢代は素早く椅子から立った。理沙や夏目、谷崎も慌てて立ち上がる。

「文書解読班は気楽でいいわね。捜査の中心はあくまで殺人班。あなたたちは協力しているだけだから、成果が出なくても咎《とが》められることはない……」

来たな、と矢代は思った。いつもの嫌みだ。

「そんなことはありません」矢代は言った。「事件解決のため、全力で殺人班をサポートしたいと思っています」

「そうかしら。矢代くん、あなたは本当に事件を解決しようと思っているの？」

「……どういうことでしょうか」

「だってあなた、殺人班で働く気はないんでしょう？　せっかくの話を断ったわよね」

「あ……。それはですね……」

矢代は口ごもった。今年の三月、遺体の口に金属活字が押し込まれていた事件があった。その捜査の際、岩下に声をかけられたのだ。文書解読班をやめて、こちらにつかないかという内容だった。だが矢代はそれを断った。

あのときのことを、岩下は今も根に持っているのだろう。彼女は文書解読班を目のかたきにしている。いつか解体してやろうと目論《もくろ》んでいるらしかった。

理沙や矢代は、今のまま文書解読班を維持したいと思っている。できることなら波風は立てたくないという考えだ。しかし岩下やその上にいる小野塚《おのづか》理事官が策を弄《ろう》してくるのなら、否《いや》が応でも自分たちの身を守らなくてはならない。

「鳴海さん」

岩下は理沙のほうに目を向けた。急に名を呼ばれて、理沙は驚いたようだ。

「あ……はい」

「ひとつ聞いておきたいことがあります。あなたは文書解読班の責任者として、明確なビジョンを持っているのかしら。上に言われたから中間管理職をやっている、というのでは困ります。あなたもリーダーなら、今の部署をどう動かしていくか、はっきりした目標を持っているはずよね」

「ええと……その件については……」

「どうしたの。すぐには出てこない？　なるほど。普段から何も考えていなければ、咄《とっ》嗟《さ》に答えることはできないでしょうね。文書解読班って本当に必要なのかしら」

弱ったな、と矢代は思った。おっとりした性格の理沙にとって、岩下管理官は天敵のような存在だ。もともと理沙は、気の強い女性やお喋《しゃべ》りな女性が苦手なのだ。精神的に追い込まれると、緊張して黙り込んでしまうか、極端に饒舌《じょうぜつ》になるかのどちらかだった。

それでよくリーダーが務まるものだと言われそうだが、本来、理沙が力を発揮するのは文書解読のときに限られている。彼女に足りないところは、矢代が補っていこうと考えていた。

今、まさにその場面だと感じて、矢代は口を挟もうとした。

だが、意外なことが起こった。はっきりした調子で、理沙が岩下に言ったのだ。

「私たちの仕事は文書解読だけではありません。過去の資料を整理して、未解決事件の再捜査に役立てること。また、その捜査に参加して事件解決に貢献することこそが、重要な任務です。すでに私たちはいくつかの実績を挙げています。今、文書解読班を解体することは、警視庁にとって大きな損失になります。管理官、どうかよくお考えください」

緊張しながらも、理沙は自分の考えを伝えることに成功した。よく見ると、彼女は捜査資料の四行詩を手にしている。文字たちの力を借りて、意見表明ができたようだった。

理沙の視線を受け止めて、岩下は眉《まゆ》をひそめた。

「あらそう」彼女は言った。「鳴海さん、あなた、ずいぶん偉くなったものね」

「……あ、いえ、そんなつもりは……」

「自信満々じゃないの。私には宣戦布告に聞こえたけれど」

「……いや、あの、それは違います」

理沙が動揺しているのがよくわかった。そろそろ緊張の糸が切れてしまいそうだ。

こうなると分が悪い。矢代は一歩前に出た。

「岩下管理官、我々は……」

と矢代が言いかけたときだった。岩下はひとつ咳払《せきばら》いをした。

「あなたたち文書解読班の功績は、認めざるを得ない。あなたたちの強みは、鳴海さんが文章心理学をうまく使っているということ。現状、それは誰にも真似できない」

「あ……ありがとうございます」理沙は戸惑いながら会釈をする。

「その力、伸ばしていったらいいんじゃない？」

意外な言葉を聞いて、矢代は戸惑いを感じた。これはどういうことだろう。

「私は今忙しくてね」岩下は続けた。「この特捜本部は古賀係長に任せてある。あなたたちは四係をサポートして、事件解決に貢献しなさい」

「……わかりました」

「では、あとはよろしく」

それだけ言うと、岩下は表情を引き締め、幹部席のほうへ去っていった。

彼女のうしろ姿を見送ってから、矢代たちは顔を見合わせる。

「びっくりしました」谷崎が小声で言った。「いつもの管理官じゃなかったですよね」

「いったい何があったんだろう」

矢代が考え込むそばで、理沙は眉をひそめた。

「大丈夫でしょうか。岩下管理官、どこか具合でも悪いのでは……」

「いや、罠《わな》かもしれませんよ。気をつけないと」

夏目はひとり鼻息を荒くしている。

よくわからないが、今回、岩下は指揮が執れないらしい。それで理沙たちに声をかけてきたのだろうか。嫌みを言いながらも文書解読班を当てにしている、ということか。

講堂のドアが開いて、古賀係長が入ってきた。捜査会議が始まるのだ。

号令がかかり、矢代たちは椅子から立ち上がった。

5

捜査会議が終わったのは午後十時過ぎのことだった。

しかし個人の仕事はまだ続く。捜査の初期段階だから、いろいろな角度から事件のことを考えなければならない。少なくとも午前一時ぐらいまでは資料を見直したい、と矢代は考えていた。

だがその前に腹ごしらえだ。食べるものを食べなければ作業にも支障が出る。そこはしっかりメリハリをつけるべきだと、所轄署時代に先輩から教わった。

「どうします？　そろそろ弁当でも……」

矢代が声をかけると、はっとした様子で夏目が顔を上げた。彼女は期待に目を輝かせている。仕事に飽きたわけではないだろうが、休憩時間を楽しみにしていたようだ。

「私、ひとっ走りコンビニに行ってきます。鳴海主任は何がいいですか？」

話しかけられて、理沙はこちらを向いた。だが仕事モードから抜けきれていないのか、どうも反応が鈍い。

「主任、晩飯どうしますか？」

矢代が重ねて尋ねると、理沙はまばたきをした。

「……ああ、はい」

「詩集の分析も大事ですけど、しっかり栄養をとらないと」

「たしかに、そうですね」理沙は腕時計に目をやった。「十時十分ですか。この時間なら、まだ起きているはず……」

つぶやいてから、彼女は携帯を手に取った。しばらく電話をかけていたが、通話を終えると再び矢代たちのほうを向いた。

「食事に出かけましょう。よかったら谷崎さんもどうです？」

「あ、はい。じゃあ一緒に……」

谷崎はうなずいて、パソコンの作業を終了させた。

四人は階段を下りて、小金井警察署を出た。近くのファミレスにでも行くのかと思ったのだが、理沙は道路に向かって左手を高く上げた。流しのタクシーがハザードランプを点《つ》けて停車する。

彼女は素早く助手席に乗り込むと、運転手に行き先を告げた。

「中野《なかの》までお願いします」

思わず矢代は、夏目と顔を見合わせた。夏目にも目的地がわかったようだ。

「あの、主任」後部座席に乗り込んでから、矢代は声をかけた。「けっこう距離がありますけど、料金は大丈夫ですか」

「気にしないでください。今はお金より知恵のほうが大事です。なんとかしてヒントをつかまないと」

タクシーは東に向かって走りだした。

理沙は窓の外を見て、ひとり思案に沈んでいる。また事件のことを考えているのだろう。矢代、夏目、谷崎は神妙な顔をしてじっと黙っていた。

中野駅のそばで車を降り、コンビニに寄ってそれぞれ弁当や飲み物を買った。矢代は焼き肉弁当、夏目は中華弁当とカップ麺《めん》、谷崎はハンバーグ弁当を選んだ。一方、理沙が買ったのはおにぎり二個とサラダ、それに串《くし》団子のパック三個だ。

「甘いものを食べないと、頭が回りませんからね」理沙は微笑を浮かべている。

コンビニから五分ほど歩いて、矢代たちは個人商店に到着した。

看板には立派な筆文字で《文具・書道用品　芳華堂《ほうかどう》》と書かれている。さすがにこの時刻だから、店のシャッターは下りていた。

「こっちです」

手招きをして、理沙は建物の脇に回った。磨《す》りガラスを嵌《は》めた引き戸があり、表札には《遠山《とおやま》》と記されている。

理沙がチャイムを鳴らすと、じきに玄関の引き戸が開いた。

現れたのは小柄な男性だ。年齢は七十歳前後、頭は見事な白髪だった。紺色の作務衣《さむえ》を着ていて、職人か何かのように見える。

この家の住人・遠山健吾《けんご》だった。

「なんだおまえは。こんな時間に」

遠山は不機嫌そうな声で尋ねてくる。理沙は意外そうな顔をした。

「あれ？　先に電話しておきましたよね？」

「電話は受けたが、わしが返事をする前に、おまえは切ってしまっただろう」

「もう話は通じたと思ったんですけど……」理沙は顔を曇らせた。「ご迷惑でしたか？」

「年寄りは寝るのが早いんだ」

「まだ起きているじゃないですか」

「おまえが来ると言うから、仕方なく待っていたんだよ」

ふたりが玄関でそんな話をしていると、奥から女性が顔を出した。カーディガンを着た、品のいい人だ。遠山の妻の時枝《ときえ》だった。

「あなた、そんなところで話していないで、上がってもらいましょうよ」

「いや、しかしだな、世間の常識というものを、こやつに教えておかないと」

遠山はまだそんなことを言っている。夫の言葉を聞き流して、時枝は理沙に声をかけた。

「鳴海さん、どうぞどうぞ」

「はい、お邪魔します」

理沙は会釈をして玄関の中に入っていく。それを見ながら、やれやれ、という調子で遠山はため息をついた。

「夜分、大勢ですみません」

矢代が小声で話しかけると、遠山は渋い顔をしながらも何度かうなずいた。

「来てしまったものは仕方がない。お茶ぐらい出すから来なさい」

遠山はそう言って、家に上がるよう矢代たちを促した。

廊下から居間に入っていくと、座卓に急須《きゅうす》や湯呑《ゆの》みが人数分用意されていた。時枝に勧められ、矢代たちは礼を言って座布団に腰を下ろす。

「遠山先生、これ、お土産です」

理沙はレジ袋を探って、串団子のパックを三つ取り出した。それを見て、遠山は急に相好を崩した。

「こしあんだな。鳴海、よくわかっているじゃないか」

「先生のために一生懸命探したんです。あ、ひとつは私のですからね」

「わかったわかった」

時枝がお茶を淹《い》れてくれた。矢代たちは弁当を広げ、遠山は串団子に手を伸ばす。

しばらく世間話が続いた。時枝は台所から梨を持って戻ってきた。話に相づちを打ちながら、果物ナイフで丁寧に皮を剝《む》いていく。

「みんなで食べてちょうだい」時枝は言った。「夏目さんも、それから谷崎さんも」

「あ……私たちの名前を覚えていてくださったんですか」

夏目が意外そうな表情で尋ねた。時枝は穏やかな笑顔を見せる。

「私よりも、うちの人のほうが熱心なんですよ。いつも墨をすっているばかりなのに、この前、急に筆を執ったの。何をしているのかと思ったら、あなたたち四人の名前を書いていてね」

「よけいなことを言わんでよろしい」遠山は不機嫌そうな顔をしている。

あの、と谷崎が言った。箸《はし》を置き、首をかしげながら尋ねた。

「どうして僕たちの名前を書いたんですか？」

「実在の人間の名前を書くのは、いい練習になるからだ」

遠山がぶっきらぼうに答えると、横から時枝が口を挟んだ。

「筆耕のアルバイトをしているんですよ。賞状に名前を書いたりするの」

「え……そうなんですか？」

「だから、よけいなことを言わんでよろしい」と遠山。

そのやりとりを聞いて、理沙が急に怪訝《けげん》そうな表情を浮かべた。

「先生、もしかして……いろいろと苦しいんですか？」

矢代もちょうどそう思っていたところだ。

遠山は元大学教授で、在職中は心理学を教えていた。理沙にとっては大事な恩師だ。大学を辞めてから彼はこの店を開いたのだが、お世辞にも繁盛しているとは言えそうになかった。客がいるのを見たことがないし、そもそも店主の遠山はいつも文机《ふづくえ》の前で墨をすっている。

店がうまくいっていないから、筆耕のアルバイトなどを始めたのではないか。そう思うと、遠山が気の毒になってきた。口調はきついが、悪い人ではない。理沙が世話になった経緯もあるし、放っておけないという気になってくる。

「何か、我々でお手伝いできることがあれば……」

矢代はそう申し出た。夏目や谷崎も心配そうに遠山を見ている。

だが、本人は事も無げに答えた。

「自分で書を追求しようとすると、なかなか書けないものだ。しかし仕事となると、悠長なことは言っていられない。わしにはちょうどいいんだ」

「なるほど。だったら心配いりませんね」

虚勢を張っているわけではないようだ。時枝も笑っているから、深刻な状況ではないのだろう。

デザートの梨をご馳走《ちそう》になったあと、理沙は姿勢を正した。

「今日は遠山先生のお知恵を拝借したくて、夜分にうかがいました」

「そうだろうと思っていた。どんな事件だ？」

遠山は過去に何度か、警察の捜査に協力したことがあるそうだ。守秘義務については充分に心得ている。それを知っているから、理沙はときどき相談にやってくるのだった。事件解決には直接繋《つな》がらないとしても、考えるためのヒントをもらえれば、という気持ちなのだろう。

理沙は支障のない範囲で小金井事件、狛江事件、そして十年前の墨田事件について説明していった。中でも特に詳しく話したのが、ふたつの四行詩の件だ。

老眼鏡を取り出して、遠山は四行詩と白鳥大洋の詩集を見比べた。理沙にいくつか質問しながら、情報を分析し始めたようだ。ややあって、彼は言った。

「わしの勘だが、このふたつの詩は、被害者ふたりを糾弾しているのではないか？」

「どういうことです？」理沙が問いかける。

「小金井事件で見つかった四行詩は、江原透という被害者を告発している。狛江事件で見つかった詩は、もうひとりの被害者を告発している。……そうは考えられないだろうか。殺されるほど恨みを買っていたんだからな。江原透たちが悪事を働いたというのは、容易に想像できることだ」

「だとしても、詩の内容との関係がわかりません。……少なくとも第一の詩には、遺体を土に埋めるという状況が書かれている。そして第二の詩には、高所から墜落するという状況がある。犯人の頭の中には、かなりはっきりしたイメージが描かれていたはずだ。そういう一風変わったことをやり遂げなければ、という強い動機があったと考えられる」

遠山の言うとおりなのだろう。損得などとは関係なく、どうしてもこの犯行を成功させたい、と犯人は望んでいたに違いない。

「ひとつアドバイスをしようか」遠山は詩が印刷された紙を引き寄せた。「ここに被害者の名前を当て嵌めてみたらどうなる？」

遠山はペンを手に取り、ふたつの詩を書き換えた。

〈死んだのは●●だ、江原は生きている〉
微笑みながら黒い影が言った
だが私の予想は大きく外れたのだ
目の前には埋もれた江原の死体がある

生きながらの死はいつまでも続く
光と影の【反転】、生と死の【逆転】
〈●●は奈落の底に落ちるだろう〉
黒い影は私にそっと話しかけた

「『黒い影』は最初に嘘をついている」遠山は言った。「第一の詩で、死亡したのは江原ではなく●●だと説明した。しかし実際には江原が死んでいた。『私』の驚く様子が目に浮かぶようだ」

「二番目の詩にも●●が出てくるんですか？」理沙が尋ねた。

「それが第二の被害者だよ。名前がわかったら当て嵌めるといい」

「先生の解釈だと、『黒い影』は第一の詩で●●と江原さんの名前を出していますよね。『私』は江原さんだけでなく、●●も知っていたんでしょうか」

「わしはそう思う。死んだと言われた●●は、じつは生きている。……そう安心させておいて、第二の詩で死亡が確認されるという二段構えだ。『私』はさらにショックを受けたに違いない」

　詩の中の「私」とはいったい誰なのだろう。過去に起きた何らかの事件の関係者、と見るべきか。「黒い影」とも関わりがあった人物なのだろうか。

「それで、江原透という人が住んでいた場所……辰井集落だったかな。そこには誰か行ってみたのか？」

理沙は顔を上げ、ええ、と答えた。

「今日の夕方、捜査員が江原さんの家を訪ねています。江原さんはネットを使って投資などをしていて、あまり外出はしなかったとか。近隣住民にも話を聞きましたが、これといった情報は得られなかったようですね」

理沙がそう説明すると、夏目がすぐにフォローをした。

「青梅警察署の話でも、集落内で特に気になることはなかったそうです。ここ最近、不審な出来事もないとのことで……」

遠山はひとり眉《まゆ》をひそめた。理沙から矢代、夏目、谷崎へと順番に顔を見ていって、最後に理沙へ視線を戻した。

「場所は奥多摩だろう？　警察の目が届いていない可能性もある。わしだったら、その集落に行ってみるけどな」

「たしかに、調べておくべきかもしれませんね」理沙はつぶやく。

話を聞いているうちに、矢代もその集落が気になってきた。すでに捜査員が調べているそうだが、自分たちの目で見れば、何か発見があるかもしれない。

「行ってみますか？」

矢代は理沙に問いかけた。そばで夏目もうなずいている。

「古賀係長に連絡してみましょう」理沙は言った。「明日、辰井集落に行かせてほしいと頼んでみます」

「じゃあ、いつものように俺と夏目で……」

「いえ、私も行きます。今の時点で身元がわかっているのは江原さんだけですから、この段階で、できるだけ情報を集めておくべきだと思います。三人で捜査をしましょう」

谷崎には部分指紋の照合など、やってもらうことがある。明日も特捜本部で作業をしてくれるよう、理沙は指示した。

矢代は捜査資料を見ながら、被害者・江原透のことを考えた。

山奥の集落に、江原はひとりで住んでいた。あまり出かけることもなく、家にこもっていたらしい。そんな彼が、なぜ急に外出したのだろう。犯人に呼び出されたのか。もしそうだとしたら、ふたりの間にはどのようなやりとりがあったのか。

江原が暮らしていた家を見れば、彼の性格がわかるかもしれない。犯人に繋がる手がかりは、どこかに必ず残されているはずだ。

一刻も早くそれを見つけなければ、と矢代は自分に言い聞かせた。

第三章　辰井集落

1

　空はどんよりと曇っている。窓から入ってくる風に、少し湿り気があるようだ。

　九月二十一日、午前九時十分。捜査会議のあと、文書解読班の三人は覆面パトカーで小金井署を出発した。中央自動車道を使って西へと向かう。

　目的地は奥多摩郡にある辰井集落だ。現地であらためて江原透の家を調べたい、と古賀係長には伝えてある。このタイミングで三人同時に出かけることを、古賀は不思議に感じたようだが、理沙が事情を説明した。

「集落には昨日うちの捜査員が行っているが、あらためて鳴海が調べたいというなら許可しよう。その代わり、何か情報をつかんでこいよ」

　古賀はそう言って、江原宅の鍵を貸してくれた。以前なら、これほど簡単に話がまとまることはなかったと思う。

「やはり古賀係長は、俺たちの味方についてくれたみたいですね」

　運転席から矢代は話しかけた。だがルームミラーを覗《のぞ》くと、理沙は難しい顔をしている。単純には喜べないという様子だ。

「古賀係長は自分の信念で行動する人です。利害が一致していればいいけれど、状況によっては私たちの敵になるかもしれません」

「利害の一致という意味では、これからも変わらないんじゃないですかね。古賀係長は捜査の指揮を執って事件の解決を目指す。俺たちは文書解読の力を使って、それをサポートする。実際、四係との捜査で、我々はいくつも成果を挙げてきました。古賀係長にとっては俺たちと協力しているほうが、メリットは多いはずです」

「ええ、今はね。でも私たちが大きな失敗をするとか、幹部に睨《にら》まれるとかした場合、すぐに見切りをつけるんじゃないでしょうか。そのへんは、はっきりしている方だと思いますよ」

「要するに、我々が活躍し続ければいいんですよね？　利用価値がある限り、古賀係長は態度を変えませんよ。なあ、夏目」

　矢代が問いかけると、夏目は力強くうなずいた。

「私は古賀係長の下にいる川奈部主任と、いい関係を築いています。何かあったときは、取り成してくれるよう頼んでみますから」

「え……。そんなこと、できるのか？」

「当然ですよ。何のために、川奈部さんにレアカードをあげたと思っているんです？　昨日も息子さんにどうぞ、と一枚渡しておきました。もう川奈部さんは、私を裏切れませんよ」

その言葉には驚かされた。

夏目はサブカルチャーに通じているから、たまたま川奈部と話が合ったのだ、と矢代は思っていた。だが実際には、彼女のほうから『ポケットガーディアン』の件を口にしたようだ。夏目なりに部署のことを考えてくれていたらしい。

「ありがとうございます」理沙は夏目に向かって頭を下げた。「そのカード代、私がお支払いしますので」

「大丈夫ですよ。ダブっているものがたくさんあるんです。どうかお気になさらず」

夏目は明るく笑った。単純な性格のように見えるが、彼女の前向きなところは評価すべきだろう。文書解読班のムードメーカーといったところだ。

高速道路から一般道に下りて、あきる野市を過ぎた辺りから景色が変わってきた。緑が増え、上り坂が多くなってくる。場所によってはカーブが続いて、山間部にやってきたという印象が強くなった。

江原透は車で出かけたことがわかっている。この道を通った可能性が高かった。

途中、集落への分岐点で矢代は戸惑った。バス停の三十メートルほど先に脇道がある。細い林道なのだが、本当にこの先に人が住んでいるのだろうか、と不安になった。

「この道……ですよね？」

「地図上はここで間違いありません。行ってみましょう」

理沙が自信ありそうに言うので、矢代はその言葉に従った。面パトは林の中に入っていった。

小川に粗末な橋が架かっている。増水したら通れないのではないか、と他人事《ひとごと》ながら心配になった。右手に山肌を固めたコンクリートを、左手に古いガードレールを見ながら、崖《がけ》っぷちの道を進んでいく。

十分ほど走ると、ようやく山間の集落が見えてきた。平地は少ないが、あちこちに畑が作られているようだ。

道路脇に古い看板が立っていた。この集落の先には登山道があって、トレッキングなどに適しているらしい。

矢代は窓から周囲を見回してみた。緑の濃い山々がすぐそばまで迫り、自然が豊かだというのがよくわかる。ただ、ここまで来る間に車を一台も見かけなかったから、流行《はや》っている場所ではないのだろう。集落の道路は状態が悪く、舗装はされているものの、ところどころに凹《へこ》みがあった。

「事前の調べによると、集落には二十世帯、計四十三人が住んでいます」夏目がメモ帳を開いた。「多くの住人が農業か林業に従事しているとのこと。それから、民宿が一軒あります。食堂が併設されているようですよ」

「昼飯はそこで決まりだな」矢代は言った。「鳴海主任、どうしますか。まずは江原透の家ですよね？」

「ええ、そうしましょう。場所はわかりますか？」

矢代は車を徐行させながら、フロントガラスの向こうを指差した。

「ちょうど民宿があります。訊《き》いてみましょう」

砂利が敷かれた前庭に、四台分ほどの駐車スペースがある。面パトを停めて、矢代たちは外に出た。

そのときだ。いきなり大きな鳴き声が聞こえたので、矢代はびくりとした。

カラスが一羽、古い木の枝にとまっていた。耳障りな声で何度か鳴いたあと、じっと矢代たちの様子をうかがっている。

数秒後、上空で別の声が聞こえた。顔を上げると、何羽かのカラスが翼を広げ、悠々と舞っているのが見えた。

「なんだか嫌な感じですね。私、カラスって嫌いです」夏目が小声で言った。

矢代は空模様がよくないことに気づいた。数時間前より雲が厚くなってきている。夕方から雨になるという予報は当たりそうだ。

民宿の建物のほうから中年の男性が近づいてきた。目が細く、矢代たちを見てにこやかに笑っている。歳は五十過ぎというところか。

「いらっしゃいませ。お食事ですか？」

男性はこの民宿の主人だろう。ひなびた場所だが、商売をやっているだけあって愛想はいいようだ。

「あとで食事をさせてもらいたいんですが……」矢代は男性に尋ねた。「江原透さんの家はどちらでしょうか」

「江原さん？」主人はまばたきをする。「もしかして警察の人ですか」

「ええ、そうです」矢代は警察手帳を呈示した。「警視庁から来ました」

「昨日も別の人たちが来ていたけど、またですか？」

主人は戸惑うような表情を浮かべた。

矢代は振り返って理沙の様子をうかがった。無関係の人に、どこまで事情を話すべきか迷ったのだ。

「もう一度、江原さんの家を調べたいんです」矢代の代わりに理沙が答えた。「何か見つかるかもしれませんから、しっかり捜索させていただきたくて」

主人は落ち着かない様子で辺りを見回していたが、やがて理沙のほうに視線を戻した。

「まいったな。どうしたものか……」

「江原さんのお住まいを教えていただけますか？」

「あ、いや、ちょっと待ってください」

そう言うと、主人はポケットから携帯を取り出した。メモリーから誰かの番号を探しているらしい。

「あの……」理沙は慌てて声をかけた。「どこへ連絡するんです？」

「こういうことは伝えておきませんとね。あとで叱られますから」

「誰にですか？」

「長瀬《ながせ》さんちの大旦那《おおだんな》さんです」

理沙が止める間もなく、主人は通話を始めてしまった。

「ああ、雄治《ゆうじ》さんかい？　民宿の松田《まつだ》伸博《のぶひろ》ですけど、滋《しげる》さんはいるかな。……ちょっと知らせたいことがあって。……うん、急ぎです」

じきに目的の人物が出たのだろう。民宿の主人・松田は緊張した様子で言った。

「大旦那さん。すみません、松田です。今、うちに警察の人が来てるんですよ。……いや、昨日とは別の人たちです。……ええ、それで、江原さんの家を詳しく調べたいっていうんですがね」

電話の相手は、松田に何か指示を与えているようだった。見えない人物に、松田はぺこぺこと頭を下げている。

「わかりました。じゃあ、そっちへ連れて行きますんで」

電話を切ると彼は、ふう、とため息をついた。それから理沙たちのほうを向いた。

「長瀬さんの家にご案内します。一緒に来てもらえますか」

「その長瀬さん……長瀬滋さんですか。いったいどういう方なんです？」

「昔から辰井を仕切っている人です。このへんの土地はほとんど長瀬さんのものなんですよ。大旦那さんがいなければ、私らは暮らしていけません」

顔役といった立場なのだろうか。過去何十年、いや、それ以上の期間にわたって、集落をとりまとめてきた家柄なのかもしれない。

「おい多恵子《たえこ》、ちょっと長瀬さんのところに行ってくる」

松田が建物に向かって声をかけると、勝手口のほうから小柄な中年女性がやってきた。パーマのかかった髪を栗色に染めている。仕込みの途中だったのか、普段着の上に紺色のエプロンをつけていた。

「急にどうしたの。……あら、その人たちは？」

「警察の人だ」

「え、また？」彼女も驚いたようだ。「昨日来たばかりなのに、どうして……」

「とにかく行ってくる。昼の仕込み、やっておいてくれ」

「うん……」

不安げな顔をしたまま、彼女はうなずいた。

行きましょう、と言って松田は理沙たちを手招きする。

「すぐ近くですから車は置いといてください。さあ、ご案内します」

返事を待たずに、彼は急ぎ足で表の道に出ていった。仕方ないといった表情で、理沙は松田についていく。矢代と夏目も、ふたりのあとに従った。

畑に挟まれた道を抜け、松田は矢代たちを案内していく。

途中、畑で仕事をしている人たちを見かけた。松田はその都度、声をかけている。

矢代も明るい調子で「こんにちは」と挨拶《あいさつ》してみた。だが住人たちは軽く頭を下げるだけで、返事をしようとはしない。みな眉《まゆ》をひそめて、こちらをじっと見ている。おそらく、矢代たちを警戒しているのだろう。

五分ほどで、前方に立派な塀が見えてきた。先ほどの民宿の二倍ぐらいある土地に、大きな二階家が建っている。庭には農具を入れる広い物置があった。車庫には国産の高級車が二台、作業用の軽トラックが一台停まっている。

矢代たちが正面玄関に向かおうとすると、松田は「こっちです」と言って勝手口のほうへ進んでいった。妙だな、と感じたが、じきに意味がわかった。松田はこの家にとって、客ではないのだ。だから玄関からは入らず、勝手口に回るのだろう。

しかし考えてみれば、今、松田はひとりではない。矢代たちを案内してきているのに、なぜ脇に回るのか。

――俺たちも、その程度の人間だというわけか。

松田が長瀬に気をつかって、正面玄関を避けたのは間違いないだろう。矢代は複雑な思いを味わうことになった。

長瀬滋が命じなくても、集落の人間は全員このような態度をとっているのではないか。ここでは当たり前の習慣なのかもしれない。だが地方で暮らしたことのない矢代には、少し違和感がある。

松田は勝手口のチャイムを鳴らした。しばらくして、黒いタートルネックのセーターを着た女性が現れた。五十代前半という印象で、無表情な人物だ。どこか具合がよくないのだろうか、目の下に隈《くま》があるのが気になった。

「ああ、奥さん。松田が来たと大旦那さんにお伝えいただけますか」

「うかがっています。お上がりになって」

女性は静かな口調で言った。それから、うしろに控えていた矢代たち三人を見た。

「そちらの方々も、どうぞ」

礼の言葉を口にして、矢代たちは靴を脱ぎ、中に入った。

勝手口からまっすぐ廊下が続いている。歩いていくと、すぐ横に厨房《ちゅうぼう》が見えた。一般的な台所に比べるとかなり広い。大型冷蔵庫のほかに業務用の冷凍庫などもあるようだ。

矢代たちは応接室に通された。床一面に毛足の長いカーペットが敷いてある。壁には大きな油彩の静物画が掛かっていた。誰か、名のある画家の作品なのかもしれない。ソファセットも豪華なもので、相当金がかかっているのがわかる。

ドアが開いて、高齢の男性がゆっくりと入ってきた。歳はおそらく八十歳前後。豊かな白髪の下に太い眉、強い光を放つ双眸《そうぼう》、形のいい鼻があった。年老いてもなお、周囲に睨《にら》みをきかせている人物なのだろう。これでは松田が萎縮《いしゅく》するわけだ。

彼に続いて、五十代半ばと見える男性が現れた。眉や鼻の感じが似ているから、息子だと思われる。

老人がソファに座るのを待ってから、息子らしき男性も腰掛けた。松田や矢代たちは立ったままだ。

松田が老人に向かって丁寧に頭を下げた。

「先ほどは電話で失礼いたしました。警察の方をお連れしました」

ああ、と応じてから、老人は矢代たちに目を向けた。

「どこの署の方かな」

しわがれた声で彼は尋ねる。代表して理沙が答えた。

「警視庁本部の者です。捜査一課、文書解読班の鳴海と申します」理沙は警察手帳を取り出した。「隣にいるのは私の部下、矢代と夏目です」

矢代たちも手帳を呈示する。それをちらりと見てから、老人は再び口を開いた。

「長瀬滋です。こっちは私の長男で……」

「雄治といいます」

息子は警戒心を隠すことなく、そう言った。風貌《ふうぼう》は滋と似ているが、体はずっと大きい。何かスポーツでもやっていたのか肩幅が広く、がっちりした体形だ。

「掛けなさい」

滋は右手を前に出し、ソファを指差した。松田は戸惑うような表情を見せたが、理沙を手招きしてソファに腰掛けた。矢代はその横に座る。夏目は背後に立ったままでいた。

ノックの音がして、先ほどの女性が茶を運んできた。テーブルの上に湯呑《ゆの》みを並べると、一礼して廊下に出ていく。そのとき彼女は、何か言いたそうな顔をして矢代をちらりと見た。

ドアが閉まってから、滋は尋ねてきた。

「江原透の家を調べたいそうだね。昨日、別の刑事が来ていたはずだが」

ええ、と理沙はうなずく。

「捜索は一度では終わりません。繰り返して調べることで、あらたな発見があるものです。昨日は昨日として、本日は私たちがお邪魔しました」

「鳴海さんといったかな。あなたは田舎で暮らしたことがありますか」

「子供のころ、祖父母の家へ行ったことがあるぐらいですが……」

なるほど、と滋は言った。

「この辰井集落は静かな場所だ。よそ者に騒ぎを起こされては迷惑なんです」

「いえ、騒いだりはしません。江原さんの家を調べて、少し近所でお話をうかがいたいだけです」

「それが迷惑なんですよ。都会の人に、この集落のルールはわからないだろうね。これからの季節は大事なんです。野菜や果物を収穫して、静かに虫の声を聞いて、厳しい冬に備える。そういう時期です。私たちの暮らしを乱さないでほしい」

理沙はしばらく考える様子だったが、咳払《せきばら》いをしてから滋を見つめた。

「長瀬さん。失礼ですが、これは警察の捜査です。協力していただかなくては困ります」

部屋の空気が張り詰めた。理沙と滋は互いに視線を逸《そ》らさない。どうするか、と矢代は迷った。自分が間に入るべきだろうか。

だが、じきに滋は口元を緩めた。

「勇ましい人だね。若いというのはすばらしいことだ。……あなたの勇気に敬意を表して、捜査を受け入れるとしましょう」

「ありがとうございます」理沙はほっとした表情を浮かべる。

「では鳴海さん。江原透の家を調べてください。松田に案内させます」

「ああ、その前に……」理沙はメモ帳を取り出した。「せっかくですから、長瀬さんのことを聞かせていただけますか。お名前と年齢、家族構成などを」

滋の顔から笑みが消えた。強い不快感が滲《にじ》み出ている。

隣にいた雄治が眉をひそめた。

「刑事さん、昨日やってきた人たちにも同じことを訊かれましたよ。警察の中で情報共有はできていないんですか？」

「すみません、あらためて確認させていただけませんか。これは形式的なものですから……」

「気分が悪い」雄治は強い調子で言った。「まるで疑われているみたいじゃないか」

「そんなことはありません。私たちはどなたにも同じように質問しています」

雄治はさらに何か言おうとしたが、滋がそれを制した。

「わかりました。鳴海さん、質問は何だったかな」

「お名前と年齢、家族構成などを聞かせてください」

「私は長瀬滋、八十歳、無職だ。こっちは長男の雄治。五十五だったかな」

「ええ、そうです」雄治は答えた。「仕事は林業」

「あとは家族構成か。さっきお茶を運んできたのが、雄治の妻の実和子《みわこ》、たしか五十三歳だ。雄治の作業を少し手伝っているが、まあ専業主婦と言っていいだろう。今ここにいるのは三人だけだ」

滋の言い方に、矢代は引っかかるものを感じた。理沙も気づいたらしい。

「どこか別の場所に、まだご家族がいらっしゃるんですか？」

「ああ。雄治の娘の由香里《ゆかり》というのが杉並《すぎなみ》区にいる。二十八だったかな。会社員だ」

彼女の住所や電話番号を聞いて、矢代たちはメモをとった。由香里は九年前、大学に入るときに集落を出たそうだ。卒業後は家具メーカーに就職したという。

理沙は江原透の写真を取り出し、テーブルの上に置いた。

「江原さんに兄弟がいたことはご存じですか？」

「……そういえば弟がいたな。子供のころ養子に出されたはずだ」

「兄の江原さんはずっとこの集落で暮らしていました。お母さんが亡くなってからは、ひとり暮らしでしたよね。何の仕事をしていたか、長瀬さんはご存じですか？」

「個人投資家だったと聞いている。最近はパソコンでそういうことができるらしいな」

「引きこもりがちだったようですが、食事はどうしていたんでしょう」

「車で町まで行って、まとめ買いをしていたんだろう。あとは、集落に食料品店が一軒あるから、そこに顔を出していたようだ。松田の店で食べることもあったか？」

　いいえ、と松田は首を横に振った。

「うちには来なかったですね。ほら、私も女房もお喋《しゃべ》りでしょう。江原さんはそういうのが苦手だったみたいで……」

「最後にお会いになったのはいつでしたか？」

　理沙が尋ねると、滋は額に指先を当てた。記憶をたどっているようだ。

「半年ぐらい前だろうか。江原が車で出かけるのを見かけたよ。雄治、おまえはどうだ？」

「俺は先月見ましたよ。仕事で山に行くとき、あいつの家の前を通ったんです。庭で長靴を洗っていました」

　どうやら滋たちは、江原とほとんど会っていなかったらしい。最近トラブルを抱えていたとか、何かに悩んでいたとか、そんな話は聞けそうになかった。

　理沙はメモ帳を見ながら、何か考え込んでいる。

　矢代も自分のメモ帳に目をやった。ほかに、ここで聞いておくべきことはないだろうかと思案する。そのとき、ふと頭に浮かんだことがあった。

それは根拠などない、まったくの思いつきでしかなかった。だが、何か予感のようなものがあったのだ。

矢代は資料ファイルから一枚の写真を抜き出して、滋のほうに差し出した。

「この人をご存じありませんか？」

滋と雄治が写真をじっと見つめる。松田もそっと覗《のぞ》き込んでいる。

数秒後、滋と雄治は顔を見合わせた。松田は落ち着かない様子でまばたきをしている。

「知っているよ」滋は言った。「板東《ばんどう》だろう？　うちの集落の住人だ」

理沙がソファの上で身じろぎをした。うしろにいた夏目も驚きを隠せないようだ。

「……板東さんのフルネームは？」

「板東茂光《しげみつ》といったかな」

「年齢はわかりますか？」

「三十七ぐらいだったと思います」滋の代わりに雄治が答えた。「それが、どうかしたんですか」

矢代はゆっくりと呼吸をした。それから滋たちに言った。

「この方も遺体で発見されたんです」

先ほど矢代が出した写真。そこに写っているのは、特捜本部でマル害2と呼ばれている人物だったのだ。

応接室の中に、重苦しい沈黙が下りてきた。

2

左右に畑を見ながら、矢代たちは舗装された道を歩いていった。

応接室ではおとなしかった松田だが、長瀬宅を出て緊張が解けたようだ。矢代たちにあれこれ話しかけてきた。

「江原さんだけじゃなく板東さんまで……。事件の現場って、どんな感じだったんです？」

「すみません。詳しいことはお話しできなくて……」

矢代が曖昧《あいまい》な返事をすると、松田は頭を掻《か》いた。

「ああ、申し訳ないです。いろいろ気になっちゃってね。ほら、殺人事件の話なんて初めて聞くもんだから」

「たいていの人は初めてでしょうね」

「私、民宿と食堂をやっているもので、つい人の話に首を突っ込んじゃう癖があるんですよ。噂話が大好きでして」

その性格がこの先役に立つかもしれない、と矢代は考えた。集落の人間が食堂にやってくれば、あれこれ世間話をするだろう。松田のところには自然に情報が集まってくる、というわけだ。

少し離れて電話をかけていた理沙が、足を速めて追いついてきた。

「古賀係長に報告しておきました」彼女は小声で言った。「今は応援が出せないので、私たちだけで情報収集を続けてほしい、ということです」

わかりました、とうなずいたあと、矢代は松田に質問を始めた。

「江原さんと板東さんは、親しい間柄だったんですか？」

「どうだったんでしょう。さっきも話が出ましたが、江原さんはほとんど家から出ませんでしたからね」

「たしか江原さんは三十九歳、板東さんは三十七歳……。ふたりともこの集落の出身ですよね。昔は同じ学校に通っていたのでは？」

「そうですね。中学までは一緒だったはずですよ。お母さんが生きていたころは、私もときどき江原さんと立ち話をしました」

「高校は別だったんですか」

「ええ、こういう場所だから学校に通うのも大変だったでしょうね。高校を出たあとは、ふたりとも家の農業を手伝うようになったと聞いています」

なるほど、と矢代はうなずく。だがそこで、ひとつ疑問を感じた。

「江原さんは最近、株取引をしていたんですよね？」

「……私はよく知らないんですが、そんな話もあったようです」

「農作業のほうはどうしていたんでしょう」

「やめてしまったみたいですよ。株でかなり儲《もう》けたんじゃないですかね。羨《うらや》ましいことだと、女房とも話していたんですが……」

そこまで言って、松田は顔を曇らせた。殺害された事件現場のことなどを想像しているのかもしれない。

畑や山を見回していた理沙が、松田に話しかけた。

「江原さんは内向的な方だったんでしょうか」

「うーん、どうかなあ。昔と違って、今はインターネットがあるでしょう。ゲームとかアニメとかも楽しいだろうし、株の取引もできますよね。ネット通販の『ナイル』なんかもあるから、ほしいものは何でも配達してもらえます。普段は外に出る必要がないし、家にいるほうが安心だったんじゃないですかね」

「板東さんもそうでしたか？」

「ええ、今どきの若い人はみんなね」

「若いといっても、おふたりとも三十代後半でしたけど……」

「そういえばそうですね。……でも変な話、最近は中高年の引きこもりも多いって聞きますから」

そんな話をしているうち、目的の家に到着した。

表札には《江原》と書かれている。庭に物置などはあるものの、家自体はそれほど大きくないようだ。

　庭に車庫があるのを見て、理沙が矢代にささやいてきた。

「ここに外車があったわけですね。江原さんはその車で国分寺のビジネスホテルに向かった……」

「ホテルでビールを飲んだとすれば、その日の夜は車を運転していないはずですよね」

「だとすると犯人が車で迎えに来たか、江原さんがタクシーで待ち合わせの場所に行ったか、どちらかということに……」

「そして犯人は事件を起こしたあと、自分の車とは別に、江原さんの車を移動させた。身元がばれないように、そうしたわけですね。車がコインパーキングにあることは、殺害前に聞き出していたんだろうな」

　矢代は松田のほうを向いて尋ねた。

「江原さんは高級な車に乗っていましたよね。裕福な方だったんでしょうか」

「ああ、そうかもしれませんねえ。まあ、私は投資のことはよくわかりませんけど」

松田に立ち会ってもらって、矢代たちは江原の家を調べることにした。白手袋を嵌《は》めて、敷地に入っていく。

　矢代は一階を、理沙は二階を、夏目は庭にある物置を調べることになった。

　ひとり暮らしとあって、屋内はかなり散らかっていた。台所には食べ物のごみが残され、少し腐臭が感じられる。ストックケースに大量のカップ麺《めん》があった。冷凍庫を覗くと、そこにも食品の買い置きがかなり残っている。

書棚やカラーボックス、押し入れの中などを調べてみた。メモやダイレクトメールなどは昨日、捜査員が持ち帰っている。ほかに何か出てこないかと探したが、一時間経っても特に成果はなかった。

そのうち、庭にいた夏目が家に入ってきた。

「先輩、いかがですか？　物置には、めぼしいものは何もありませんでした。亡くなったお母さん関係の品も見つからないんですよね。処分してしまったみたいで」

「こっちもだよ」矢代はリビングの真ん中に立って腕組みをした。「鳴海主任のほうでも、これといったものは出てこなかったというし……」

「身の回りの情報は、すべて携帯に入力していたのかもしれません」理沙が言った。「その携帯はおそらく犯人が持ち去った。残念です」

レシートや公共料金の支払明細などは残っていた。それらを紙バッグに入れて持ち帰ることにする。

理沙は家を出て、玄関の外にいた松田に声をかけた。

「ここは終わりました。このあと板東さんの家に行きたいんですが……」

「わかりました。では、まいりましょう」

再び松田の案内で、矢代たちは道を歩きだした。畑のそばで休憩をとっている初老の男性が目に入った。松田は親しげに声をかける。

「精が出るねえ」

「まっつぁん、その人たちは？」

「刑事さんだよ。昨日とは別の人たち」

「ふうん……」

その男性は矢代たちをじろりと見たあと、仕事に戻っていった。


板東の家までは歩いて三分ほどだった。

屋根の上に風見鶏がついているのが見えた。風を受けて、かたかたと音を立てている。

空はますます暗くなってきたようだ。

女性が庭で植木鉢を運んでいた。六十代後半ぐらいの人物で、農作業用の長靴を履いている。

「こんにちは、幸代《ゆきよ》さん」

幸代と呼ばれた女性はこちらを向いた。おや、と矢代は思った。左の頬に古い傷痕《きずあと》がある。若い女性なら化粧で隠すところだろうが、彼女は特に気にしていないようだ。

「ああ、こんにちは」

彼女は松田にそう答えたあと、矢代たちに目礼をした。

「庭を片付けてるのかい？」

「夜、荒れるっていうからね。この前の台風で鉢が飛んだでしょう。気をつけないと」

植木鉢を車庫に入れて、彼女はゆっくりとこちらへやってきた。車庫の中に車は見えない。

「警視庁の刑事さんだよ」松田はそう言ったあと、女性を紹介してくれた。「こちら、板東幸代さん。茂光さんのお母さんです」

「少しお話を聞かせていただけますか」

矢代たちが警察手帳を呈示すると、はいはい、と幸代は答えた。

「昨日も刑事さんが来ていたみたいですねえ。江原さんが亡くなったとかで……。本当にお気の毒なことです」

「それとは別の話なんですが……」

理沙は矢代のほうを向いて、右手を差し出した。矢代は素早く、板東茂光の写真を手渡す。彼女はそれを幸代に見せた。

「この方、息子さんでしょうか？」

幸代は写真に目を落としていたが、五秒ほどで顔を上げた。

「茂光ですね。でもこんな写真、どこで撮ったのかしら」

「落ち着いて聞いてください。……茂光さんは昨日、ご遺体で発見されました」

「……え？」

すぐには意味がわからなかったらしく、幸代はきょとんとした顔でこちらを見ている。

理沙は少し声のトーンを落として、もう一度言った。

「息子さんは何者かに殺害されました。昨日、ご遺体が見つかったんです」

「茂光が……殺された？」

理沙の顔をしばらく見たあと、幸代は松田に視線を向けた。

「そうなんだよ、幸代さん」松田は目を伏せる。「茂光さんは亡くなったんだって」

「ちょっと待って。……ごめんなさい、意味がよくわからない」

「狛江市のひとけのないアパートで、ご遺体が見つかりました。警察官が駆けつけたときにはもう……」

理沙の言葉を聞いて、幸代は口の中で何かぶつぶつ言い始めた。そのうち急にまばたきをすると、ぎこちない動作で家の玄関を指差した。

「あの……中で話を聞かせてもらえますか」

幸代は歩きだそうとしたが、足下が覚束《おぼつか》ないようだ。夏目と松田が、慌てて彼女に手を貸した。

居間に通され、矢代たちは報告を行った。

大変なショックを受けただろうに、幸代は気丈に振る舞っていた。ときどき口ごもりながらも、彼女は茂光のことを話してくれた。

「夫が病気で亡くなったのは、今から十五年前でした。茂光は二十二歳だったでしょうか……。高校を卒業してから農業を手伝ってくれていたので、夫がいなくてもなんとかなっていたんです。でもあの子はだんだん家に引きこもるようになって、最近はほとんど外に出ませんでした」

「幸代さんおひとりで畑仕事をなさっていたんですね？」

理沙が聞くと、彼女は小さくうなずいた。

「まあ私だけでも畑はどうにかなるし、夫が残してくれた貯金もあるので」

「そうですか。……ところで、茂光さんはいつ出かけたんでしょうか」

「一昨日《おととい》、十九日の午後です。お昼を食べて二時ごろだったかしら、車で出かけました」

「そのあと昨日の夕方、捜査員が来ましたよね。江原透さんが亡くなった件を調べに」

「はい。でもまさか、茂光までこんなことになるとは……。あの子はときどき、漫画喫茶かどこかに泊まってくることがありました。だから今回もてっきりそうだと思っていたんです」

幸代は唇を嚙《か》んだ。彼女は六十六歳、茂光は三十七歳だ。そういう歳になっても親は親、子は子なのだろう。息子が亡くなったという事実を前にして、幸代は悲しみに暮れている。

この状況であれこれ訊かれるのは、幸代にとってつらいことだろう。だが、わかっていても理沙たちは質問を続けなければならない。これは捜査の手がかりを得るために、どうしても必要なことなのだ。

「刑事さん、もしかして透くんを殺した犯人が、茂光まで……」

「ええ、可能性は高いと思われます」

幸代は目を閉じて、痛みをこらえるような表情になった。彼女は今、大きな感情の波に襲われているのだ。それが鎮まるのを待ってから、理沙は尋ねた。

「茂光さんの部屋を見せていただけないでしょうか」

「ああ、そうですよね。よく調べていただかないと……」

松田の手を借りて、幸代はよろよろと立ち上がった。

二階に行くのかと思ったら、どういうわけか彼女は玄関に向かうようだ。

「あの子は離れに住んでいたんです。私とは顔を合わせたくなかったみたいで……」

「じゃあ、食事などは？」

「私が運んでいました。部屋の前に置いていたんです」

「……失礼ですが、息子さんとあまりいい関係ではなかった、ということでしょうか」

「お恥ずかしい限りです。私はあれこれ手を尽くしていたんですが、あの子は引きこもったままでして」

幸代はそう答えると、苦しそうな表情で目を伏せた。

車庫のうしろに隠れていて見えなかったが、庭に小さな離れが建っていた。幸代がドアを開けると、入ってすぐの場所は狭い台所になっている。流しとＩＨ式のコンロが設置されていた。冷蔵庫の隣にあるドアはトイレだろう。奥の部屋との間には、磨《す》りガラスを嵌《は》め込んだ引き戸が見える。

幸代の許可を得て、矢代と理沙、夏目は部屋の中を調べ始めた。

居室は四畳半ほどの広さで、ベッドとテレビのほかカラーボックスがいくつか置いてあった。ローテーブルの上にはゲーム機とソフト、ポテトチップスの袋やコーラのペットボトルが散らかっている。見た目には十代の少年の部屋のようだった。

ノートパソコンがあったが、パスワードがかかっていて使えない。借用していくことになった。

三人で三十分ほど捜索を行ったが、事件の手がかりらしいものは何も出てこなかった。

「メモや日記は見つかりませんね。……茂光さんが子供のころ使っていたものはありませんか？　アルバムとか住所録とかノートとか」

理沙の問いに、幸代は記憶をたどる様子だ。しかし、じきに首を振った。

「すみません、昔、処分してしまったと思います。あの子、学校にはいい思い出がなかったようで」

「江原さんとの関係はどうでしたか」

「透くんとは親しくしていました。歳が近かったですから」

茂光自身については何のヒントも残っていないが、ひとつだけ収穫があった。自動車のカタログと取扱説明書が見つかったのだ。

「かなり高い外車ですね」ネットで車種を検索してから、夏目が言った。「でも、少し古いものみたいです。江原さんもこういう車に乗っていましたよね」

「ほかには趣味のない子でした。どうしてもその車がほしいと言いまして、亡くなった夫の蓄えから金を出して買ったんです。その後、買い換える余裕はありませんでしたから、長いこと同じ車に乗っていました」

ここまでの話を聞いて、矢代の中に違和感が生じた。殺害された茂光は本当に気の毒だし、自分たちは犯人逮捕に全力を尽くさなければならない。だがその一方で、茂光の行動はあまり褒められたものではない、という気がした。彼は働きもせず、自分の部屋にこもって母親に食事を運ばせていた。高い車を買ってもらい、行き先も告げずに出ていって漫画喫茶などで夜を明かしていた。少し身勝手ではないか、と思ってしまう。

しかし幸代の前でそんなことは言えなかった。矢代は自分の気持ちを抑えようと努力した。

捜査協力への礼を述べて、矢代たちは離れを出た。

「ご遺体の確認について、のちほど特捜本部から連絡があると思います」理沙は言った。「明日以降、また別の捜査員がお邪魔するかもしれませんが、よろしくお願いします」

「こちらこそ、ご迷惑をおかけしてしまって……」幸代は小さくため息をついた。「自分の息子の葬式をしなければいけないなんて、本当に因果なことですね」

「お気持ち、お察しいたします」

理沙は丁寧に頭を下げる。矢代や夏目もそれに従った。

板東宅を出て、矢代たちは松田とともに歩きだす。

「これで捜査は終わりですかね」松田が理沙に話しかけてきた。

「いえ、ほかの住人の方々にも一通り話を聞きたいと思います。私たちは情報収集のために来たんですから」

「でも、このあと天気が崩れそうですよ。早めにお帰りになったほうが……」

「雨は問題ありません。……ただ、その前に食事をしたいですね。松田さんの食堂にうかがってもいいですか？」

「ええ、それはかまいませんけど」

　話しながら歩いていると、道路沿いの家から男性が出てきた。髪を茶色に染め、目がぎょろりと大きい人物だ。三十代半ばで、帽子をかぶり、タオルを首にかけている。長靴を履いていて、ひとめで農作業用の恰好《かっこう》だとわかった。

「ああ、こんにちは」

　松田は屈託のない調子で挨拶《あいさつ》をした。男性は黙ったまま会釈をする。

　理沙は警察手帳を相手に見せた。

「警視庁の鳴海と申します。お名前と年齢、職業をうかがってもいいですか？」

　男性はわずかに眉《まゆ》をひそめたが、特に抵抗する気配はなかった。

「陣野《じんの》俊秋《としあき》、三十六歳、農業をやってます」

「同居のご家族は？」

「ひとり暮らしですよ。両親はもう亡くなっています」

「江原さんや板東さんと歳が近いですね。おふたりとは親しくなさっていましたか？」

「いや、あいつらとは馬が合わなかったから……」

「おふたりは殺害されました。我々はその事件を調べています」

陣野は眉間《みけん》に皺《しわ》を寄せて、理沙をじっと見つめた。しばらく思案しているようだったが、やがてこう尋ねてきた。

「犯人の目星はついてるんですか」

「まだです。年齢が近かったあなたにお訊《き》きしたいんですが、江原さんや板東さんが何かに悩んでいたとか、困っていたとか、そういう様子はありませんでしたか」

「知りません。言ったでしょう、あのふたりとは馬が合わなかったんです。最近は顔も見てませんよ」

「同じ集落の中なのに？」

「俺は畑仕事で忙しいんでね。今もそうです。急いでいるんで失礼しますよ」

「……じゃあ、あとでまた詳しくお話を聞かせてください」

彼の連絡先を尋ねてみた。自分の電話番号を口にして、陣野はすぐに踵《きびす》を返す。こちらを振り返ることなく、畑のほうへ歩いていってしまった。

「今の方も、江原さんや板東さんと同じ学校に通っていたんでしょうか」

理沙は小声で松田に問いかける。

「小、中学校は同じでしょうね。でも年の差を考えると、中学のとき江原さんとは入れ違いだったんじゃないかな」

矢代はあらためて陣野の家を観察した。隣家とはかなり離れていて、周囲を畑と藪《やぶ》に囲まれている。車庫に目をやると、国産の大衆車が停まっていた。買ってから、おそらくまだ数年というところだろう。江原や板東が乗っていたとされる車とは、外観や値段など、いろいろな面で違いがある。やはり本人が言ったとおり江原たちとは馬が合わず、距離をとっていたのかもしれない。

「先輩、行きますよ」夏目の声が聞こえた。「腹が減っては戦ができません。美味《おい》しいものを食べて、このあとも全力で捜査しましょう」

わかったよ、と答えて、矢代は夏目たちのあとを追った。

3

食事をする間、理沙は松田にいくつか質問をした。

詩集の『死者と魂の楽園』を知らないかと尋ねたが、記憶にないということだった。また、辰井集落には図書館もないし、本を置いてある公民館などもないらしい。ここであの本を見つけることはできそうになかった。

会計を済ませ、トイレに寄ってから矢代は民宿の外に出た。

先に出た理沙たちを捜していると、駐車スペースのほうから声が聞こえてきた。

「矢代さん、ちょっと」

険しい顔で、理沙と夏目が手招きをしている。何だろうと思いながら、矢代はそちらへ近づいていった。

「これを見てください」

理沙は車のボンネットを指差している。矢代は思わず眉をひそめた。大量の泥が付着していた。バケツか何かに入れてきたものを、一気にぶちまけたのだと思われる。いつ付着したかは不明だが、人為的なものに間違いなかった。

「ひどい話ですよ」夏目が口を尖《とが》らせた。「許せません。聞き込みをしましょうか」

「でも、子供のいたずらという可能性もありますよね」と理沙。

「だったら、その子供を注意しないと」

「あまり騒がないほうがいいと思います。矢代さんの意見はどうです？」

理沙が尋ねてきたので、矢代は少し考えてから答えた。

「俺も主任に賛成です。事を荒立てると、殺人事件の聞き込みがしにくくなる。俺たちは歓迎されていないようですからね」

夏目はしばらく唸《うな》っていたが、ここは我慢することにしたようだ。

松田からバケツと雑巾を借りて、矢代たちはボンネットの掃除をした。その様子を見て、松田は戸惑うような表情を浮かべていた。

遠くからカラスの鳴く声が聞こえてきた。はっとして矢代は空を見上げる。その直後、ぽつり、と雨粒が落ちてきた。ついに来たか、と思っているうち、徐々に雨足が強くなった。

矢代たちは傘をさして捜査を再開した。

集落には二十世帯、四十三人が住んでいる。まだ訪ねていない住人たちから、順番に話を聞いていった。ただ、林業のため山に入っている者や、町へ買い物に出かけている者などもいる。そういう人たちへの聞き込みは後回しにせざるを得なかった。

残り五軒というところで、滝のような雨になった。それでもなんとか話を聞いて回り、すべての聞き込みが終わったときには、午後六時を過ぎていた。

民宿に戻り、松田夫妻に挨拶をする。

「どうもありがとうございました。一通り話を聞いたので帰ります」

「そうですか。雨がひどいから気をつけてね」

話している間にも強い風が吹きつけて、入り口のドアががたがたと音を立てた。大粒の雨が激しく窓ガラスを叩《たた》いている。

そこへ店の電話が鳴りだした。カウンターにいた妻の多恵子が受話器をとった。

「はい、民宿松田です。……ああ、そうね。ひどい雨だわね。……え？　本当に？」

しばらく相手と話してから、多恵子は慌てた様子で電話を切った。

「あなた、大変。小曲《こまがり》で崖崩《がけくず》れがあったみたい」

「え……。まずいじゃないか」

「この大雨だから、今夜は近づかないほうがいいって。明日の朝、なんとかしようって話になったらしいわよ」

　夫妻の表情をうかがいながら、矢代は尋ねた。

「車は通れないってことですか？」

「うん。危ないから無理しないほうがいいですよ」

　松田は真顔でそう答えた。夫の隣で多恵子も深くうなずいている。

「あのへんは道が狭いんです。昔、車が転落した事故があったんですよ。悪いことは言いません。今日は泊まっていかれたほうがいいと思います」

　矢代は理沙と顔を見合わせた。理沙は遠慮がちに、松田に尋ねた。

「ええと……急な話ですけれど、泊めていただく部屋はありますか？」

「大丈夫ですよ。今夜はほかにお客さんもいませんから。ただ、内装工事の途中でね。すぐに準備できるのは八畳の部屋ひとつだけなんだけど……」

　これはまいったな、と矢代は思った。判断が難しいところだ。

「主任、どうしますか。なんだったら俺は車で寝ますけど」

「それはいけません」理沙は諭すような口調になった。「窮屈な恰好で寝たら、疲れがとれませんよ。明日の運転もあるんだし、矢代さんにはゆっくり寝てもらわないと」

　理沙の言葉を聞いて、なぜだか夏目が嬉《うれ》しそうな顔をした。

「じゃあ三人一緒ですね。いやあ、これはいいですねえ」

「なんでそんなに嬉しそうなんだ？」

不審に思って矢代が訊くと、夏目は声を低めて、

「自分の小説を思い出したんですよ」

「そういえば前に妙なことを言ってたな。嵐の夜に、将軍が部下の妖魔《ようま》と、どうとかこうとか」

「なんとなくシチュエーションが似ていませんか」

「夏目が考えたのは、男性同士の話だろう？」

「この際、どっちでもいいです」

　よくわからないことを言って、夏目はくすくす笑っている。矢代は顔をしかめた。まったく、こんなところで趣味を出さないでほしいものだ。

「じゃあ、お部屋の支度をしますから、しばらくお待ちください。……多恵子、宿帳持ってきて」

　松田は妻に命じると、ばたばたと廊下を走っていった。

「お食事もなさいますよね。松、竹、梅とありますけど、どうなさいます？」

　多恵子が写真付きのメニューを持ってきた。食堂を併設しているだけあって、どれも品数が多く、旨《うま》そうに見える。しかも思ったより値段は安めだ。

「やっぱり松がいいですよね」

　理沙がメニューを指差すと、そばで夏目が口元を緩めた。

「なるほど、松田さんだけに松ですか。さすがですね、主任」

「あ……私は別にそんなつもりじゃ……」

困ったような顔で理沙が言う。その様子を見ながら、多恵子は口に手を当てて笑った。

「あらまあ、ユーモアのある方だこと」

「いえ、違うんです」

理沙は慌てて首を振ったが、聞き流されてしまったようだ。多恵子は宿帳を取りに、食堂から帳場のほうへ出ていく。

ため息をついてから、理沙は携帯を取り出した。特捜本部に電話をかけ、一泊することになった、と彼女は報告を始めた。


ひと風呂《ふろ》浴びて、さっぱりした。

矢代は浴衣《ゆかた》に着替え、窓から外を眺めている。雨はますますひどくなっていた。風も強まり、嵐のような状態だ。ときどき何かが転がっていく音がする。建て付けが悪いのか、どこかのドアがばたんばたんと激しい音を立てている。

「矢代さん、そんな隅っこにいないで、こっちに来たらどうですか」

座卓のそばにいた理沙が声をかけてきた。

「いや、まあこういう状況ですので、あまり女性の近くには……」

「気にすることはないですよ。ほかに部屋がないんだから仕方ありません」

「そうですよ。早くしないと先輩の分も食べちゃいますよ」

暢気《のんき》な調子で夏目が言った。一泊すると決まってから、どうも彼女には緊張感が足りないようだ。

「夏目はもう少し、立場というものを考えたほうがいいぞ」

「わかってますよ。嵐の山荘みたいな状況で、事件が起こるってことでしょう？　たぶん、このあと電話も通じなくなるんですよね」

「おまえは何を言ってるんだ」

やれやれ、と矢代は思った。はっきり言わないと彼女には伝わらないようだ。

座卓に近づいて、矢代は夏目に話しかけた。

「事情があるとはいえ、男女三人が一室に泊まったなんて知られたら、いろいろとまずいだろう。俺が気にしているのはそういうことだよ」

「大丈夫ですよ。もし先輩がおかしなことをしたら、現行犯で逮捕しますから。私のほうが体力あるって、わかってますよね？」

「夏目は本当にやりそうだから怖いよ」

「もちろんやります。……普段は澄ましているけれど、矢代先輩もひとりの男……。鳴海主任やこの夏目の魅力に、つい理性を失ってしまうおそれがありますから」

矢代は顔をしかめ、舌打ちをした。

「そういうことは絶対にないと断言しよう。だってふたりとも、その恰好《かっこう》だからな」

矢代は女性ふたりに目を向けた。理沙も夏目も浴衣ではなく、だぶっとしたスウェットの上下を着ているのだ。まるで体育祭か何かのようだった。

「これですか？」理沙は自分の服装を見ながら言った。「奥多摩ですからね。もしかしたら泊まりになるかもしれないと思って、用意していたんです。夏目さんにもそう伝えておきました」

「なんで俺には言ってくれなかったんです？」矢代は口を尖《とが》らせた。「ひとりだけこんな恰好じゃ、浮いてしまうでしょう」

「矢代さんは、そういうことはあまり気にしないかな、と……」

「俺だけ遊びに来たみたいじゃないですか」

「誰もそんなふうには思いませんから。それよりほら、お料理が冷めますよ」

座卓の上には色とりどりの料理が並んでいる。焼き魚に山菜、豚肉の入った小さめの鍋《なべ》など、豪華ではないがどれも丁寧に作られているようだ。

「じゃあ、いただきましょう」

理沙が料理の皿を前にして、丁寧に両手を合わせる。矢代と夏目もそれに従った。

早速箸《はし》をつけてみて、おや、と矢代は思った。見た目もいいが、味もかなりいい。特に山菜の天ぷらは驚くほど旨かった。

失礼します、という声がして襖《ふすま》が開いた。盆を持って、多恵子が現れた。

「刑事さん、おビールいかがですか。うちからのサービスです。主人もぜひ飲んでいただきたいと申していまして」

「えっ、いいんですか？」夏目が目を輝かせる。

「いいえ、奥さん、私たちは仕事で来ていますのでアルコールは……」

理沙が首を横に振った。何度か勧められたが、彼女は丁重に断った。

「そうですか。じゃあ、何かありましたら呼んでくださいね」

愛想よく一礼して、多恵子は盆を持ったまま襖を閉めた。

正直なところ、風呂上がりにビールを一杯やりたかったが、そう言い出せるような雰囲気ではない。夏目の手前もあって、矢代は平静を装っていた。

「なんだか昔の合宿を思い出します」

鍋をつつきながら夏目が言った。彼女はスウェット姿だから、まさにそんなふうに見える。

「夏目さんは剣道をやっていたんですよね。でも運動部に入っていたわけじゃないって聞きましたけど」

「道場に通っていました。子供のころ、その道場で合宿がありまして……。あのころは楽しかったですねえ」

「昔から正義感が強かったんでしょう？」

「はい、警察官になったのは正解だったと思います。いい上司といい先輩に恵まれました。感謝しなくちゃいけませんね」

真剣な目をして夏目は言う。矢代は少し身構えてしまった。

「おだてたって何も出ないぞ」

「いいんですよ。矢代先輩は、そこにいるだけでいいんです」

夏目はひとりで笑っている。頭の中で、また何か小説のネタを考えているのかもしれない。そういう想像はやめてくれと言いたかったが、浴衣姿では説得力がなさそうだ。仕方なく、矢代は黙っていることにした。

料理の皿を下げてもらって、ゆっくりとお茶を飲んだ。

外で何かがぶつかるような音がした。びくりとして、理沙と夏目が窓のほうに目を向ける。雨は相変わらず強い。

「こういうときって不安ですよね」夏目が言った。「町なかだったら警察も消防もすぐ来てくれますけど、山の中の集落だと、そうはいかないでしょうし」

そうですね、と理沙はうなずく。

「警察の捜査は組織力に頼っていますからね。もし自分ひとりだったらと思うと、どうしても心配になります」

たしかにそうだ、と矢代も思った。捜査はふたり一組で行うのが基本だ。もしひとりでいるとき何か起こったら、ただちに応援を求めなければならない。警察官であっても結局、個人でできることには限界があるのだ。

「まあ、俺たちはうまくやっていますよ」矢代は理沙のほうを向いた。「最初は軽く見られていたけど、最近は実績が認められてきたでしょう。この調子で頑張れば、よそからあれこれ言われることはないと思います」

「ありがとうございます。そういう前向きな発言には救われますね」

うんうん、とうなずいている理沙に、夏目が話しかけた。

「今だから言えますけど、矢代先輩は昔、文書解読班をやめたがっていたんですよ」

「あ、おい夏目」矢代は眉《まゆ》をひそめた。「なんでそういうことを……」

「でも先輩、今は違うんですよね？　この部署でも捜査の力が発揮できるとわかったから、気持ちが変わったんでしょう？」

まあな、と矢代は応じた。しばらく湯呑《ゆの》みを見つめてから、こう続けた。

「今はわりと自由に動けるから、刑事のころより捜査がしやすくなったよ。鳴海主任がいて、夏目がいて、谷崎も力を貸してくれる。コンパクトなチームだけど、うまく機能しているような気がする」

「いいですね！」理沙が顔をほころばせた。「この先、岩下管理官が何か仕掛けてくるかもしれませんが、私たちならきっと大丈夫です。全力を尽くしていきましょう」

旅先だからか、普段とは違う結束力が感じられる。文書解読班でやっていこうという自分の判断は、間違っていなかったのだ。そう思えた。

午後十一時を過ぎたころ、理沙が部屋の明かりを消した。

理沙と夏目は奥のほうの布団で横になっている。矢代はふたりからだいぶ離れた襖のそばに布団を敷いていた。

　しばらくごろごろしていたが、風雨の音が気になって眠れない。矢代は部屋を出て、帳場のほうへ歩いていった。飲み物の自販機のそばに、椅子がふたつ置いてある。炭酸飲料を買って椅子に腰掛けた。

　帳場の向こうには食堂のカウンターがあった。ところどころに常夜灯が点《つ》いているだけで、屋内は薄暗い。窓のほうを向くと、外灯の青白い明かりが目に入った。叩《たた》きつける雨の中、黒々とした木の影が踊っているように見える。

「あら刑事さん、眠れませんか」

　暗がりの中から声が聞こえた。松田の妻・多恵子だ。どうやら戸締まりを確認していたらしい。

「明日は晴れるといいんですがね」矢代は窓を指差して言った。「崩れた崖《がけ》は大丈夫でしょうか」

「これまでにも何度かあったんですよ。大旦那《おおだんな》さんが命令して、明日には直してくださると思います」

「役所には頼まないんですか？」

「そんなものを当てにしたって、時間がかかるばかりでしょう。とりあえず通れるようにしないとね。林業をやっている人が多いから、重機もトラックもあるんです」

　なるほど、と矢代は納得した。そういう用意がなければ、空が晴れたとしても道はなかなか開通しないだろう。

部屋に戻ろうとする多恵子を、矢代は呼び止めた。

「この民宿には、けっこう旅行客が来るんですか？」

「ぼちぼちかしらねえ。トレッキングとか釣りの人とか、いらっしゃいますよ。あとは……そうですね。何をするってわけじゃないけど、ぼんやりしに来る人とか」

「何ですかね。都会で疲れてしまった人でしょうか」

「ええ、そうかも……。刑事さんも、疲れたらまた来てくださいよ。今度は旅行でね」

そんなことを言って多恵子は笑っている。

「最近、気になるお客さんはいませんでしたか？」

何の気なしに訊《き》いたのだが、多恵子は真面目な顔で問い返してきた。

「気になるというと、どんな感じかしら」

「たとえば、江原さんや板東さんのことを尋ねてきたとか……」

多恵子は目を伏せて何か考えているようだ。ややあって、彼女は顔を上げた。

「じつは半年ぐらい前、そういうお客さんがいました。二泊していったんですけど、ぶらぶら散歩しているだけだったみたいで……。江原さんについて、いろいろ訊いて回っていたんです。家のこととか、家族のこととか、仕事のこととか」

矢代は眉をひそめた。これは気になる話だ。

「どういう人でしたか。……そうだ、宿帳に名前が書いてあるんじゃないですか？」

ああ、そうですね、とうなずいて、多恵子は帳場の明かりを点けた。宿帳を取り出し、ページをめくっていく。やがて彼女は、あるページを指差した。

「この方ですね。すみません、お顔なんかは覚えていないんですけど……」

「年齢は？」

「三十代ぐらいだったでしょうか」

名前は佐《さ》藤《とう》真一《しんいち》、住所は立川《たちかわ》市となっている。携帯電話の番号が記されていた。メモ用紙をもらい、ボールペンを借りて、矢代は佐藤の情報を書き付けた。

「ありがとうございました。明日、連絡をとってみることに……」

そこまで言って、はっとした。右手に握ったボールペンを、矢代はじっと見つめる。白いプラスチックのボディーに、消えかけた文字が読み取れた。《有限会社　桑島不動産》とある。

「このボールペン、どうしたんですか？」

「ええと……」多恵子はまばたきをした。「よく覚えていないけど、誰かからもらったんだと思いますよ」

ノベルティグッズだから、いろいろな場所に配付されたと聞いている。だが小金井市で殺害された江原透のそばにも、このボールペンが落ちていたのだ。いったいどういうことなのか。

矢代は黙り込み、ひとり考えを巡らし始めた。

4

翌日、目を覚ますと雨は上がっていた。

矢代は窓を開けて外を見た。昨夜の荒天が信じられないぐらい、空はきれいに晴れ上がっている。まずは助かったな、と思った。あのまま雨が降り続いたのでは、崖崩れの被害が広がってしまうおそれがあったからだ。

着替えて帳場に向かうと、ちょうど食堂のほうから松田が顔を出した。

「みなさん、よく眠れましたか？　今、崩れた場所を調べているらしいですよ。思ったより早く通れるようになりそうだ、ということでした」

「ああ、それは助かります」

矢代が言うと、理沙や夏目も松田に礼を述べた。

焦りはあるが、土砂が取り除かれるまでは集落を出られない。食堂で朝食をとったあと、矢代は昨夜聞いた佐藤真一のことを理沙たちに話した。また、ボールペンがこの民宿にあったことも伝えた。

理沙と相談した上で、矢代は佐藤に架電してみた。だが、その番号は使われていないというメッセージが流れるばかりだ。

「駄目ですね。通じません」

「たぶん佐藤というのは偽名でしょうね」

理沙は指先を顎《あご》に当てて、何か考え込んでいる。

ネット検索してみると、住所もでたらめな番地だとわかった。こうなると、佐藤という男の正体を突き止めるのは無理だろう。

時間があるので、矢代たちはもう少し聞き込みを続けた。半年前にやってきた佐藤真一という人物について尋ねてみる。だが、大きな収穫はなかった。たしかにその男性から江原のことを訊かれたが、こちらからはあまり答えなかった、という人が多かったのだ。集落のことをいろいろ訊きたがる佐藤は、不審な人間に見えたのだろう。それで住人たちはみな、彼を警戒したというわけだ。

午前十一時過ぎに民宿へ戻ると、松田が手招きをした。

「刑事さん、道が通れるようになったってよ。もう帰れますよ」

「よかった。ありがとうございます」

宿泊代を払って領収証をもらった。松田夫妻によく礼を言って、矢代たちは車に乗り込む。

集落を出て、山道をゆっくり進んでいった。しばらくすると、前方に重機とトラックが見えてきた。道路脇の空き地になった部分に、七、八人の男たちが集まっている。

道端に車を停め、矢代は運転席から降りて挨拶《あいさつ》をした。

「朝からお疲れさまです。通らせていただいて、いいですか？」

「ああ、あんたたちか」

大旦那の息子、長瀬雄治が近づいてきた。タオルで額の汗を拭《ふ》いている。彼が現場の指揮を執っていたのだろう。

「早く帰りな。うろちょろされると、気になって仕方ないからな」

「滋さんにもよろしくお伝えください」

「嫌だね。あんたたちのことを話したら、親父の機嫌が悪くなる」

雄治はそう言って目を逸《そ》らしてしまった。黙り込んでいる彼に向かって、矢代は軽く頭を下げた。

まだ路面に砂利が散らばっていたが、通行するのに支障はなさそうだ。作業をしている男性たちに礼を言ってから、矢代はゆっくり車を進めていった。昨夜崖崩れのあった場所を、無事に通過することができた。

そのまま車を走らせると、じきにバス通りに出た。ここまで来ればもう安心だ。地図に従い、あきる野市の方向へと山を下っていった。

「あ……。電話ですね」

後部座席にいた理沙が、もぞもぞと体を動かした。バッグから携帯を取り出す。

「お疲れさまです、鳴海です。……はい、今、集落を出たところですが……」

しばらく相手と話していたが、やがて彼女は「わかりました」と言って電話を切った。

どうやら、何か新しい情報が入ったらしい。

「川奈部さんから連絡がありました。聞き込みをしているうち、昔の辰井集落を知っている人が見つかったそうです。福生《ふっさ》市に住んでいる浅沼藤夫《あさぬまふじお》さん、六十八歳……」

「福生市なら、帰りにちょうど寄れますね」と夏目。

「ええ。それで私たちに連絡してきたようです。情報収集してくれないか、ということでした」

都心部での捜査と違って、移動には車が必要だ。限られた人数で捜査を進めているから、人員の移動は効率よく行う必要がある。

理沙はその浅沼という男性に電話をかけ、今日は終日家にいることを確認した。これから会う約束もできたそうだ。

「では矢代さん、お願いします」

「了解しました。福生市に向かいます」

そう答えて、矢代はアクセルペダルを踏んだ。

浅沼の住居は小ぎれいな二階家だった。それほど広くはないが、建物も庭もよく手入れされている。家庭菜園を作っているようで、濃い緑色の葉が見事だった。

矢代たちはチャイムを鳴らして応答を待った。はい、とインターホンから男性の声が聞こえ、まもなくドアが開かれた。

浅沼藤夫は角張った顔をした男性だった。夏の盛りはもう過ぎているが、黄色いポロシャツを着ている。色黒で大工の棟梁《とうりょう》のような印象だ。しかし川奈部からの情報だと、元電器店の経営者だという。

居間に通され、矢代たちはローテーブルを挟んで浅沼と向かい合った。

「こんなものしかなくて申し訳ないですね」

浅沼は二リットルサイズのペットボトルと、ガラスのコップを四つ持ってきた。慣れた手つきでウーロン茶をコップに注いでいく。

「あらためまして、警視庁の鳴海です」理沙は警察手帳を呈示した。「お忙しいところ、申し訳ありません」

「いや、もう引退した身ですから……。毎日が日曜日といった感じでね」

笑いを浮かべて浅沼は言った。コップをひとつ取り、喉《のど》を鳴らしてウーロン茶を飲む。

「年寄りは水分をとらないと、脱水症状が起きやすいっていうでしょう。普段から気をつけていまして」

「こちらのお宅、ご家族の方は……」

「私ひとりです。十五年前に離婚しました。子供は息子がふたり。どちらも結婚してますよ。私は駄目な父親の見本みたいになってしまいました」

「それは大変でしたね」

同情します、という表情で理沙はうなずいている。

「ええと……今日は辰井の話ですよね」浅沼が尋ねてきた。

「はい。浅沼さんがあの集落に出入りなさっていたと聞きまして……。どういった経緯だったのか、教えていただけませんか」

「もともと青梅市で電器店をやっていたんです。その関係で九年前から、辰井集落に行くようになりましてね。冷蔵庫とか洗濯機とかテレビとか、そういうものを配達したり、設置したりしていました。でも三年前に腰を悪くしまして、店を人に譲ってここに引っ越してきたというわけです」

　引退したと言っていたのは、そういうことだったのだ。今は無職のようだが、かなり蓄えがあるのだろうか。

「じつは私たち、昨日今日と辰井集落にいたんです」

「そうだったんですか」浅沼は少し声を低めた。「電話でだいたいのことは聞きましたけど、江原さんと板東さんが亡くなったそうで……」

　ええ、と答えたあと、理沙は四行詩がプリントされた紙をテーブルに置いた。

「事件現場の共通点から、同一人物の犯行ではないかと考えられます。この詩をご覧いただけますか。こちらが江原さん、こちらが板東さんのポケットに入っていたものです」

　どれどれ、と言って浅沼は老眼鏡をかけた。紙を手に取り、ふたつの詩を見比べる。

　しばらく首をひねっていたが、やがて彼は理沙に視線を戻した。

「なんだか意味がわからない詩ですね」

「その詩と似た形で、遺体が発見されました」

「詩と似ていた……。いったいどんな感じだったんです？　差し支えなければ教えてもらえませんか」

　どうしようかと少し考える様子だったが、じきに理沙は口を開いた。

「江原さんは地面に埋められていました。板東さんのほうは殺害されたあと、高い場所から落とされたんです」

　浅沼は険しい表情を浮かべた。おそらく、事件現場の様子を想像してしまったのだろう。

「それから……」理沙はボールペンの写真を取り出した。「このボールペンが、江原さんの遺体のそばに落ちていました。桑島不動産という会社が、十二年前にノベルティグッズとして配ったものです。同じものが辰井集落にもありました」

「犯人は辰井にいた人間、ということですか？」

「わかりません。でも可能性はあると考えています。それで浅沼さんにお聞きしたいんですが、江原さんや板東さんの過去について、何かご存じのことはないでしょうか」

　真剣な顔で、理沙は相手をじっと見つめる。浅沼は落ち着かない様子だったが、テーブルからコップを取って、またウーロン茶を飲んだ。

　彼の行動には、明らかに動揺している気配があった。浅沼は何か知っているのではないだろうか。

「犯人は、すでにふたり殺害しています」理沙は続けた。「放っておいたら、さらに犯行を繰り返すかもしれません。浅沼さん、ご存じのことがあれば聞かせてください。それが世の中のためにもなります」

浅沼は何度かうなずいた。それから静かな調子で話しだした。

「私は家電の配達をしていたから、あちこちの家で噂話を聞きました。江原さんと板東さんは若気の至りというか……いろいろあったみたいですね」

「いろいろ、というと、何かトラブルのようなことでしょうか」

「ええ、まあ……」

「江原さんたちが何をしたか、知っているなら教えてください。もしかしたら江原さんと板東さんは、過去のトラブルのせいで殺害されたかもしれないんです」

理沙の言葉を聞いて、浅沼はわずかに身じろぎをした。

「いや、それは……」

「話していただけませんか、浅沼さん」

「お願いします」理沙の隣で矢代も頭を下げた。「あなたの証言が必要なんです」

だが、浅沼は矢代たちから目を逸《そ》らしてしまった。テーブルの上のコップを見つめて、じっと黙り込んでいる。

「浅沼さん。見て見ぬふりをするのは、正しいことではないと思いますよ」

諫《いさ》めるように理沙が言うと、彼は急に座布団から立ち上がった。矢代たちは驚いて、浅沼を見つめる。

「帰ってもらえませんか」

「どうしてです？　何も用事はないとおっしゃっていましたよね」

「いいから帰ってください。もう話すことはないから」

浅沼は声を荒らげた。突然の変化に、理沙も夏目も戸惑いを隠せないようだ。

仕方なく、矢代たちは辞去することにした。連絡先を書いたメモをテーブルの上に置く。

玄関を出てから、理沙が挨拶をしようとした。だが浅沼は目を合わせず、力任せにドアを閉めてしまった。

5

渋い表情を浮かべながら、矢代たち三人は車に戻っていった。

「どうしますか。少し時間をおいて、また訪問しますか？」

矢代が尋ねると、理沙は難しい顔をして唸《うな》った。

「しつこく訪ねると逆効果ですよね。あとで電話をかけてみましょうか」

のちほど古賀係長にも相談しよう、ということになった。場合によっては明日以降あらためて訪ねたほうがいいかもしれない。理沙たちが来るか、別の捜査員に交代するかは、古賀が判断してくれるはずだ。

「それにしても引っかかりますね」考えながら矢代は言った。「江原さんたちが若気の至りで何かやった、なんて話は今まで出てきませんでした」

「たしかに、腑《ふ》に落ちませんね」

理沙は腕組みをしている。夏目もあれこれ考えを巡らしているようだ。

矢代は携帯を取り出し、辰井集落の松田に架電してみた。

「はい、民宿松田です」

聞こえてきたのは松田伸博の声だ。客商売をしているから明るい雰囲気がある。

「警視庁の矢代です。いろいろとお世話になりまして……」

「ああ、刑事さん。どうかしましたか」

「ちょっとお聞きしますが、江原さんや板東さんが昔、集落でトラブルを起こしたことはなかったでしょうか。そういう情報を耳にしたんですが」

「さあ、知りませんけど。それ、誰からの話ですか？」

「……いえ、ご存じなければいいんです。ありがとうございました」

首をかしげながら矢代は電話を切った。江原たちが過去にトラブルを起こした、というのは浅沼の思い違いだったのだろうか。

「さて、このあとですが……」気を取り直して矢代は言った。「せっかくここまで来たんですから、もう一ヵ所寄ってみませんか」

「もしかして、あきる野市ですか？」夏目が尋ねてきた。

そのとおり、と矢代はうなずく。

「ボールペンを配った桑島不動産に行ってみたいんです。前に電話で話を聞きましたが、訪ねてみたら何か情報が得られるかもしれません。辰井集落との関係も気になります」

少し西に戻ることになるが、おそらく車で二十分ぐらいだろう。理沙も賛成してくれたので、矢代はあきる野市へ車を走らせた。

事前に電話を入れておいて正解だった。社長の桑島清三《せいぞう》は外出の予定を変えて、矢代たちを待っていてくれたらしい。

彼は五十代後半ぐらいで、恰幅《かっぷく》のいい男性だった。整髪料で髪をきっちり固め、ネクタイを締めて、会社のロゴが入ったジャンパーを着ている。

「先ほどお電話しました、警視庁の矢代です」

「はい、お待ちしていました。桑島です」

桑島は名刺を出したあと、矢代たちを応接セットに案内してくれた。ほかに客はいないようで、従業員たちはパソコンの作業をしたり、電話をかけたりしている。

女性社員がお茶を持ってやってきた。彼女が湯呑《ゆの》みをテーブルに並べ終わると、桑島は矢代を見つめた。

「前に連絡をくださった方ですよね？」

「そうです。よく覚えていてくださいましたね」

「職業柄、人の声は忘れないんですよ。最初は電話をかけてくるお客さんが多いですからね。そのとき、声の調子や話の内容で、どんな方なのかだいたい見当がつきます」

「この人は急いでいるからすぐ契約するだろうとか、そういうことですか？」

理沙が訊《き》くと、桑島は苦笑いをして頭を掻《か》いた。

「まあ、そこはご想像にお任せします」

図星かもしれない。不動産業者としては、物件を早く契約させたいはずだ。急いでいる客なら、多少条件が悪くても決めてくれる、という期待があるのだろう。

「例のボールペンの件、どこに配ったかは覚えていない、ということでしたよね」

「十二年前ですからねえ。当時の社員も、何人かは辞めてしまったし……」

「奥多摩郡に辰井という集落があるんですが、そこに行かれたことは？」

「ああ、辰井ですか。覚えていますよ。知り合いに紹介されて、私が出向きました」

これは予想外の情報だ。桑島本人が行ったというなら話が早い。

「あそこで何かお仕事を？」

「あの一帯の土地を持っていらっしゃる方から、相談を受けました。ええと、何といったかな……」

「長瀬滋さんでしょうか」

「ああ、そうです。大旦那《おおだんな》さんと呼ばれていましたね。結局、契約には至らなかったんですが、今後もよろしくお願いしますとご挨拶《あいさつ》しました。そのあと各ご家庭にボールペンを配ろうとしたら、ちょっと待ってくれと言われて……」

「滋さんがそう言ったんですか？」

「はい。集落のみんなには自分が配っておくから、とおっしゃるので、三、四十本まとめて長瀬さんにお渡ししました。不思議に思ったんですが、まあ土地柄もあるでしょうから、深くは訊きませんでした」

　ボールペンのような安価なものを、独り占めしようなどとは考えなかったはずだ。実際、松田の民宿にはボールペンがあった。長瀬から各戸に配布して、顔役であることを強調したかったのだろうか。

　ただ、それにしても妙な話だった。よそから来た桑島にはあまり集落を歩き回ってほしくなかった、ということなのか。

　どうにもすっきりしない気分だ。

「辰井には江原透さん、板東茂光さんという方が住んでいたんですが、ご存じですか？」

　矢代の問いに、桑島は首をかしげた。

「いや、知りません。あのときお邪魔したのは長瀬さんのお宅だけだったので……」

　そのほか、辰井集落についていくつか質問してみたが、これといった情報は出てこなかった。知人の紹介で一度長瀬宅を訪れただけだから、仕方ないことだろう。

　礼を述べて椅子から立ち上がったとき、「あのう」という女性の声が聞こえた。

　先ほどお茶を持ってきてくれた社員だ。歳は四十代前半といったところか。控えめな印象の女性だが、何か矢代たちに伝えたいことがあるようだ。

「何でしょうか」

穏やかに矢代が尋ねると、女性社員はゆっくりした口調で話しだした。

「あきる野市に宇沢《うざわ》外科クリニック……というのがあるんです。そこの院長先生で……宇沢敬親《たかちか》さんという人がいまして……」

「その宇沢先生が何か？」

「あ、はい」彼女はさらにゆっくりした調子で言った。「二年前に、宇沢先生は亡くなったんです。その……殺されたんですよ。ロープで首を……絞められて」

「そんな事件があったんですか。それで犯人は？」

「捕まっていない……と思います」

なるほど、と矢代はうなずいた。だが、なぜ彼女がその話を始めたのかがわからない。少し戸惑いながら訊いてみた。

「その事件の捜査を進めてほしい、ということですか？」

「あ、いえ、それもあるんですけど……違うんです」女性社員は首を横に振った。「宇沢先生は、辰井集落に往診に行っていた……と聞いたことがあって」

「本当ですか？」

「はい。もしかしたら……何かあったのかも、と思って」

集落に往診に行っていたのなら、各戸の事情にも詳しかった可能性がある。彼女の言うように、何かのトラブルに巻き込まれて殺害されたのではないか、という気がする。

「宇沢先生にご家族はいらっしゃったんでしょうか」

「たしか……息子さんがいたはずです。その方もお医者さん……だったと思います」

彼女は宇沢外科クリニックの所在地を教えてくれた。

夏目が携帯を取り出し、ネット検索を始める。だが、渋い表情で彼女は言った。

「今、その住所にクリニックはありませんね。名前で調べてみたんですが、宇沢というクリニック自体、どこにもないようです。息子さんは開業医じゃなくて、病院の勤務医なんでしょうか」

「そうかもしれない。とにかく、外科クリニックがあった場所に行ってみよう」

桑島と女性社員にもう一度礼を述べて、矢代たちは出入り口に向かった。

「あのう、刑事さん」女性が言った。「私、宇沢先生には子供のころ……すごくお世話になったんです。できたら……犯人を捕まえてほしくて……」

「わかりました。まずは、事件の情報を集めてみます」

会釈をして矢代は不動産会社を出た。理沙と夏目も、あとからすぐについてきた。


覆面パトカーで十五分ほど移動する。

以前宇沢外科クリニックがあった場所には、今、アパートが建っていた。住人に話を聞いてみたが、さすがに入居前のことまでは誰も知らないようだ。

しかし近くの民家を訪ねたところ、有益な情報が得られた。二十年前からここに住んでいるという主婦が、こう証言してくれたのだ。

「宇沢先生の事件ですよね。もちろん覚えています。夜、家にいたところを誰かに襲われて、絞め殺されたとかで……。ああ、ここにあったのはクリニックだけでね、先生の家は別の場所にあったんです」

「ご自宅はどこなのか、わかりますか？」

「何かのときに先生から聞きました。秋川《あきがわ》駅の向こう側の、郵便局の近くです。今はその場所で、息子さんが内科クリニックをやっているはずですよ」

え、と言って矢代は夏目に目を向ける。彼女は再度ネット検索を行った。

「もしかしてこれですか。あきがわ内科クリニック……」

「ああ、そうです、そうです」主婦はうなずいた。

宇沢という名前が付いていなかったから、息子が経営しているクリニックだとわからなかったのだ。

「最近はいろいろあって本当に怖いですよ」主婦は顔を曇らせて言った。「このへんも、振り込め詐欺や強盗事件が増えていてね……」

「そうですね。戸締まりに気をつけてください」

謝意を伝えて矢代たちは面パトに戻った。エンジンをかけ、教えてもらった住所へ車を走らせる。

「やっぱり足で稼がなくては駄目なんですね」後部座席で理沙が言った。「矢代さんの判断は正解でした。桑島不動産に行かなければ、宇沢先生のことは聞けませんでしたから」

「運がよかっただけですよ」

「その運を引き寄せたのは矢代さんです。粘り強く捜査しなければ情報は得られない。……お遍路さんというあだ名は伊達《だて》じゃありませんね」

「これが何かの成果に繋《つな》がるといいんですけど」

やがて、住宅街の中に《あきがわ内科クリニック》という看板が見えてきた。

駐車場に面パトを停め、矢代たちは外に出る。

白壁が美しい二階建てのクリニックだった。一階の半分ほどが診察スペースなのだと思われる。

矢代はクリニックのドアを開けた。中を覗《のぞ》いたが、患者はひとりもいないようだ。おそらく午後の診療が始まる前なのだろう。いいタイミングだったな、と思いながら受付に向かい、警察手帳を呈示した。

「警視庁の者です。宇沢先生にお話をうかがいたいんですが……」

「え……。警察の方？」

女性事務員は驚いた様子だったが、すぐに立ち上がって奥の部屋に向かった。

まもなく白衣を着た男性がやってきた。四十代半ばという印象だ。やや長めの髪に、細く尖《とが》った顎《あご》。髪には白いものが少し交じっている。

「お待たせしました。院長の宇沢修《おさむ》です」

「お仕事中にすみません。警視庁の矢代と申します」

「警察の方がお見えになるのは久しぶりです。もしかして父のことですか？」

察しがいい人のようだ。矢代はうなずいたあと、すぐ本題に入った。

「ある事件を捜査しているうち、宇沢敬親さんのお名前を知りました。二年前に亡くなったそうですが、その件について聞かせていただけないでしょうか」

すると、修の顔がわずかに曇った。不快感を滲《にじ》ませながら彼は言った。

「警察の方なら、昔の資料を調べられるんじゃないですか？」

「すみません。本来はそうすべきなんですが……」

矢代が困っているのを見て、そばにいた理沙が口を開いた。

「まずはご遺族から直接お話をうかがいたいと思って、お邪魔しました。ご協力をお願いできませんか」

苦しい説明になったが、修はどうにか納得してくれたようだ。軽くため息をついてから、彼は話しだした。

「二年前の六月、建て直す前のこの家で父が殺害されました。母はその日、知人と旅行に出かけていて留守だったそうです。私は妻とよそのマンションで暮らしていましたから、父が亡くなったと聞いて本当に驚きました」

「当時、修さんは別の病院に勤めていらっしゃったんですか？」

「昭島《あきしま》市内の総合病院に勤務していたんです。父が亡くなったので、外科クリニックは廃業となりました。そのあと私と妻がここへ越してきて、内科クリニックを始めたというわけです。母は相当ショックを受けていて、ひとりきりにはできませんでしたから」

事件の詳細については修もよく知らないという。二年前に刑事から聞いた内容を、彼は矢代たちに話してくれた。

「午前二時ごろ裏の窓を割って何者かが侵入したらしい、ということでした。現金がなくなっていましたから、物盗りの可能性もあったとか……。父は抵抗したようですが、ロープか何かで首を絞められ、窒息死しました。夕方、旅行から戻ってきた母が遺体を見つけたんです」

遺留品などはなかったそうだ。当然、指紋や靴跡などもしっかり調べたはずだが、犯人の特定はできなかったらしい。

「私が知っているのはそれぐらいです」

話を終えた修に向かって、矢代はさらに質問した。

「敬親さんは、奥多摩の辰井集落へ往診に行っていたらしいんです。ご存じですか」

「いえ、そこまではちょっと……」

「当時の診療記録か何か、残っていませんかね。そうだ、カルテはありませんか？」

「一定期間の保存義務があるので、残していますよ。うちの納戸の中です」

住居スペースに移動し、納戸から段ボール箱を出してもらった。リビングのテーブルを借りて、カルテを順番に並べていく。矢代と理沙、夏目の三人で一枚ずつ調べ始めた。

「クリニックをやりながら往診もしていた……。時間的に大変だったはずですよね」

作業をしながら、理沙が修に話しかけた。

「経営のためにいろいろ考えたんでしょう。恥ずかしい話ですが、父は金に困っていたようなんです。まあ、仕方ないでしょうね。あのクリニックはあまり評判がよくありませんでしたから」

「お父さんに対して、厳しい見方をなさるんですね」

理沙にそう指摘され、修は黙り込んだ。しばらく考える様子だったが、やがて彼はゆっくりと首を横に振った。

「感じ方は人それぞれですよ」

修は目を逸《そ》らしたまま立ち上がった。何かあったら呼んでください、と言って彼は診察室のほうへ戻っていった。

三人で調べ続けたが、なにしろ枚数が多いので時間がかかる。理沙はこういう仕事が得意だろうが、矢代や夏目にとっては肩の凝る作業だ。

そのうち、理沙が声を上げた。

「ありました！　ここにまとまっていますね」

彼女の言うとおり、辰井集落に住む人たちのカルテが十数枚見つかった。往診先だったので、まとめて保管してあったようだ。

長瀬滋や民宿の松田夫妻、そのほか中高年の住人たちのカルテがあった。しかし江原や板東のものは見当たらない。

矢代はカルテをじっと見つめたが、横文字ばかりで何が書いてあるのかわからなかった。夏目も目を白黒させている。そんな中、ふんふん、とうなずきながら理沙は目を走らせていた。

「主任、わかるんですか？」

「細かいところは別として、おおまかな意味はなんとか」

たいしたものだ、と矢代は思った。文書捜査官として、これは誇れる部分だろう。

理沙は辰井集落のカルテに目を通したあと、軽く息をついて顔を上げた。

「不審な点はないようですが……。いや、ちょっと待ってください」

眉間《みけん》に皺《しわ》を寄せて、彼女はあるカルテの欄外を凝視した。

ボールペンで書かれたメモがあった。《Arimori》《Haizaki》《Shikishima》と読める。

理沙はひとり首をかしげた。

「何でしょうね。『アリモリ』『ハイザキ』『シキシマ』……」

それぞれ丸で囲んであって、何か大事なメモのように思われる。

彼女は矢代たちのほうを向いて、そのカルテを指差した。

「患者の名前かもしれません。アリモリ、ハイザキ、シキシマという人のカルテはないでしょうか」

大量のカルテを、三人でもう一度確認してみた。念入りに見てみたのだが、そういう患者のカルテは見つからない。

「人の名前じゃないんですかね……」腕組みをして矢代はつぶやく。

修を呼んで、そのメモを見てもらった。しかし彼にも意味がわからないという。敬親にそういう名前の知人がいた、という事実もないそうだ。

釈然としない様子で、理沙はじっと考え込んでいた。

6

午後、矢代たちは一度、特捜本部に戻った。

古賀係長と財津係長が揃って本部にいたのは幸いだった。管理官の岩下は、何か別件があって不在だという。また、科学捜査係の谷崎は科捜研に行っているらしい。

状況をまとめた紙を見せながら、矢代たちは捜査内容を報告していった。古賀も財津も、真剣な顔で話を聞いてくれた。

《注目すべき辰井集落の住人》
◇江原透…………マル害1、個人投資家　★死亡
◇板東茂光………マル害2、無職　★死亡

◆陣野俊秋……農業
◆長瀬滋……辰井集落の顔役
◆長瀬雄治……滋の長男、林業
◆長瀬実和子……雄治の妻
◆松田伸博……民宿経営者
◆松田多恵子……伸博の妻
◆板東幸代……茂光の母、農業

　理沙は住人たちの名前を、指でなぞっていった。

「特に注目すべきだと感じたのは、この人たちです。江原さんはともかく、板東さんが同じ集落に住んでいたのは予想外でした」

「辰井集落を調べ直したのは正解だったようだ」古賀が言った。「江原透と板東茂光は年齢が近い。過去に何か事件性のあることを起こしたんじゃないだろうか。それを恨んだ人物が、彼らを殺害した可能性がある」

　そうですね、と財津はうなずく。

「もうひとり同年輩で陣野俊秋という男性がいますが、その人物はどうなのか……。鳴海、陣野のことは調べてあるのか？」

「昨日の夕方、詳しく話を聞きましたが、かなり口数の少ない人物です。江原さんや板東さんとのつきあいはなかったし、彼らが殺害された理由もわからない、ということでした。もともと趣味が合わなかったようですね」

眼鏡のフレームをいじりながら、財津はひとり考え込む様子だ。

「私から報告です」矢代は口を開いた。「あの集落で一番の情報源は、民宿の松田夫妻です。何か気になることがあったら連絡してもらえるよう、頼んでおきました」

松田は商売をしているだけあって人柄もいいし、自分たち夫婦はお喋《しゃべ》りだと笑っていた。その社交性が捜査に役立ってくれるのではないかと、矢代は期待している。

「さて……。現時点での問題点ですが」

理沙はいつものタスク管理図を机の上に置いた。

- □小金井事件
  - ■被害者（マル害1）
    - ■身元　★江原透（39）、個人投資家、奥多摩郡辰井集落在住
    - ■遺族　★寺尾和正、江原透の弟、NPO法人勤務
  - □遺留品
    - ■ボールペン　★十二年前、桑島不動産が配付、辰井集落でも発見
    - ■懐中時計　★十年前の墨田事件被害者・下倉健也の指紋あり
    - ■酒販店のレシート　★国分寺駅近くの個人商店

- □四行詩
  - □作者
  - □意味
  - ■原典　★白鳥大洋『死者と魂の楽園』だと思われる

- □狛江事件
  - ■被害者（マル害2）
    - ■身元　★板東茂光（37）、無職、奥多摩郡辰井集落在住
    - ■遺族　★板東幸代、茂光の母
  - □遺留品
    - □四行詩
      - □作者
      - □意味
      - □原典　★白鳥大洋『死者と魂の楽園』ではない

- □墨田事件
  - ■被害者
    - ■身元　★下倉健也、会社員（十年前24）

- ■遺族　★下倉栄輔、コンサルティング会社経営
- □懐中時計　★下倉健也のものか？
- □電気メーターの記号《†》《▽》《×》

□秋川事件
- ■被害者
  - ■身元　★宇沢敬親、医師（二年前67）
  - ■遺族　★宇沢修、敬親の長男
- □辰井集落との関係
- □「Arimori」「Haizaki」「Shikishima」のメモ

図を見て、矢代は軽くため息をついた。

「……まだまだ事件の全容は見えてきませんね」

「墨田事件と秋川事件は、今回の事件と関係あるんだろうか」古賀が首をかしげた。

「鳴海の予想はどうだ？」

「最終的に何がどう関わってくるかわかりませんから、情報だけは集めておくべきかと思います。不要だとわかったら、捜査対象から除外すればいいわけですし」

「ＯＫ、そうしよう。被害者の身元が判明したから、現在、鑑取り班が積極的に動いて

いる。そのメンバーの一部を墨田事件、秋川事件の捜査に充てよう」

「それから、元電器店の浅沼藤夫さんには協力を拒否されてしまいました。あの人は何か隠しているような気がします。特捜本部の電話番号を伝えておきましたが……」

「わかった。その件はうちで引き継ぐ」

「よろしくお願いします」

理沙は古賀に頭を下げる。その横で、財津が口を開いた。

「ところで、鳴海にはもう少し頑張ってもらわないとな。四行詩の件はまだ何もわかっていないんだろう？」

「はい。……申し訳ありません」

「辰井集落の調査も大事だが、文書解読班としては、目の前の問題を早急に解決する必要がある。せめて何か、筋読みに繋《つな》がるようなひらめきがほしいところだ」

「おっしゃるとおりです……」

理沙は肩を落とした。財津の指摘はもっともだと、自分でも感じているのだろう。

その様子を見て、古賀が意外なことを言った。

「難しいだろうが、引き続き努力してもらいたい。我々殺人班も期待している」

矢代と理沙は、驚いて古賀を見つめた。財津が諭したあとに、彼が理沙を励ますようなことを口にするとは思ってもみなかった。

「どうした。なぜそんな顔をする？」古賀は不思議そうな表情で理沙に尋ねた。

「あ、いえ。……応援ありがとうございます」

「別に応援しているわけじゃない。君たちが成果を挙げてくれないと、犯行の動機が解明できないということだ」

「わかりました。全力を尽くします」

古賀にそう答えて、理沙は表情を引き締めた。

辰井集落で入手した物品の調査は、予備班が担当してくれるという。

理沙はこのあと、ひとりで四行詩の解読に注力するそうだ。矢代と夏目は引き続き面パトを使って、外で情報収集を行うことになった。

署の玄関を出て駐車場に向かっていく。そこで、うしろから声をかけられた。

「文書解読班はまたお出かけなのか？」

振り返ると刑事課の大場が立っていた。隣には若手の相棒もいる。嫌な人に会ってしまったな、と思いながら矢代は会釈をした。

「おたくのリーダーはちゃんと仕事をしてるのか？　早く解読してくれないと、俺たちも困るんだがねえ」

「すみません。まだ時間がかかるようです」

「そうかい。まあせいぜい頑張ってくれ。まったく古賀さんも川奈部さんも、なんでこんな連中を当てにしてるんだろうな」

「ちょっと……」と夏目が言いかけたのを、矢代は制した。

大場たちはそのまま署の玄関に入っていく。悔しそうな顔で、夏目はふたりの背中を睨《にら》んでいた。

「先輩は悔しくないんですか？」夏目は口を尖《とが》らせ、尋ねてきた。

「悔しいけど、あの詩は本当に手強《てごわ》いみたいだからな」

矢代の目から見ても、理沙が苦戦しているのがよくわかる。これだけ時間をかけても手がかりがつかめない、というのは珍しい。

気を取り直して、矢代たちは捜査に出かけることにした。

「何か新しい発見があるかもしれない。ふたつの事件現場を調べ直そう」

まず小金井事件が起こった廃屋に向かった。これまでに見落としたものはないかと、手分けして捜索を行う。屋内を細部までもう一度チェックし、そのあと庭に出て、遺体が埋まっていた場所を確認した。雑草を掻《か》き分け、塀のそばをぐるりと回ってみた。

続いて狛江市に移動し、被害者が墜落した踊り場を再度捜索した。念のため別の階段も隅々まで見て回り、建物の裏庭にも行ってみた。

訪れた時間帯によって、新しい気づきが得られることもあるだろう。そう期待して、矢代たちは粘り強く捜査を続けていった。

だが念入りに確認してみても、これといった発見はないようだ。

そのうち日が傾いてきた。辺りは徐々に暗くなってくる。

少し休憩をとるため、車の座席に戻って矢代たちは缶コーヒーを飲んだ。夏目は冴《さ》えない顔をしてぼやいた。

「弱りましたね。現場百遍とは言いますけど、収穫がないと気が滅入《めい》ります」

彼女がため息をつくのを見て、矢代は首を横に振る。

「ここに来たのはまだ二度目だからな。百遍にはほど遠いだろう」

「百遍来るのに何ヵ月かかることやら……」

「面倒だと考えるからいけないんだ。こういうときは無の境地にならないとな」

「さすがです。元お遍路さんの言葉には深みがありますね」

「つまらないことを言ってないで、知恵を絞ってくれよ。たとえば、犯人になったつもりで考えてみたらどうだ？」

矢代が促すと、夏目はひとり首をかしげた。それから、芝居がかった口調で話し始めた。

「私はこの事件の犯人……。江原と板東は若いころから素行が悪かった。私はあいつらを憎んでいた。ずっと恨み続けていたのだ……」

こういう姿をどこかで見たことがある。記憶をたどるうち、矢代はようやく思い出した。事件について考えるとき、理沙がよくこんな行動をとるのだ。

「そして今、チャンスが訪れた。奴らを始末してやる！　殺害方法を考えるうち、いいことを思いついた。昔、自分がやられたとおりの方法で、奴らを殺してやろう……」

ちょっと待った、と矢代は口を挟んだ。

「犯人は昔、土に埋められたのか？　それだけじゃなく、踊り場から突き落とされたっていうのか？」

「違いますかね」

「埋められるのはまだしも、あんな場所から落とされたら死んでしまうんじゃないかな」

「死にかけるほど、ひどい目に遭ったんです。だからこそ恨みが深いわけです」

なるほど、それは一理ある、と矢代は思った。どうにか命は助かったが、危うく死ぬところだった。そうだとすれば、絶対に許せないという強い憎しみが生まれるだろう。

「私は犯人……」夏目は芝居の続きを始めた。「江原と板東を手際よく始末できた。警察はまだ私の正体に気づいていない。さあ、今のうちに第三の事件を起こさなければ……」

「縁起の悪いことを言わないでくれよ」

「でも、可能性はあると思うんですよね」

「思っても口に出さないでほしいんだがな」

矢代がそう言ったときだった。ポケットの中で携帯が振動し始めた。取り出して液晶画面を見ると、特捜本部にいる理沙からだ。矢代は通話ボタンを押した。

「はい、矢代です」

「落ち着いて聞いてください。男性の遺体が発見されました」

矢代は大きく目を見開いた。夏目と話していた矢先、本当に事件が起こってしまったというのか。

「いったい誰が……」

おそるおそる尋ねると、理沙は思いがけない言葉を口にした。

「殺害されたのは福生市の浅沼藤夫さんです。三年前まで辰井集落に出入りしていた、元電器店経営者です」

えっ、と矢代は声を上げてしまった。

「ちょっと待ってください。どうして浅沼さんが……」

「詳細は不明ですが、自宅で殺害されていたそうです。現場に行けますか？」

「わかりました。すぐに移動します」

矢代は通話を終えて夏目のほうを向いた。浅沼という名前を聞いて、彼女もおおまかな状況を察したようだ。

「浅沼さんが亡くなったんですか？」

「そうだ。現場に向かうぞ」

何がどうなっているのかわからない。とにかく状況を確認しなければならないだろう。

携帯をポケットにしまって、矢代は車のエンジンをかけた。

福生市にある浅沼宅に着いたのは、午後八時半近くのことだった。

暗くなった住宅街にパトカーが何台か停まっている。鑑識課員やスーツ姿の捜査員たちが民家に出入りしていた。道路の反対側に集まった近隣住民たちが、その様子を不安げに見守っている。

　捜査員たちの中に川奈部の姿が見えた。矢代と夏目は車を降りて、彼のところへ走っていく。

「川奈部さん、すみません、遅くなりました」

「矢代か。……そういえばおまえたちは今日、浅沼藤夫に会ったんだよな」

「はい、この家で話を聞きました」

　ぎこちなく矢代はうなずいた。あれから半日ほどしか経っていないのに、浅沼は物言わぬ遺体になってしまったのか。あまりに突然な話で、頭がなかなか追いつかない。

「俺たちが早く情報を聞き出していれば……。申し訳ありません」

「だが、これはまったく予想外だった」川奈部は渋い表情を浮かべる。「現場を見るか？」

「もちろんです。浅沼さんの姿を確認させてください」

　矢代たちは川奈部に案内されて、民家に入っていった。

　屋内にはものが散乱していた。何者かが食器棚の引き出しや、カラーボックスの中を漁《あさ》ったようだ。

　川奈部はまっすぐ居間に向かった。矢代は夏目と顔を見合わせる。そこは今日、自分たちが浅沼と話をした部屋だ。

ローテーブルのそばに、黄色いポロシャツを着た男性が倒れていた。浅沼藤夫に間違いない。白目を剝《む》き、両手で喉《のど》を搔きむしるような恰好《かっこう》をしていた。首にはロープがかかっている。

矢代と夏目は両手を合わせてから、遺体を観察した。

「絞殺ですか。……頭部に打撲痕《こん》がありますね」

「殴って怯《ひる》ませてから、首にロープをかけたんだろう。あとは一気に、こうだ」

川奈部は両手で、何かを左右に引くジェスチャーをした。

「第一発見者は誰です？」

「近くに住んでいる知人の男性だ。今日、一緒に飯を食いに行く予定だったが、浅沼が約束の場所に来ないので、この家にやってきた。施錠されていないのに気づいて中を見ると、あちこち荒らされていた。それで屋内に入ったそうだ」

「犯人は部屋を荒らしていますね。金目のものが奪われたんでしょうか」

「財布や預金通帳などがなくなっている。マル害が襲われたのは十八時から十九時ぐらいの間だと思われる」

まだ暗くなるかどうかという時間帯だ。そんなタイミングで事件を起こすとは、犯人はどれだけ大胆なのか。

部屋の中をゆっくり見渡してから、矢代は再び川奈部に視線を向けた。

「遺留品は？　ポケットに四行詩は入っていませんでしたか」

「それが、今回は見当たらないんだよ」

妙な話だった。江原のときも板東のときも、犯人は特異な死体遺棄を行い、その状況に似た詩を置いていった。今回それがないというのなら、この事件の位置づけはどうなるのだろう。

「先輩、もしかしたら……」慎重な口調で夏目が言った。「浅沼さんは今日、私たちの話を聞いて、急に態度を変えましたよね。何か気になることがあって、誰かに連絡をとったんじゃないでしょうか」

「辰井集落について聞くためか？」

「ええ。その結果、こんな事件が起こってしまったのでは……」

矢代は考えを巡らしてみた。やがて、夏目の想像していることが理解できた。

「つまり、浅沼さんは口封じのために殺された、と言いたいんだな？」

硬い表情で夏目はこくりとうなずく。

だとしたら、浅沼が襲われるきっかけを作ったのは自分たちではないのか。矢代たちが聞き込みにやってきたから、浅沼は過去のことを思い出し、確認しようとしたのではないだろうか。

――俺たちが、よけいな事件を引き起こしてしまったんだ。

その可能性が高かった。

自分たちは捜査のため、浅沼を訪ねただけだ。それが何かを引き起こすなどとは考えてもみなかった。しかしこの結果を見てしまっては、どうしても悔いが残る。あのとき詳しく事情を聞いて、事実を明らかにしていれば、彼は危険な行動をとらなかったのではないか。

浅沼の遺体を見下ろしながら、矢代はひとり唇を嚙《か》んだ。

第四章　生きながらの死

1

自販機で缶コーヒーを買って、階段を上っていった。

九月二十三日、午前八時。矢代たちは捜査開始から五日目の朝を迎えた。

特捜本部にはすでに十数名の捜査員がいて、資料を見たり、電話をかけたり、パソコンを使って何か調べたりしている。それぞれの表情にはかすかな焦りと苛立《いらだ》ちが感じられた。早く事件を解決しなければならないのに、思うように捜査が進んでいない。それどころか、昨日はあらたな殺人事件が起こってしまった。犯人への憤りを感じると同時に、自分たちの活動を不甲斐《ふがい》なく思う者が多いのではないか。

矢代は講堂のうしろへ向かった。隅のほうの席に理沙が座っていた。

「おはようございます。コーヒー、いかがですか」

そう言いながら、矢代は買ってきた缶を一本差し出した。

「ああ……すみません」

理沙は資料から顔を上げた。それから腕時計を見て、驚いたという表情になった。

「えっ、もうこんな時間ですか」

「まさか、徹夜したんじゃないでしょうね」

矢代は眉《まゆ》をひそめて尋ねる。理沙は取り繕うように髪を整え始めた。

「大丈夫です。そこのソファで少し仮眠しました」

「捜査を急いでいるのは事実ですが、寝不足じゃ頭も回らないでしょう」

「あとでドーナツでも買ってきますよ。糖分を取って頑張ります」

弱ったな、と矢代は思った。少し口調をやわらげながら、理沙に進言する。

「うちのチームで頭脳労働ができるのは鳴海主任だけです。ご自分でペース配分をよく考えてください」

「でも、今が大事なときなんです。何か手がかりを見つけて、殺人班をサポートしないと……。役に立たなければ、嫌みを言われても仕方ありません」

「嫌みって……もしかして大場という人ですか？」

「ええ。成果を出せない私が悪いんです」

理沙は小さくため息をついている。矢代は真剣な口調で彼女に尋ねた。

「今回はかなり苦戦しているみたいですけど、大丈夫ですか」

「……一番のポイントは、犯人が遺体をあんなふうに扱った理由ですよね。そして遺体の状況に関連することが、四行詩には書かれています。何か、犯人からのメッセージじゃないかと思うんですが、それが読み解けなくて……」

「詩を解読すれば犯人の言いたいことがわかる、というわけですか」

「完全にはわからないかもしれませんが、犯人の性格なり、癖なり、趣味嗜《し》好《こう》なり、何かを読み取らなければいけませんよね」

　だが、その詩から情報を得ることは、まだできていないという。

　文書解読班としては詩の解読が最優先課題だった。だから理沙は夜を徹して、知恵を絞っているのだ。

「遠山先生の解釈に従って、●●の部分に『板東』という名前を当て嵌めてみたんです。でも、どうもぴんとこなくて」

「……岡目八目というわけじゃないですが、少し意見を述べてもいいですか」

「もちろんです。何かヒントになれば嬉《うれ》しいんですけど」

「我々文書解読班に与えられた任務は、この詩を読み解くことです。でも、最終的な目的はそこじゃなくて、犯人を捕らえることですよね。だとしたら、別の角度から資料を見直すという手もあるのでは……」

「どういうことです？」

　理沙は不思議そうな顔をしている。

「たとえばテストのとき、解けない問題で引っかかってしまうとまずいですよね。いい点を取るためには、問題をひとつ飛ばして先に進むべきじゃないでしょうか。時間切れになっては困るわけですから」

「でも一問飛ばしたことで、合格点に達しない可能性もありますよね」

「それはそうですが、あとでもう一度見直すこともできると思うんです。気分を変えれば解き方がわかるかもしれないし」

矢代の言葉を聞いて、理沙は四行詩に目を落とした。ひとりで首をかしげていたが、また顔を上げて矢代を見た。

「詩の解読を一旦《いったん》諦《あきら》めたとして、次はどうします？」

「ほかにも資料はたくさんあります。捜査員たちが集めてきた情報が、報告書としてまとまっていますよね。それを見直すことで、何か手がかりがつかめませんか？　古賀係長も忙しいでしょうから、報告書を細かくチェックできていない可能性があります」

しばらく思案して、理沙は考えを決めたようだ。彼女は深くうなずいた。

「わかりました。私たちは文書解読班ですから、資料を読むことに問題はないはず……。報告書から何かわかれば幸運だし、駄目なら引き返して四行詩を調べ直すことにします」

理沙は早速、幹部席に向かった。古賀係長の許可を得て、各捜査員からの報告書を調べることにしたようだ。

行き詰まったこの状況が打開できるようにと、矢代は祈った。

朝の捜査会議のあと、矢代と夏目は面パトに乗り込んだ。辰井集落へ行くときに使った車を、今日も引き続き使えることになったのだ。これはありがたい話だった。

移動中の車の中で、夏目がメモ帳の情報を読み上げた。

「これから訪ねるのは、辰井集落出身の長瀬由香里さん、二十八歳ですね。長瀬雄治さんの長女ですから、顔役である滋さんのお孫さんです。大学進学と同時に集落を出てひとり暮らしを始めた、ということです」

「たしか家具メーカーに勤めているんだよな」

「そうです。自宅は杉並区にありますが、勤務先は渋谷《しぶや》区です。昨日連絡しておきましたから、会社で聞き込みができます」

辰井集落に長く住んでいた人物だ。何か知っているかもしれないと矢代は考え、古賀係長に相談して、一度話を聞くことにしたのだった。

「しかし先輩、由香里さんは九年前に集落を出ていますよね。そういう人に話を聞いても、あまり情報は出てこないんじゃないですか？」

「そうでもないだろう。集落を離れた人のほうが、いろいろ話しやすいんじゃないかな。彼女はまだ若い。しがらみから逃れたくて集落を出たのかもしれない」

「ああ、なるほど……」

自分の経験を振り返って、何か思い当たることがあったのだろうか。夏目は助手席で深くうなずいている。

渋谷駅の近くを通り、さらに数分走ったところに目的の建物があった。青みを帯びたガラスが多数使われた、美しい外観のビルだ。

一階の受付で来意を伝えると、三分ほどで本人がやってきた。

白いシャツに紺色のタイトスカートという服装だ。髪はうしろでひとつにまとめ、銀縁の眼鏡をかけている。真面目でおとなしい印象の女性だった。

「あの……お待たせしました」彼女は名刺を差し出した。「長瀬由香里と申します」

「警視庁の矢代です」

矢代たちは揃って警察手帳を呈示する。

由香里の案内で、一階ロビーの隅にあるベンチに腰掛けた。周囲に人はいないから、込み入った話もできそうだ。

「少し事情が複雑なんですが……」そう前置きしてから矢代は話しだした。「辰井集落の江原透さん、板東茂光さんをご存じですよね」

「はい、知っています」由香里は緊張した面持ちで答える。

「九月十八日に江原さんが、十九日に板東さんが殺害されました」

「え……」

由香里は身じろぎをした。それから矢代を見て、何度かまばたきをした。

「殺害って……誰にですか？」

「まだわかっていません。今、我々はその事件を捜査しています」

矢代は相手の表情を観察した。由香里は目をきょときょと動かして、落ち着かないように見える。ニュースではふたりの名前が出ているが、彼女はまだ知らなかったようだ。

「あの……陣野という人は……」

それを聞いて矢代ははっとした。なぜここで陣野の名前が出てくるのだろう。

「陣野さんがどうかしたんですか」矢代は真剣な目で尋ねた。「もしかして陣野さんは江原さんたちと親しかった、とか？」

「いえ……すみません、間違えました。なんでもありません」

彼女はそんな言葉でごまかそうとする。どう考えても不自然だ。

「私たちは辰井集落に行って江原さん、板東さんの情報を集めました」矢代は言った。「ひょっとしたら、このふたりに陣野俊秋さんを交えて、三人で若いころからつきあいがあったんじゃありませんか。あなたは何か知っているのでは……」

「……辰井に行って、いろいろ話を聞いたんですよね？」

「集落にいる間、そういう話は出なかったんです。でも、あなたは辰井からしばらく離れています。もう人間関係を気にすることもないでしょう。私たちだけには話してもらえませんか」

由香里は戸惑うような表情を浮かべている。ここでもう一押ししようと考え、矢代はゆっくりした口調で言った。

「集落に出入りしていた浅沼藤夫さんを知っていますか。昔、電器店を経営していた方です」

「ええ、知っていますけど」

「江原さんと板東さんが昔何かしたらしい、と教えてくれたのは浅沼さんです。そして浅沼さんは昨日、殺害されました」

すう、と息を吸い込む音が聞こえた。由香里は宙に視線をさまよわせている。今の話は、彼女に相当大きな衝撃を与えたようだ。

「浅沼さんが、殺された……」

「そうです」

由香里は唇を震わせていた。顔から血の気が引いて、呼吸が荒くなっている。

「大丈夫ですか？」夏目が小声で尋ねた。

「すみません、ちょっと気分が……」

どうしますか、と夏目は目で訊《き》いてきた。少し迷ったが、矢代はすぐに意を決した。はっきりした声で由香里に話しかける。

「長瀬さん、もう少し話を聞いてください。じつは江原さん、板東さんの遺体のポケットから、奇妙な詩が出てきたんです」

矢代は資料ファイルから紙を取り出した。四行詩を指差しながら、手短に事件の経緯を説明する。死体遺棄の状況が詩の内容とよく似ていることを、由香里に伝えた。

「私の想像なんですが、過去、誰かがそんな目に遭わなかったでしょうか。土に埋められたり、高いところから突き落とされたり……。そういう経験をした人物、またはそれを知った人物が、江原さんと板東さんに復讐《ふくしゅう》したということはありませんか？　あなたは何か知っているんじゃないですか？」

由香里は矢代から目を逸《そ》らしてしまった。激しい頭痛に耐えるかのように、固く目をつぶっている。

「先輩……」

こちらを向いて、夏目が首を横に振った。これ以上の質問は難しい、と言いたいのだろう。

矢代は軽く息をついた。それから、できるだけ穏やかな声で話しかけた。

「申し訳ありません。あなたを責めているわけじゃないんです。ただ、我々は事件の犯人をどうしても逮捕したい。そのために、長瀬さんが知っていることを聞かせていただきたいんです」

「……ごめんなさい。昔のことは話せません」

「どうしても駄目ですか？」

矢代の問いに、由香里は黙ったままうなずく。

少し思案したあと、「わかりました」と矢代は言った。

「では、江原さんたちとは関係ない質問をします。宇沢敬親という医師が集落へ往診に行っていたそうですが、ご存じですか？」

「はい……」

「その人が二年前に殺害されたことは？」

「……え？」

由香里は目を大きく見開いた。彼女は宇沢の死についても知らなかったようだ。

「宇沢先生も亡くなったんですか？　どうして……」

「その事件は未解決のままです。宇沢先生について知っていることはありませんか」

「いえ、私は何も……。ずっと辰井から離れていたので」

たしかに、彼女は杉並区で九年間ひとり暮らしをしている。辰井に戻ったことがあっても、年末年始や盆など、ごく限られた期間だけだったはずだ。

彼女から情報を引き出すのは無理か、と諦めかけたとき、ふと思い出したことがあった。

「十年前、墨田区で下倉健也という人が殺害されました。名前を聞いたことは？」

「ありません。あの……なんで墨田区の話が出てくるんでしょうか」

「下倉さんの所持品と思われるものが、江原さんの遺体のそばに落ちていたんです」

金色の懐中時計のことだ。下倉の指紋が複数付着していた。

「そんな人は知りません」由香里は強い調子で答えた。

「もうひとつだけ。桑島不動産という会社が昔、辰井集落でボールペンを配ったそうなんですが……」

質問の途中で、由香里はベンチから立ち上がった。

「私、仕事に戻らないと。……お役に立てなくて、すみませんでした」

形ばかりの挨拶《あいさつ》をして、由香里はエレベーターホールのほうへ去っていく。矢代と夏目は、黙ってそのうしろ姿を見つめるしかない。

だがそのとき、胸の中に嫌な予感が広がった。

「待ってください」

声をかけて由香里を追いかけた。彼女の前へ回り込んで、矢代は言った。

「気をつけてください。くれぐれも、よけいなことはしないように」

「……どういう意味ですか」

「私たちが聞き込みをした日に、浅沼さんは殺害されたんです。過去の出来事を調べるため、浅沼さんは誰かに連絡をとった可能性があります。その結果、口封じをされたのかもしれません」

由香里の頬がぴくりと動いた。眼鏡のレンズの奥で、瞳《ひとみ》が細かく動いている。

「大丈夫です。私はもう、辰井とは関係ありませんから」

喉《のど》から絞り出すような声で、彼女はそう答えた。

矢代たちが見守る中、由香里は足早にロビーを歩きだした。

2

長瀬由香里は何か隠している。それは明らかだった。

だが彼女を厳しく追及することはできないだろう。確たる証拠があれば話は別だが、被疑者でもない一般市民につきまとうわけにはいかない。こちらはあくまで、協力を要請する立場なのだ。

「時間があれば、じっくり事情を聞きたいところだが……」

矢代が渋い表情でつぶやくと、夏目も顔を曇らせた。

「難しいところですよね。でも鳴海主任がこの場にいたら、無理はしないようにと指示するんじゃないでしょうか」

「ああ、たしかにな」

矢代もそう思っていた。もともと「お遍路さん」などと呼ばれていた自分には、強引な捜査は似合わない。関係者から重要な証言を得るためには、信頼関係が必要だろう。そうした関係を築くためには、どうしても時間がかかる。

由香里と別れたあと、矢代は理沙に電話をかけた。もしかしたら陣野俊秋は、江原や板東と関わっていたかもしれない、と伝えておいた。

そのあと夏目とともに杉並区へ移動した。念のため、由香里のマンションで情報収集をしようと考えたのだ。

マンションの住人を訪ねて、いくつか質問してみた。その結果わかったのは、由香里がかなり近隣に気をつかって生活している、ということだった。

「この前、ごみの集積場で会ったんですけどね」隣に住む四十代の主婦が教えてくれた。「長瀬さんが箒《ほうき》で集積場を掃除しているんですよ。当番でもないのにどうしたのって訊いたら、袋からごみがこぼれてしまったというんです」

「それで責任を感じて、掃いていたわけですか」

「見てみると、細かい紙ごみがたくさん散らばっていたんですよ。なんていうんですか、会社で使う、ほら、書類を処分する機械……」

「シュレッダー？」

「そう、シュレッダーで切り刻んだごみだったんですよね。すごく細かいから箒で掃かなくちゃいけなかったんでしょうけど、ずいぶん気にするんだなあと思って」

矢代は少し声を低めて尋ねた。

「長瀬さんは神経質な方なんでしょうか」

「私が思うに、個人情報とかに注意しているんじゃないかしら」

女性のひとり暮らしだから、ダイレクトメールなどを捨てるときに注意を払っていた、というのはわかる。だが、それがごみ集積場にこぼれてしまったとして、個人情報が盗まれることを恐れるものだろうか。

――そこまで気にする必要はないだろうに。

一瞬そう感じたが、すぐに矢代は考え直した。そこまで気にしなければならないほど、彼女は慎重になっていたのだ。その背景には何か事情があったのではないか。

「最近、長瀬さんのところに誰かが訪ねていた、ということはありませんか」

「それはないですね。けっこう壁が薄いから、誰か来たらわかっちゃうし」

いたずらっぽい顔をして主婦は言う。

長瀬由香里は見えないところでトラブルを抱えているのだろうか。いや、やはり過去に何かあったのではないか。それが原因で、身辺に気を配るようになったのではないか。

矢代は主婦に礼を述べたあと、由香里の家のドアをじっと見つめた。


マンションで聞き込みを続けるうち、携帯に着信があった。

科学捜査係の谷崎からだ。矢代は通話ボタンを押す。

「矢代さん、ついにやりました！」興奮した声が聞こえてきた。「部分指紋の件です」

谷崎はこれまで江原透、板東茂光の所持品から部分指紋を採取し、チェックしてきた。新システムを使っているのだが、少し手間取っているという話だった。

「プログラムを改良して再度照合したところ、重要な事実がわかりました。板東茂光の指紋が、十年前の墨田事件の現場に残っていたんです」

「本当か？」矢代は携帯を握り直した。

十年前、墨田区のマンションで会社員・下倉健也が殺害されている。先日起こった小金井事件では、その下倉の指紋が付いた懐中時計が、江原の遺体のそばに残されていた。このことから、下倉の事件と江原の事件は関係があるのではないか、と考えられていた。

そんな中、あらたな事実がわかったのだ。狛江事件で殺害された板東の指紋が、十年前、墨田事件の現場にあったことが判明したという。そして江原と板東は親しい間柄だった。

「つまり、こういうことか」頭を整理しながら矢代は言った。「板東さん……いや、板東茂光は下倉健也さん殺しの犯人だった。その友人の江原透は共犯者だった可能性がある、と……」

ええ、そうです、と電話の向こうで谷崎は言った。

「それに気づいた何者かが、江原と板東に復讐《ふくしゅう》したんじゃないでしょうか。動機面から考えると、江原たちを殺害したのは健也さんの遺族だと思います」

「父親の栄輔さんか……」

矢代は下倉栄輔の顔を思い浮かべた。経営コンサルティング会社の社長で年齢は五十九、顔が細長く、神経質そうな男性だった。仕事柄、ものごとを論理的に考える人だと感じたが、心の隅で復讐の炎を燃やし続けてきたということか。

手元のメモ帳に、矢代は人物の関係図を書き始めた。

谷崎の声が遠ざかり、代わりに理沙の声が聞こえてきた。

「矢代さん、長瀬由香里さんに聞き込みをしてもらった件ですが……」理沙は真剣な口調で言った。「古賀係長に報告したところ、次に狙われるのは陣野俊秋さんではないか、と指摘されました。確証はないんですが、たしかに可能性はあります。陣野さんは江原透、板東茂光と親しかったのかもしれない。そうだとすると、過去に起こった何らかのトラブルに、陣野さんも関与していたんじゃないでしょうか」

「その場合、彼も復讐を受ける、というわけですか……」

メモ帳の人物関係図が出来上がった。

下倉健也（殺害）

（①十年前殺害？）

江原透（マル害1）
板東茂光（マル害2）
陣野俊秋（共犯？）

→（②殺害）

連続殺人犯（下倉栄輔？）

「陣野の家に電話をかけてみましょうか」

矢代がそう尋ねると、理沙が慌てた声で言った。

「予備班がさっき電話をかけたんですよ。でも、出ないそうです」

「わかりました。辰井集落の住人に連絡をとってみます。……下倉栄輔の動きはどうですか？」

「今、川奈部主任たちがコンサルティング会社に向かっています。下倉栄輔の行動に不審な点があれば、任意同行を求めるそうです」

「了解しました。また連絡します」

電話を切り、矢代は現在の状況を夏目に伝えた。漏れ聞こえていた内容から、彼女もだいたいのことは理解していたようだ。

矢代は念のため、辰井集落の陣野宅に架電してみた。しかし理沙の言うとおり、コール音が続くばかりで応答がない。諦《あきら》めて、別の電話番号にかけてみた。

「はい、民宿松田でございます」

女性の声が聞こえた。松田伸博の妻・多恵子だ。

「警視庁の矢代です。昨日はどうもお世話になりました」

「ああ、ご利用どうもありがとうございました」

「ご主人はいらっしゃいますか」

「少々お待ちください。……あなた、警視庁の矢代さんよ」

今行くよ、という声のあと、しばらくして松田が電話に出た。

「お待たせしました。どうかしましたか？」

「陣野さんと連絡がつかないんですが、何かご存じありませんか。あの人はひとり暮らしでしたよね。畑仕事に出ているのならいいんですが、家の中で倒れているようなことは……」

「そんなことはないでしょう。高齢者ならともかく、あの人、まだ若いですし」

「万が一ということもあります。ちょっと見てきていただけませんか」

「……まあ、警察の方がそう言うなら仕方ないですね。行ってきますよ」

「お手数をおかけします」

通話を終えたあと、少し考えてから長瀬滋の家に架電してみた。顔役である彼に連絡すれば、話が早いだろうと思ったのだ。

「はい、長瀬です」中年男性の声だ。長男の雄治だろう。

「こちら警視庁の矢代と申します。滋さんはいらっしゃいますか」

「父にどんなご用です？」

少し警戒するような気配がある。

「あれから捜査を進めた結果、次は陣野さんが狙われる可能性が高いとわかりました。電話をかけたんですが、応答がありません。滋さんの力で人を動かしていただきたいと思って、ご連絡を差し上げました」

矢代の言葉から、雄治は事態の重さを感じとってくれたようだ。電話は保留になった。

三十秒ほどで、滋の声が聞こえてきた。

「長瀬だ。話は聞いた。どうすればいい？」

「今、民宿の松田さんにも頼んでいますが、陣野さんの安否を確認していただきたいんです。……ああ、本来こういうことは警察がやるべきなんですが、なにぶん時間がかかってしまうので」

「わかっている。無理に警察官をよこす必要はない。うちの息子に調べさせる」

「申し訳ありません」

矢代は自分の携帯番号を伝え、礼を述べて電話を切った。

頼むべきことは頼んだ。あとは結果を待つだけだ。面パトの運転席で、矢代は携帯の液晶画面を見つめた。助手席の夏目も、不安げな表情で横から覗《のぞ》き込んでいる。

五分ほどでコールバックがあった。

「はい、矢代です」

「ああ……松田ですけど、陣野さんの家に着きました。鍵《かぎ》がかかっていて、チャイムを鳴らしても出てきませんね」

「車はありますか？」

「ええと……車庫は空です。どこかへ出かけたんだな」

「いつ出かけたのかわかりませんか。昨日のうちだったのか、それとも今朝なのか」

「わからないですねえ。あの人、近所とのつきあいもないし」

そういえば陣野宅は隣家からかなり離れていた。近隣住民は、車が出ていったことにも気づかなかった可能性がある。

そのうち、電話の向こうからざわめきが聞こえてきた。

「今、長瀬雄治さんと近所の人が来ましたよ」松田が状況を教えてくれた。「矢代さんから頼まれたと言ってますけど」

「そうなんです。さっき長瀬さんにも電話をかけました」

「陣野さんは車で出かけたらしい、と雄治さんに伝えておきますよ。このあとどうします？　いつ出ていったかわからないし、もちろん行き先も……」

「どなたか陣野さんの携帯の番号をご存じありませんか」

「いや、それは知らないですねえ」

「わかりました。どうもありがとうございます」

長瀬雄治にも電話を代わってもらい、矢代は感謝の言葉を伝えた。

携帯をポケットにしまって、矢代はひとり考え込む。

外出しているのなら、自宅の電話に出ないのも当然だ。しかし陣野は、いったいどこへ行ってしまったのだろう。

「まずいな。陣野も犯人に呼び出されたんじゃないのか？」

矢代がそう言うと、夏目は眉《まゆ》をひそめた。それから彼女は、勢いよく右手を挙げた。

「意見具申、よろしいですか。……私はもうひとつの可能性に気がつきました。江原、板東のふたりが殺害されたのなら、次は自分だと予想できるんじゃないでしょうか。もしかしたら陣野は、やられる前にやるつもりかもしれません」

まったく予想外の話だった。思わず矢代は聞き返す。

「下倉栄輔を殺害するってことか？」

「可能性はありますよね」

たしかに否定はできなかった。どれぐらいの確率かという話ではなく、「可能性があるかないか」と考えたらゼロとは言い切れない。そして、もしそれが現実になってしまった場合、後悔するのは矢代自身だろう。

先ほどしまったばかりの携帯を、また取り出した。忙しいときだとは思ったが、川奈部に電話をかけてみる。

「はい、川奈部……。矢代か？　何かあったのか」

「辰井集落の陣野俊秋が車で出かけたようです。昨日のうちに出発した可能性もあります。行き先は不明。犯人に誘い出されたか、あるいは犯人を殺害するつもりかもしれません」

「陣野が動いたのか……」

川奈部が舌打ちするのがわかった。苛立《いらだ》たしげな調子で彼は言う。

「さっき、新宿にあるコンサルティング会社を訪ねてみた。今日、下倉は出社せず、直接打ち合わせに行ったそうだ。秘書にも行き先を伝えていない。携帯に連絡しても出ない」

「え……。下倉もいないんですか？」

矢代は携帯を握ったまま唸《うな》った。重要参考人と言える人物が、ふたりとも行方をくらましてしまったのだ。こうなる前に手を打てなかったのか、という思いが強い。

『大事な話をする』と下倉は言っていたそうだ。ひとつだけ手がかりがある。どこかの取引先の近くで食事をとる、と話していたらしい。普段コンサルティングでいろいろな企業に出入りしているから、いい店を見つけて通うようになったのかもな」

「もしかしたら陣野と会っているかもしれません。あるいは、陣野に尾行されている可能性も……」

そういうことだな、と川奈部は言った。

「古賀さんに頼んで、人の手配をしてもらっているところだ。矢代たちも、ふたりの捜索に協力してくれないか。今どこにいる？」

「杉並区です。阿佐ケ谷《あさがや》駅の近くですね」

紙をめくる音が聞こえた。川奈部は何かの資料を見ているのだろう。ややあって、再び彼の声が耳に届いた。

「よし、その辺りにある取引先をメールで伝える。周辺の飲食店を当たって、何かわかったら教えてくれ」

「了解です」

数分後、川奈部からメールが届いた。三つの会社の所在地と電話番号が記されている。

夏目にナビを任せて、矢代は車をスタートさせた。

会社社長であり、プライドの高そうな下倉栄輔のことだ。安い店には行かないだろう、という気がした。大事な話があるのなら、なおさらだ。

リストの一番目にある企業に到着すると、矢代たちは車を降りて辺りを歩き始めた。客単価の高そうな店、洒落《しゃれ》た雰囲気の店、個室がある店などを見つけて聞き込みをする。メールで下倉の顔写真を入手していたから、店員に見てもらうようにした。

だが、なかなか情報は得られなかった。これだけ飲食店が多い場所で下倉を見つけるのは、相当難しい仕事だ。ほかの捜査員たちも苦労しているに違いない。

一時間ほど歩き回って、夏目の顔にも焦りの色が濃くなってきた。矢代は渋い表情で話しかける。

「まいったな。こんなに情報が少ないんじゃ見つかる気がしない」

「でも先輩、ここで頼れるのは自分の勘だけです。粘り強く行きましょう」

彼女に言われて、矢代はひとつ深呼吸をした。そうだ、地道な捜査は自分の得意とするところではないか。落ち着かなければ、と自分に言い聞かせる。

「たしかにそうだな。夏目の前向きなところには励まされるよ」

「何をおっしゃいます。私は先輩の背中を見て育ったんですから」

「背中というより、俺のつむじを見ているんだろう？」

身長の高い夏目を見上げて、矢代は言った。一瞬、彼女は意外だという顔をしたが、苦笑いを浮かべてうなずいた。

「なるほど、そうかもしれません」

突然、ポケットの中で携帯が鳴りだした。捜索中の誰かが情報をつかんだのだろうか。矢代は素早く携帯を取り出し、着信ボタンを押す。

「鳴海です」相手は理沙だった。「矢代さん、大事な連絡です」

声の中に、今までとは違った緊張感がある。矢代は夏目をちらりと見たあと、携帯をしっかり握り直した。

「何があったんですか？」

「……陣野俊秋が遺体で見つかりました」

「陣野が？」

矢代は息を呑《の》んだ。そばにいた夏目も、通話の内容を悟ったようだ。眉をひそめ、険しい表情で彼女はこちらを見ている。

「遺留品は……」矢代は尋ねた。

「遺体のポケットに、四行詩が入っていたそうです」

やられた、と思った。警察がもたもたしている間に、犯人は当初の目的を果たしてしまったのだ。奴は詩を用意して、陣野を殺害する機会をうかがっていたのだろう。

「場所は西東京市《にしとうきょう》の田無町《たなしちょう》です。私も行きますから、現場で落ち合いましょう」

「あの、鳴海主任……」

「はい？」

「申し訳ありません。こんなことになってしまって」

早い段階で陣野を保護するなど、何か手を打つべきだったのだ。そうであれば、この犯行は防げたのではないだろうか。

「誰かひとりのせいじゃありません」理沙は言った。「責任は特捜本部のメンバー全員にあります。反省は必要ですが、今、うしろを振り返っている暇はありません。どうやって犯人を特定するか、それを第一に考えるべきです」

「わかりました……」

電話は切れた。理沙はあのように言ってくれたが、矢代の中には苦い思いが残っている。これまでの自分の行動に悔いが残った。

「先輩、行きましょう」夏目が真剣な目をして、こちらを向いた。「今度こそ犯人の手がかりを見つけないと」

「……そうだな。それが俺たちの仕事だ」

うなずいて矢代はエンジンをかける。面パトは現場に向かって緊急走行を始めた。

3

住宅街の一画に捜査員たちが集まっている。

彼らの表情から強い緊張が感じられた。どんな事件でも刑事たちは厳しい顔をしているものだが、今回は特に顕著だった。謎の四行詩に関する事件は三件目になる。元電器店経営者・浅沼が殺害された事件も含めれば四件目だ。

「この短期間で四件」矢代は舌打ちをした。「信じられないペースだ。犯人はいったいどんな奴なのか……」

「計画を立てるときは慎重に、犯行のときは大胆に、ということでしょうか」夏目が眉をひそめて言った。「手強《てごわ》い相手です」

矢代の脳裏に下倉栄輔の顔が浮かんできた。もっとも強い動機を持っているのは、彼ではないのか。

「どんな事情があろうと、殺人を何とも思わないような奴は許せない。警察官としても、個人としてもそうだ」

「先輩、犯人を必ず捕らえましょう。私たちの手で」

「ああ、もちろんだ」

車から降りて、現場となった建物に近づいていく。ガラス戸の上に、色の薄れた看板が掛かっていた。どうやらここは以前、食料品店だったらしい。

廃業後かなりの年月が経つようで、窓も壁もすっかり汚れてしまっていた。前庭にはあちこちに雑草が生え、壊れた雨樋《あまどい》やプラスチックケースが転がっている。

「矢代さん、夏目さん」

建物の出入り口付近から声が聞こえた。

先に到着していた理沙が、こちらに向かって手招きをしている。彼女のそばには川奈部がいた。いや、彼だけではない。普段は特捜本部に詰めている古賀係長の姿も見えた。

事件がこれだけ続いてしまったため、古賀も危機感を抱いたのだろう。捜査員たちの士気を高めようと、みずから現場にやってきたのだと思われる。

「お疲れさまです」矢代は古賀に向かって頭を下げた。「現場の状況はいかがですか」

「通報したのは近隣住民だ。表の戸が開いているのを不審に思って、中を調べたところ、倒れている男性を見つけた。鑑識が遺体を調べて、ポケットから四行詩を発見した。過去二件と同一人物の犯行だと思われる」

無表情のまま古賀は説明した。しかし決して平静というわけではなさそうだ。感情をあらわにしないのが彼の特徴だが、今、その顔には強い苛立《いらだ》ちが滲《にじ》み出ている。

「しかし今回の遺体は、今までとは少し違っている」古賀は建物のほうへ顎《あご》をしゃくった。「それを承知した上で、ホトケさんを拝んでもらいたい」

川奈部が先頭に立って、黄色い立入禁止テープに近づいていく。古賀、理沙がそのあとに続く。矢代と夏目は白手袋を嵌《は》めて、彼らを追った。

表のガラス戸は開いたままだ。矢代たちは足下に注意しながら建物に入っていった。

一階は売り場だったようで、商品陳列用の棚がいくつか並んでいる。レジカウンターの前にブルーシートが張ってあった。川奈部はそのシートをめくって、矢代たちを招き入れる。

血だまりの中、男性が仰向《あおむ》けに倒れていた。陣野俊秋だ。

辰井集落で会ったときにも目の大きい人だと感じたが、今、彼は両目を大きく見開いていた。宙に浮かんだ何かを凝視しているかのようだ。

矢代たちは立ったまま遺体を拝んだ。つい数日前に話したばかりなのに、陣野は今、言葉を発することも、呼吸をすることもない。

「今回、指紋は消されていない」と川奈部。

「これで復讐《ふくしゅう》は終わった、ということでしょうか」理沙はつぶやくように言った。「もう身元を隠す必要はなくなった、と……」

川奈部は陣野のそばにしゃがんで、体にかかっていたシートを取りのけた。遺体の様子を見て、矢代は思わず眉《まゆ》をひそめた。

ジーンズに縦縞《たてじま》のシャツという恰好《かっこう》だったが、至るところに赤黒い血の染みが出来ている。ひとめで、刃物で刺された痕だとわかった。全身の傷は、おそらく三十カ所以上あるだろう。

「めった刺しだ」川奈部が言った。「ひどいものだよ」

矢代や理沙たちも、しゃがみ込んで遺体を確認した。これだけ刺し傷の多い被害者を見るのは、矢代も初めてだ。犯人の残虐性が際立って見える。

「死亡推定時刻は昨日の二十一時から二十三時の間ぐらい。心臓付近に致命傷がある。被害者が死亡したあと、犯人は遺体を三十数ヵ所刺したようだ」

「もう死亡しているのに、三十数ヵ所とは……」

「よほど恨みが強かったんだろうな」

川奈部の言葉を聞いて、理沙が首をかしげた。

「でも、これを見てください。傷痕《きずあと》がまんべんなく付けられていますよね。近い場所にまとまらないよう、刺す場所を少しずつ、ずらしているんです。かっとなって刺したのなら、こうはならないと思います」

理沙の言うとおりだった。傷と傷が近くなりすぎないよう、そして遠くなりすぎないよう、均等に刺していったように感じられる。

「我々が思っているより、犯人は冷静だったということか？」

「ええ、そんな気がします。この傷痕の状態にも、何か意味があるのかもしれません」

古賀は硬い表情で遺体を見下ろしている。川奈部は不可解だという顔で、しきりに首をかしげていた。

「それで、四行詩のほうは？」

理沙が促すと、川奈部は鑑識課員を呼んだ。証拠品保管袋を受け取り、こちらに差し出す。

「拝見します」

袋を受け取って、理沙は中にある紙を見つめた。そこには過去の二件と同様、パソコンで出力したと思われる文字が並んでいた。

体中を傷つけられた哀れな死体
血が噴き出し、辺りは深紅の海となる
黒い影はおごそかな口調で告げた
〈彼はもう死んでしまったよ〉

今回もまた強烈なインパクトがある詩だ。

「被害者の状態とよく似ていますね」

矢代は理沙に問いかけた。彼女は真剣な口調で、ひとりつぶやき始める。

「やはり犯人は、四行詩と現場の状況を合わせている。でも三回目は、過去二件に比べると残酷さが違います。小金井事件では被害者を殺害後、遺体を土に埋めた。狛江事件では遺体を踊り場から投げ落とした。ところが今回、犯人は刃物を使って積極的に遺体を損壊しました。いったい、なぜこうなったのか……」

「損壊の行為がエスカレートしている、ということですかね」

「そのとおりです」

うなずきながら、理沙は詩を読み返し始めた。

「『体中を傷つけられた哀れな死体』は、まさに被害者の姿を表しています。そのあとの『血が噴き出し、辺りは深紅の海となる』というのもそうですね。……次にまた『黒い影』が出てきて、『彼はもう死んでしまったよ』と言う。『黒い影』というのは、この詩の世界の案内役のような立場でしょうか。そのガイドに従って『私』がいろいろな経験を重ねている、という体裁なのかも」

ちょっといいか、と川奈部が口を挟んだ。

「鳴海さん、遺留品の四行詩のうち、詩集に載っていたのは最初だけだよな？　二番目は詩集にないという話だったが、今回のはどうだ？」

「この詩も『死者と魂の楽園』には載っていませんね」

「第三の詩も犯人が作ったものか……」

鑑識課の権藤主任がやってきたので、矢代はほかの遺留品について尋ねてみた。だが今回見つかったのは、この四行詩だけだという。

もう一度遺体を拝んでから、矢代たちは廃屋の外に出た。

矢代は夏目とともに、現場周辺で情報収集を始めた。

昨夜、近くで不審な人物を見なかったか。停まっている車に気づかなかったか。何か物音を聞かなかったか。防犯カメラの少ない一帯だから、周辺住民の証言だけが頼りだ。

何軒かで話を聞いたあと、矢代の携帯に着信があった。液晶画面に表示されているのは川奈部の名前だ。

「はい、矢代です。何かありましたか？」

「今、予備班から連絡が入った。下倉栄輔が見つかったそうだ」

矢代は表情を引き締めた。下倉は十年前に息子を殺害されている。その犯人が江原や板東、陣野だと突き止めたのなら、彼が息子の復讐を行った可能性がある。

「どこにいたんですか？」

「三《み》鷹《たか》駅近くのレストランで知人と食事をしたあと、カフェで打ち合わせをしていた。新しい事業を立ち上げるための準備だとか何とか……。携帯の充電が切れたせいで電話に出られなかった、と本人は話している。捜査員が任意で引っ張って、小金井署に連れていったところだ」

「そうですか。追及するチャンスですね」

「俺はこれから小金井署に戻る。鳴海さんも行くと言っている。おまえはどうする？」

「ぜひ、ご一緒させてください！」

「わかった。車で移動するぞ」

矢代と夏目は、先ほどの事件現場に駆け戻った。

川奈部と古賀が銀色の面パトに乗り込んでいくのが見えた。矢代は自分の面パトのドアを開け、理沙と夏目を乗せる。すぐに川奈部の車を追いかけた。

小金井署に到着すると、矢代たち五人は取調室に向かった。

事情聴取は四係のメンバーが担当していた。そこへ川奈部が加わるという。矢代たちは隣の小部屋から、マジックミラー越しに観察することにした。

「警視庁捜査一課の川奈部です」

彼はそう名乗ってから、空いていた椅子に腰掛けた。

テーブルの向かい側には、スーツ姿の下倉栄輔が座っている。彼は迷惑そうな顔で川奈部を見つめた。

「いったい何なんです。話を聞きたいというから素直に従ったのに、これではまるで取調べじゃありませんか」

「昨日の夜の行動を教えていただきたい。正確にです」

厳しい口調で川奈部は言う。下倉は不快そうな表情を浮かべたが、仕方ないという様子で話しだした。

「午後六時半ごろ事務所を出て、カフェバーで食事をしたあと、会社で契約しているマンションに行きました。着いたのは午後八時半ごろだったと思います」

「家には帰らなかったんですか」

「仕事に集中したいので、週に何回かそこに泊まるんです」

「夜中に出かけたりは？」

「いえ、どこにも。……今朝はゆっくり起きて、十時ごろ出かけました。三鷹駅前で買い物をしたあと、知人と打ち合わせをするため、馴染《なじ》みのレストランに行きました」

レストランその他の電話番号を聞き出すと、川奈部は取調室から出てきた。

古賀の指示で、矢代たちは下倉の行動を確認することになった。階段を上って特捜本部に戻り、カフェバーやマンション、レストランなどに電話をかける。二十分ほどで情報収集は終わった。

「カフェバーに問い合わせたんですが、たしかに昨日の夜七時から八時ぐらいに、下倉が来店していたそうです」

矢代が古賀に報告すると、すぐに川奈部が口を開いた。

「マンションには防犯カメラがあります。調べてもらったんですが、深夜に下倉が出かける姿は記録されていませんでした。ただ、裏の外階段を使えば、カメラに引っかからずに出かけることもできそうです」

「シロともクロとも断定できないな」

古賀が低い声で唸《うな》ると、そばで川奈部がうなずいた。

「グレーというところでしょうか。厄介ですね」

「だが、動機は充分だ。もう少し聴取を続けよう」

了解です、と川奈部は答える。

矢代は先ほど見た下倉の顔を思い出していた。事情聴取を受けても、彼は終始落ち着いているようだった。あの冷静な表情の下に、下倉は何かを隠しているのだろうか。それとも自分たちの見込み違いなのか。今はまだどちらとも判断できなかった。

4

今、事態が大きく動いている、という感触があった。

理沙もそう感じていたようだ。彼女は矢代と夏目、谷崎を集めて、ミーティングを行うと告げた。古賀と川奈部、財津も同席してくれた。

「状況を整理したいと思います」みなを見回して理沙は言った。「江原透、板東茂光、陣野俊秋の三人が、十年前の墨田事件に関わっている可能性が高まりました。現場の靴跡は『少なくとも二種類』でしたから、実際には三人だったのかもしれません。ここでは江原たち三人が犯人だったと仮定して、話を進めます。彼らは被害者・下倉健也さん宅に押し入ったけれど、たいした収穫はなく、少額の金や懐中時計などを奪っていった。成果はほんのわずかだったのに、健也さんがちょうど帰宅したため、殺害することになってしまった。三人にとっては大きな失態だったのではないかと思います」

少しばかりの金品のために人ひとり殺害するのは、割に合わない犯行だと言える。それは江原たちもよく理解していたはずだ。

「三人は逃走し、警察を恐れて暮らしていたんでしょう。ところが十年後の今になって、事件の真相に気づいた者がいた。その人物は三人の犯行が許せず、殺害の計画を立てた」

「今回の事件の犯人……」財津係長は眼鏡のフレームを指先で押し上げた。「詩を残した人物だな」

「ええ。犯人は四行詩を三つ用意し、それに合わせた殺害方法を考えた。あるいは殺害方法を決めてから四行詩を書いた。犯行の詳細ですが……」

理沙はホワイトボードにマーカーを走らせた。

9月18日……22〜24時、江原透を殺害（遺体を庭に埋める。四行詩あり）
9月19日……22〜24時、板東茂光を殺害（遺体を墜落させる。四行詩あり）
9月22日……18〜19時、浅沼藤夫を殺害
9月22日……21〜23時、陣野俊秋を殺害（遺体をめった刺し。四行詩あり）

「こうして見ると、浅沼さんの殺害は明らかに変則的です。犯行の時間帯が早いし、遺体の損壊はなく、四行詩も残されていない。それに刺殺ではなく、ロープを使った絞殺でした。これは例外、あるいは偶発的な事件だと思います」

「……もともと犯行計画にはなかった事件、ということですか？」夏目が尋ねる。

「もう少し大胆に考えれば、浅沼さんを殺害したのは、一連の事件の犯人ではないかもしれません」

え、と言って矢代は理沙を凝視した。夏目と谷崎は怪《け》訝《げん》そうに顔を見合わせている。

「浅沼さんは辰井集落で起こったトラブルを知っているようでした」矢代は言った。「それに気づいた犯人が、口封じのために殺害したんじゃないか、と思っていたんですが……」

「口封じという考えには私も同意します。ただ、浅沼さん殺しの犯人は、連続殺人犯ではなかった可能性があります。……これは直感に近いものですが、聞いてください。口封じをしたのは、陣野俊秋だったんじゃないでしょうか。浅沼さんが過去の出来事について、確認の連絡を入れるなどした結果、こうなってしまったんだと思います」

意外な話を聞いて、矢代は首をかしげた。

「でも陣野の殺害現場には四行詩が残されていました。つまり、連続殺人犯に殺害されたわけですよね。彼は最初から狙われていたってことでしょう？」

「だから、こうです。辰井集落で起こった出来事を隠したかったのは、連続殺人犯ではなく陣野だった……。彼だけじゃありません。江原や板東もそうだったはずです」

理沙の説明をなんとか理解しようと、矢代は頭を働かせる。

「若いころ江原たち三人はトラブルを起こした……。それに関係することですか？」

「ええ、おそらく。その件については、辰井集落の人たちもみんな口をつぐんでいます。

過去に何か、とんでもないことが起こっていたんじゃないでしょうか。それが、一連の不可解な事件の原因になったのではないかと……」

矢代は眉《まゆ》をひそめて考え込む。辰井集落の人たちは過去の事件を知っていながら、ずっと黙っていたのだろうか。もっと言えば、彼らはみなグルだったということか。

「なぜ集落の人たちは事実を隠していたんですか？」

「わかりません。ただ、閉鎖的な集落であれば、そういうことも起こり得るんじゃないでしょうか」

そういえば、と夏目が声を低めて言った。

「あの集落は長瀬滋さんが仕切っていましたよね。ひょっとすると、滋さんには誰も逆らえないのかも……」

古賀は難しい顔で思案していたが、やがて指示棒を長く伸ばした。

「もし鳴海の推測どおりだとすると、陣野の行動はどうなる？」彼は指示棒でホワイトボードを指し示した。「二十二日の午後に車で出かけて、夕方、浅沼藤夫を殺害した。そのあと連続殺人犯に殺されて、田無町に遺棄されたということか？」

「辰井集落には戻らず、どこかで時間をつぶして、夜に犯人と会ったんじゃないでしょうか。集落の人たちは、二十二日に陣野が出かけたのを見ていたのに、矢代さんには黙っていたのかもしれません」

矢代は集落の人たちの顔を思い出す。共犯関係、という言葉が頭に浮かんだ。いや、この場合、運命共同体とでも言ったほうが的確だろうか。

「過去に辰井集落で何があったのか、調べる必要がありますね」

川奈部が真剣な顔をして言った。そうだな、と古賀はうなずく。

「とはいえ、闇雲に尋ねても無駄だろう。長瀬滋が睨《にら》みを利かせているのなら、住人たちは何も喋《しゃべ》らないはずだ。もし情報が漏れたら、誰が喋ったのか、という犯人捜しになるはずだからな」

「住民同士、疑心暗鬼になるわけですね」

腕組みをして、川奈部は渋い表情を浮かべる。

指示棒を縮めてポケットに収めたあと、古賀はつぶやいた。

「集落で聞き込みをするにしても、もうひとつ決め手がほしいところだが……」

「どうだ？　鳴海、何かないのか」財津が尋ねてきた。「今こそ、文書解読班のサポートが必要なときだぞ」

上司にそう言われ、理沙は捜査資料に目を落とす。

「すみません。焦りはあるんですが、まだ……」

彼女は顔を曇らせ、口ごもった。理沙ならなんとかしてくれるのではないか、という期待がみなの中にある。だが今回は、いいアイデアが出ないようだ。

「仕方ないな」財津は軽くため息をついた。「文書解読班は長瀬由香里に会っているよな。彼女が何か知っているのは間違いない。もう一度、話を聞くしかないんじゃないか？」

はっとして、矢代は財津を見つめた。

「報告したとおり、由香里さんは過去の話を嫌っています。今の状態で、あれこれ聞き出すのは難しいかと思います」

「多少無理をしてでも、問いただすしかないだろう」

財津にしてはかなり強引な意見だった。それだけ切羽詰まった状況にあるということだ。

うまい解決方法が見つけられず、矢代は低い声で唸った。

「こちらで何か情報をつかんでいれば、それをきっかけにして、話を引き出せるかもしれませんが……」

「もう、そんな段階は過ぎているんだ。事件というのは、毎回スマートに解決できるわけじゃない」

「ええ、たしかにそうですが……」

元刑事だったのだから、矢代にもそれはよくわかっている。だが、何かほかに方法はないものだろうか。

「鳴海主任、詩の読み替えはどうです？」矢代は理沙に尋ねた。「遠山先生からアドバイスをもらいましたよね。四行詩に被害者の名前を当て嵌《は》めるという……。あれをもう少し考えてみては？」

「そうでしたね。やってみましょう」

理沙は四行詩の紙を机に置く。横から覗き込んで、夏目が言った。

「板東と下倉栄輔、それから陣野を当て嵌めてみたらどうでしょうか」

なるほど、とうなずいて理沙はペンを走らせた。

〈死んだのは板東だ、江原は生きている〉
微笑みながら黒い影が言った
だが下倉栄輔の予想は大きく外れたのだ
目の前には埋もれた江原の死体がある

生きながらの死はいつまでも続く
光と影の【反転】、生と死の【逆転】
〈板東は奈落の底に落ちるだろう〉
黒い影は下倉栄輔にそっと話しかけた

体中を傷つけられた哀れな死体
血が噴き出し、辺りは深紅の海となる
黒い影はおごそかな口調で告げた

〈陣野はもう死んでしまったよ〉


理沙は紙を見つめて眉をひそめている。しばらくして、彼女は首をかしげた。

「こう書き換えると、下倉栄輔が誰かに操られているように見えますが……」

「真犯人は別にいるってことですか？」

「いいえ、断定はできませんね。この書き換え自体に意味があるかどうか、まだわからないわけだし……」

理沙の言葉は歯切れが悪い。この方向で推理を進めるのは難しいのだろうか。

「時間がないぞ」財津が急《せ》かした。「事件解決のためには、長瀬由香里から話を聞くべきじゃないのか？」

そのときだ。理沙が急に顔を上げた。

「待ってください。手がかりをつかんだような気がします」

「何か見つけたんですか？」夏目が目を輝かせる。

「うまくいきそうですか？」谷崎が身を乗り出してきた。

「すみません、少し時間をください」

理沙は四行詩がプリントされた紙を凝視する。次に捜査資料を指でなぞって、何かをチェックし始めた。さらに『死者と魂の楽園』のページを手早くめくっていく。

それから彼女は空中に文字を書くような仕草を見せ、ひとりつぶやき始めた。

「十年前に墨田事件が発生……。九年前に長瀬由香里さんは集落を出て、ひとり暮らしを始めた……。集落の人たちは協力して何かを隠している……。宇沢敬親医師のカルテには『Arimori』『Haizaki』『Shikishima』というメモがあった……。そしてもうひとつ、一連の事件現場に残されていた四行詩……」

彼女は再び、三つの詩がプリントされた紙を手に取った。

「前から気になっていたのは、第二の詩に書かれているこの一文。『光と影の【反転】、生と死の【逆転】』です。ここだけなぜか【反転】【逆転】と、隅付き括弧が使われている。なぜこのふたつの言葉が強調されているのか。反転、逆転。反転、逆転。そして『生きながらの死はいつまでも続く』という奇妙な文章……」

そこで理沙の声が途絶えた。紙を睨んだまま、じっと黙り込んでいる。

次の瞬間、彼女は大きな声を出した。

「そういうことか！　ああ、文字の神様、感謝します！」

「来たんですか、文字の神様が」矢代は勢い込んで尋ねる。

みなが見守る中、理沙は古賀のほうを向いた。はっきりした口調で彼女は言った。

「いくつか確認したいことがあります。それが済んだら、長瀬由香里さんに会いに行ってきます」

「何か勝算があるのか？」

「誠意をもって彼女と話します。今、必要なのは信頼関係ですから」

理沙は携帯を取り出して、どこかへ電話をかけ始めた。

渋谷駅のそばを通過して数分。覆面パトカーは目的地に到着した。

青みを帯びたガラスが使われた美しいビルだ。前回と同様、家具メーカーの受付に行って、長瀬由香里を呼んでくれるよう申し入れた。

「今、打ち合わせ中で、少し時間がかかるとのことですが……」

「わかりました。ここで待っています」

矢代はそう言って頭を下げる。受付から少し離れた場所で、矢代と理沙、夏目の三人は待機することになった。

特捜本部を出る前、理沙は何ヵ所かに電話をかけていた。どうやら、あれで裏が取れたらしい。もちろん完璧《かんぺき》というわけではないはずだ。しかし長瀬由香里にあらためて面会を申し入れるのに、充分な情報が揃ったようだった。

それらの情報を頭の中で検証しているのか、理沙は宙に何やら図形を描いている。文字の神様とのやりとりは、今、佳境に入っているのかもしれない。

十五分ほどで、エレベーターホールから女性がやってきた。長瀬由香里だ。

彼女は今日も白いシャツにタイトスカートという服装だった。銀縁眼鏡のレンズの奥で、瞳《ひとみ》が不安そうに動いている。この地味でおとなしい女性から、理沙はどんなことを聞き出そうとしているのだろう。

「会議は無事に終わりましたか？」

自己紹介もせずに理沙はいきなり尋ねた。意外だという表情で、由香里は理沙をじっと見つめる。

「あ……はい。お待たせして申し訳ありません」

「ええ、たしかに私たちはここで待っていました。でも気になさらないでください。あなたが故郷を出て、思い悩んできた長い時間に比べれば、たいしたことはありません」

どういうことだろう、と矢代は首をかしげた。何か、持って回ったような言い方だ。

由香里も不思議に感じたらしい。黙ったまま、彼女は理沙の様子をうかがっている。

「申し遅れました。警視庁の鳴海です」理沙は警察手帳を呈示した。

矢代と夏目のほうをちらりと見てから、由香里は名刺を取り出した。軽く頭を下げて、理沙に手渡す。

「長瀬由香里です。あの……先日そちらのおふたりとお会いして、もうお話しすることはないと思っているんですけど」

「私たちは捜査一課の人間です。ご存じですか、捜査一課」

「ドラマによく出てくる部署でしょう。殺人事件なんかを扱うという……」

「そのとおりです。でも私の部署のメンバーは三人しかいません。ですので、今日は三人でお邪魔しました。私たち三人にはそれぞれ役割があります。リーダーはこの私。あとのふたりは私の指示で行動します。このビルには自動車でやってきました。高級な外車というわけにはいきませんから、国産の大衆車です。小金井署というところから来たんですよ。都心部と違って、あのへんは少し走ると畑が見えたりしますね」

妙だな、と矢代は思った。「三人」が「高級な外車」ではなく「国産の大衆車」でやってきた。「畑」のあるところからだ。これらは、辰井集落の江原たちを想起させるための言葉ではないだろうか。

「私たちは被害者の遺体を見てから捜査を始めます。いろいろな遺体がありますよ。あなたはご存じでしょうか。土に埋められた遺体。高い場所から落とされた遺体。体中を傷つけられた遺体……」

その三つの状況は一連の事件を表している。やはり理沙は、殺人事件をイメージさせようとしているのだ。とはいえ、マスコミにも詳しく発表されていない遺体の状況を、由香里が知っているとは思えない。

そこまで考えて、矢代は気がついた。

――今起きている事件じゃない。過去の事件のことを言っているんだ。

これもまた、文章心理学の応用なのかもしれない。いくつかのキーワードで過去の出来事を思い出させ、情報収集を有利に進めよう、ということではないだろうか。

「あなたは狭い場所から抜け出さなければならなかった」理沙は静かな口調で続けた。「あのままでは過去を忘れることができなかったんでしょう。そして今、あなたは集落の外にいます。何にとらわれることもなく、自由に生活できています」

「あの……あなたはいったい……」

由香里は宙に視線をさまよわせている。落ち着きがない。

「長瀬さん。あなたの人生が平穏であることを、私はとても嬉《うれ》しく思っています。本当によかった……。私はあなたの味方です」

由香里は唇を震わせた。何か言おうとしたが、うまく言葉にできないという様子だ。彼女の中で何が起こっているのか、矢代には見当もつかない。

ふと隣を見ると、夏目は真剣な顔で口を引き結んでいた。

理沙は由香里に何かささやきかけた。こくりとうなずいて、由香里はゆっくりと歩きだす。どうやらふたりはロビーの隅へ行くつもりらしい。

矢代があとについていこうとすると、理沙が首を横に振った。

「すみません、ここで待っていてください」

「あ……はい。わかりました」

矢代と夏目を残して、理沙たちはロビーを横切っていった。

誰もいない一角で、ふたりはベンチに腰掛け、小声で何か話し始めた。その声はここまで届かないが、理沙が質問し、由香里がぽつりぽつりと答えているのがわかる。

十分ほど経ったころ、話は終わったようだった。理沙が由香里を連れて、ゆっくりとこちらに戻ってくる。由香里の顔はひどく強《こわ》ばっていた。

「長瀬さん、ありがとうございました。あなたの証言は貴重なものです。これで私たちは、事件の真相に近づくことができます」

「鳴海さん、私の家族を……いえ、辰井の人たちを、どうかよろしくお願いします」

「私たちに任せてください」はっきりした声で理沙は答えた。

由香里はこちらに向かって深く頭を下げた。理沙や矢代、夏目も礼をする。

彼女がエレベーターに乗り込むのを見届けてから、理沙はひとつ深呼吸をした。

「矢代さん、夏目さん、移動しましょう。辰井集落に向かいます。川奈部主任にも連絡を」

「情報収集ですか？」

「いえ、違います。私たちは長瀬滋さんと話をしなければなりません」

いつになく厳しい表情で、理沙はそう言った。

5

車を走らせているうち、日が傾いてきた。

運転席には矢代、後部座席には理沙と夏目が乗っている。すぐうしろには、覆面パトカーとワンボックスタイプの警察車両がついてきていた。そちらに乗っているのは川奈部をはじめとする捜査員八名だ。

三台の車は市街地を抜けて山道に入った。上り坂になり、右へ左へとカーブが続く。

この時刻、ほかに車の姿は見えない。

緩やかな左カーブを進んでいくと、前方の路上に何かが見えた。矢代は慌ててブレーキをかけた。

ハザードランプを点《つ》けて面パトから降りていく。何が起こったのかと、夏目や理沙も驚いた顔でついてきた。

道路の真ん中に樹脂製のバリケードフェンスが置かれ、《通行止》という表示があった。この先で工事が行われている、という文章も添えてある。

「どういうことだ」矢代は眉《まゆ》をひそめた。「この道が通行止めだなんて聞いてないぞ」

うしろの面パトから川奈部たちも降りてきた。

「まいったな。迂《う》回《かい》するしかないか。倉庫番、道はわかるか？」

「至急、調べてみます」

矢代は車の運転席に戻ろうとする。

そんな中、理沙はひとりで看板に目を近づけていた。眉根を寄せて、書かれた文字をじっと見つめている。

「待ってください」理沙が声を上げた。「夏目さん、管轄の警察署に連絡してもらえますか」

「あ……はい」

夏目はバッグから携帯を取り出し、番号を確認して警察署へ架電した。繋《つな》がったところで、理沙に携帯を手渡す。

理沙はしばらく相手と話していたが、何度かうなずいたあと、礼を述べて電話を切った。夏目に携帯を返しながら、彼女はみなに向かって言った。

「管轄の警察署は知らないと言っています。これはおかしな話です。道路を通行止めにできるのは道路管理者か警察だけです。普通、事前に両者で調整されているはずですから、警察署が知らないはずはありません」

「ということは……」

「これは偽物です」

矢代は道路に置かれた障害物をまじまじと見た。たしかに、看板にしてもバリケードフェンスにしても、ホームセンターなどで購入できるものだ。

「しかし、いたずらにしてはタチが悪いな。誰がやったんですかね」

「詳しいことはわかりません。……ですが、私たちの行動を追っていた人物が、先回りした可能性があります」

「まさか……」矢代の中に嫌な予感が広がった。「事件の犯人がこんなものを？」

「奴はすでにこの道を通ったんじゃないでしょうか。これまで私たちをつけていたけれど、一足先に辰井集落へ向かったのかもしれません」

「まずいぞ、鳴海さん！」川奈部が言った。「集落へ急ごう」

川奈部の部下たちがバリケードフェンスを道端に移動させた。全員車に乗り、再び山道を走りだす。

理沙が言ったとおり、あれはただのトラップだったようだ。どれだけ道を進んでも、工事現場などは見えてこない。

トラップからしばらく走って、矢代たちは集落へ続く林道に入った。すでに太陽は西の空、低い位置にある。まもなく辺りは暗くなるだろう。

矢代は強い焦りを感じていた。もしあの細工をしたのが犯人なら、奴は先に集落に行って何をするつもりなのか。嫌な想像しか浮かんでこない。

カーブを曲がると、ようやく建物の明かりが目に入った。集落に入り、民宿の近くまで車を進めていく。

そこで矢代ははっとした。

前方に火の手が見えたのだ。黒い煙とともに、真っ赤な炎が躍っている。ぱん、ぱん、と何かが爆《は》ぜる音がする。

「火事だ！」ハンドルを握ったまま、矢代は声を上げた。

「燃えているのはどこです？」

理沙が後部座席から尋ねてくる。夏目も身を乗り出していた。

矢代は慎重に面パトを走らせた。やがてフロントガラスの向こうに、火災の現場が見えてきた。

「長瀬滋さんの家です！」

矢代たちは急いで車から降りる。すぐに川奈部たちもやってきた。

広い屋敷の一角が激しく燃えていた。集落の住人たちが集まって、口々に何か叫んでいる。消火器やバケツを持った男たちが、勝手口の辺りで炎と闘っていた。だが、火勢が強くて歯が立たないようだ。

「警察です。危険ですから無理をしないで！」

川奈部が大声を上げた。驚いたという顔で、近くにいた人々が振り返る。なぜこのタイミングで警察がやってきたのかと、不思議に思っているのだろう。

「もう消火器では太刀打ちできない。下がってください。消防は呼んだんですか？」

鋭い声で川奈部は言った。だが住人たちは険しい表情のままだ。

「連絡したよ。でも逃げるわけにはいかない。ここは大旦那《おおだんな》さんの家なんだ」

「大旦那だか何だか知らないが、これ以上は危険だ。早く離れて」

「俺たちはあの人に尽くさなくちゃいけない！　俺たちの命は大旦那さんのものなんだ。自分だけ逃げたりしたら、あとで何をされるかわからないんだよ！」

必死の形相で住人は言う。川奈部は眉をひそめた。

「何を馬鹿なことを」

川奈部の指示で、部下の刑事たちが住人を避難させようとした。だが、その場を離れようとしない者が多く、揉《も》み合いになっている。

一方、夏目は誰かを見つけたようだった。彼女に呼ばれて、矢代は前庭の隅に向かう。

男性が仰向《あおむ》けに横たわっていた。

「大丈夫ですか？」

夏目はしゃがみ込んで、男性に声をかけている。

倒れていたのは滋の長男・長瀬雄治だった。顔や手がススで黒くなっている。衣服もあちこち汚れ、焦げ痕《あと》が目についた。よく見ると、頭から出血していた。

激しく咳《せ》き込んだあと、雄治は目を開けた。煙が入ったのだろう、両目をこすり、涙を流しながら彼は言った。

「あんたたち……どうしてここに……」

「いったい何があったんです？」矢代は尋ねる。

雄治は後頭部を押さえながら答えた。

「頭を殴られて、倒れて……。気がついたら家が燃えていたんだ。なんとかここまで逃げてきた」

「誰にやられました？」

「わからない。眼鏡をかけて、帽子をかぶった奴だった」そこまで言って、彼は慌てた表情になった。「そうだ。親父が連れていかれたんだ！」

雄治は起き上がろうとした。だが、めまいがするらしく、また地面の上に座り込んでしまう。

「頼む。親父を助けてくれ。このままじゃ殺される」

「あなたは何を隠しているんです？」

矢代は追及する口調で尋ねた。相手は怪我人だが、今は厳しく問い詰めなければならない。事情がわからなければ、滋を救出することは難しいだろう。

だが雄治は口をつぐんでしまった。この期に及んで、まだ隠し事を続けるつもりなのか。

近くを通りかかった男性がこちらを向いた。民宿の経営者・松田伸博だ。

「松田さん、いいところに……」矢代は彼を呼び止めた。「以前、辰井集落で何があったんです？　こんなことになった原因を、あなたは知っているんじゃありませんか？」

「いや、私は何も……」

「犯人は過去の出来事を恨んで、滋さんを連れ去ったんでしょう？」

「……勘弁してください。私たちは何も言えないんです。それが、この辰井に住む人間のルールなんですよ」

松田もまた黙り込んでしまった。いったいこの集落はどうなっているのだろう。

矢代がさらに追及しようとしたとき、理沙が口を開いた。

「雄治さん、松田さん。警察はすべてを見抜いています。正直に答えてください。『あの人たちの墓』はどこです？」

その言葉を聞いて、雄治の表情が変わった。ススで汚れた顔に動揺が走っている。松田のほうも同じだった。目が泳いでいるのがよくわかる。

「ここまで事態が悪化してしまった以上、もう隠してはいられません。教えてください」

理沙が強い調子で言うと、雄治は目を伏せた。だが、もうごまかす気はないようだ。深呼吸をしてから、彼はこう答えた。

「西の外れに崖《がけ》がある。奴らの墓はその下だ」

「わかりました」

理沙は素早く立ち上がった。表情を引き締めて、矢代と夏目を見つめる。

「行きましょう。そこに犯人がいるはずです」


火災の現場を離れて、畑の中の道を西へと駆けていった。

矢代が先頭を走り、続いて夏目、少し遅れて理沙がついてきている。

集落を抜けると、道は大きく右へ曲がっていた。コンクリート製の転落防止壁が設けられていたが、路面からの高さは二十センチほどしかない。農作業の車が通るとき、脱輪しないように造られたものだろう。

上り坂になった道を進んでいくと、前方にふたつの人影が見えた。どちらも男性だ。ひとりは崖を見下ろすような危険な姿で、道の端に倒れている。もうひとりはその上に馬乗りになっていた。

「おい、何をしている！」

矢代が大声を出すと、馬乗りになっていた男はこちらを向いた。帽子をかぶり、濃い色のレンズを嵌《は》めた眼鏡をかけている。ジーンズにウインドブレーカーという恰好《かっこう》だ。

「近づくな！」男は鋭い声を出した。「こいつを殺すぞ」

組み伏せられているのは長瀬滋だった。彼は顔を歪《ゆが》め、青ざめた表情で崖の下を見ている。崖下までは二十メートルほどありそうだ。

矢代に追いついた理沙が、呼吸を整えながら一歩前に出た。

「どうか落ち着いてください」彼女は男に呼びかける。

「近づくなと言ってるだろうが！」

「少し話をしませんか。長瀬滋さんを突き落とすのは簡単でしょう。ですが、そうしたらあなたには人質がいなくなってしまう。今すぐ滋さんを殺害するのは、得策ではないはずです」

「どうせ捕まるんだろうよ。だったらこいつを殺して、俺も死ぬ」

「あなたが死んだら、辰井集落で起こったあの事件が、闇に葬られてしまうかもしれません」

男は黙り込んだ。老人を押さえつけたまましばらく考えているようだったが、やがて吐き捨てるように言った。

「ちくしょう……。長瀬たちがしたことは重大な犯罪だ。集落の連中はみんなグルだった。罰を受けるべきなんだよ」

男は滋の髪をつかんだ。老人は手足をばたつかせ、呻《うめ》き声を上げる。

「聞いてください」理沙は穏やかに話しかけた。「私は殺人捜査の刑事ではありません。文書解読班といって、文字や文章から手がかりを探すのが仕事です。その私が一連の事件をどう推理したか、聞いていただけませんか。私はあの四行詩を読み解いたんです」

眉《まゆ》をひそめて男はこちらを見た。四行詩のことが気になっているのかもしれない。数秒後、彼は顎《あご》をしゃくった。

「話してみろ。だが時間稼ぎなら、このクソ野郎を殺す」

矢代は夏目のほうをちらりと見た。アイコンタクトで意志が通じた。このあと犯人が滋に危害を加えようとしたら、すぐ飛びかかることになるだろう。

ひとつ呼吸をしてから理沙は話しだした。

「想像も混じりますが、聞いてください。今から十一年前の十二月、この集落で忌まわしい事件――『辰井事件』が起こりました。滋さんの孫である長瀬由香里さんが三人の男に捕らえられ、監禁されてしまったんです。三人というのはこの集落で育った江原透、板東茂光、陣野俊秋でした。当時彼らは二十代の後半でしたが、もっと若いころから素行が悪く、乱暴で、家族でさえも手がつけられなかったんだと思います。

三人は高校を卒業したあと、表向きは家の農業などを継いだ形になっていました。しかし実際には犯罪行為で金を稼いでいたんじゃないでしょうか。特殊詐欺や強盗などが考えられます。もちろんこの集落の中ではなく、あきる野市などで事件を起こしていた可能性が高いですね。そのおかげで彼らは金には困らなかった。江原も板東も高級な外車に乗っていました。板東の母親は『夫の蓄えから金を出して買った』と話していましたが、それは嘘だと思います。三人とも、犯罪のおかげでいい暮らしができていたんでしょう。集落の人たちは彼らの犯罪にうすうす気づいていたけれど、三人の暴力を恐れて何も言えなかったわけです」

　あきる野市であきがわ内科クリニックを探していたとき、振り込め詐欺や強盗が増えている、という話が出ていた。特殊詐欺は大きなグループで行われることが多いが、少人数であってもやり方はあるだろう。

「話を戻します。十一年前の十二月のことです。江原、板東、陣野は当時二十八歳、二十六歳、二十五歳でした。彼らは酒を飲んでいるうちひどく酔って、普段なら考えないようなことを思いついた。長瀬滋さんの孫娘で当時十七歳だった由香里さんを捕らえ、乱暴しようとしたんです。暴行は未遂でしたが、発見されたとき、由香里さんは半裸にされていました。まだ高校生だった彼女が、どれほどの恐怖を感じたことか……」

　この集落へ来る途中、面パトの中で矢代は理沙からその話を聞いた。

　由香里にとって、それはトラウマになったことだろう。だから彼女は男性を遠ざけ、地味でおとなしい生活を送るようになったのではないか。自宅の紙ごみをシュレッダーで裁断しているのも、人間不信に陥っているせいではないだろうか。

「由香里さんが見当たらないと気づいて、滋さんと雄治さんは驚き、慌てました。彼らは集落の人たちに手伝わせて捜索を行った。数時間後、乱暴されかけていた由香里さんが見つかりました。父親の雄治さんは激昂《げきこう》した。しかしそれ以上に逆上したのが滋さんでした。孫娘があんな目に遭ったことが許せなかったし、普段から周囲に迷惑をかける三人を嫌っていたんだと思います。滋さんは家に戻って、狩猟用の散弾銃を持ってきた。周りが止める暇もなく、彼は江原たち三人を撃ってしまったんです。……そうですね、滋さん」

　理沙は老人に問いかけて、様子をうかがった。

組み伏せられた滋は空咳《からせき》をした。それから、震える声で答えた。

「俺は何も知らない。だが、奴らがどうしようもないクズだったことはたしかだ」

「おい、勝手に喋《しゃべ》るな！」

男は滋の頭を殴った。滋はまた呻き声を上げたが、それでも話をやめなかった。

「あいつらはごみのような人間だった。和を乱す馬鹿どもだ。誰もが奴らを嫌っていた」

「黙れ、クソ野郎！」

髪をつかんで、男は滋の顔を転落防止壁に叩《たた》きつけた。小さな悲鳴が聞こえた。滋は鼻から血を流している。義歯が一本外れたようだった。

「話を続けろ」男がこちらを向いて、理沙に命じた。

　矢代は軽い驚きを感じた。奴が続きを聞きたがるとは思わなかったのだ。

　途中まで聞くことで、話の先への興味が湧いたのだろうか。いや、もしかしたら理沙が話す射殺の様子を、滋に聞かせたいのかもしれない。それが滋を苦しませることに繋《つな》がるなら、警察さえも利用しようという考えではないか。

　理沙は続きを話し始めた。

「散弾を受けて陣野は即死していました。江原、板東は瀕死《ひんし》の状態です。雄治さんたちは滋さんから銃を取り上げ、ふたりの手当てをしました。怒りがおさまらない滋さんは、『命を助けてやるから喋れ』と促し、江原と板東から銀行口座の暗証番号を聞き出しました。

　しかし実際には、江原たちはもう助からないだろう、と滋さんは考えていた。彼は雄治さんに命じました。『どうせ死ぬんだから、奴らが悪事で集めた金はそっくり奪い取ってやれ』と。それで雄治さんは、パソコンや携帯電話のパスワードなどの情報を、江原たちから聞き出しました。半日ほどのち、江原と板東は死亡しました。こうして、彼ら三人が犯罪で蓄えた金は集落のもの……いえ、長瀬家のものとなった。滋さんには三人を殺害した罪だけでなく、彼らの財産を奪った罪もあるんです」

「待て。作り話は……やめろ」

　声を振り絞って滋が言った。だが理沙は即座にそれを否定した。

「これらの話は、由香里さん本人が教えてくれたことです。つらい経験だったでしょうに、彼女はすべてを聞かせてくれました。……滋さんの罪は、集落の人なら全員知っていたはずです。でも古くからの地主であり、顔役である滋さんにはみんな逆らえず、黙っていることにした。住人全員が共犯者になってしまったんです」

「俺は知らん……。勝手なことを言うな」

滋はまだしらを切ろうとする。なぜ認めないのかと矢代が苦々しく思ったとき、突然、男が逆上した。

「そうかよ！　きさま死にたいんだな。だったら地獄に落ちろ！」

男は素早く腰を上げた。路面に横たわった滋の体を、崖《がけ》の上に押し出そうとする。あ、ああ、と滋は声を上げた。このままでは、彼は崖下に墜落してしまう。

滋が両腕を伸ばして、空中でもがくような動きを見せた。男の意識がそちらに向いた。

――今だ！

矢代と夏目は猛然と走りだした。

バランスが崩れて、滋の体が斜めに傾いた。上半身が崖の上に出てしまっている。何かをつかもうとするように、滋は両手を振り回した。だが、そこには何もない。か細い声が聞こえてくる。そのまま落ちれば、腕や脚や首の骨を折って死亡するだろう。

「長瀬さん！」

夏目がスライディングして一気に老人に近づき、黒いベルトをつかんだ。両手に力をこめ、相手の体を支える。危ういところで、どうにか落下を阻止できた。

矢代は逃走した男を追跡した。奴は上り坂になった山道を走っていく。ときどき振り返り、獣のような声で威嚇する。矢代はアスファルトを蹴《け》って、後方から体当たりした。ふたりとも倒れ、勢い余って路面を転がっていく。先に起き上がったのは男のほうだった。

「クソが！」

奴は拳《こぶし》を繰り出してきた。それをかわして矢代は相手の足を払う。男は再び転倒した。その右腕をとって、矢代は固め技をかけた。

「ちくしょう、離せ！」

男はやかましく喚《わめ》き続ける。矢代はねじり上げた腕に手錠をかけた。それから、相手の帽子と眼鏡を取り去った。男の顔があらわになった。

細い目に、やや長めの髪。一見すると誠実そうに感じられる。だがその外見に騙《だま》されるわけにはいかない。

寺尾和正だった。オーケストラネットというＮＰＯ法人に勤める人物。江原透の弟だ。

「やはり、あなただったんですね」

理沙が近づいてきた。彼女の顔に怒りの色は見られない。

おそらく理沙の中にあるのは憐《あわ》れみの感情なのだろう、と矢代は思った。

6

炎はもう見えなくなっている。あとは煙にだけ注意すればよさそうだ。

消火活動は終わりに近づいていた。集落に備えてあったポンプが使われたという。川奈部が指揮をとって刑事たちが作業に当たり、集落の住人たちもそれを手伝った。結果的に長瀬邸は半焼で済んだらしい。

負傷した長瀬滋を捜査員のひとりに任せて、矢代たちは四係のワンボックスカーに向かった。

後部座席は対面型に設置されている。被疑者を挟んで矢代と夏目が座った。その向かい側に、理沙と四係の川奈部が腰掛ける。

理沙は被疑者の尋問を始めた。

「寺尾和正さんですね。部下から、あなたの話は聞いています。……江原透、板東茂光、陣野俊秋の三人を殺害したのはあなたですね？」

え、と言って川奈部がまばたきをした。

「寺尾和正といったら江原透の弟だろう。それが、どうして実の兄を殺害するんだ？」

「違うんです。江原透は十一年前に散弾銃で殺害されました。今年の九月十八日に死亡した江原は、別人なんです」

集落への移動中、それを知ったときには矢代も驚いた。すぐには状況が理解できず、かなり混乱した。詳しい説明を聞いて、ようやく腑《ふ》に落ちたのだ。

「これまで私たちは、三人が入れ替わった事実に気づいていませんでした」理沙はあらためて寺尾のほうを向いた。「でもそれがわかったとき、あなたのことが頭に浮かんだんです。江原透が過去に殺害されていたのなら、弟のあなたは復讐《ふくしゅう》の動機を持っていることになる。……細かく考えていくと、いくつか不審な点が出てきました。あなたはドイツから帰国したとき兄と飲みに行った、と話していましたよね。でも江原透が別人だったとすれば、それはおかしい。そしてもうひとつ。江原が別人だったら、遺体を見たとき、あなたが『兄です』と証言したのも嘘だったことになります」

つまり寺尾の行動の中に、犯人特定の手がかりがあったというわけだ。

座席の上で、寺尾は少し体を動かした。黙ったまま、肯定も否定もしようとしない。

彼の様子を観察しながら、理沙は再び口を開いた。

「十一年前の話に戻りましょうか。集落の住人たちも、江原たち三人には迷惑していました。憎んでいるといってもよかった。だからみんな、死亡した江原たちより長瀬由香里さんに同情したんです。それに、この集落で滋さんには逆らえない。結局、誰ひとり警察には通報しませんでした。

板東茂光の母親である幸代さんでさえ、そうでした。彼女は乱暴な息子を諭すことができず、家庭内暴力で頻繁に怪我をしていました。息子がほかの住人たちに迷惑をかけているのも知っていた。何度か、息子を殺して自分も死のうとしたけれど、その都度近所の人たちに止められたということです。だから息子が散弾銃で殺されたのも仕方ない、むしろ死んでくれてよかったとさえ思った……」

息子を殺害されたのを母親が黙認するなど、普通なら考えられないことだ。だが激しいＤＶにずっと苦しめられてきたとしたら、これで解放されるのだと安堵《あんど》を感じた可能性はある。

　そういえば、板東幸代の左の頰には古い傷痕《きずあと》があった。あれは息子によって付けられたものではないだろうか。幸代が茂光を離れで生活させていたのは、できるだけ顔を合わせず、暴力を受けないようにするためだったのではないか。

「遺体の埋葬は、長瀬雄治さんが中心となって行いました。江原透たちは散弾で体中、傷だらけになっていた。土に埋めるため、住人たちは遺体を崖の下に落としました。担いで下ろすのは無理だったし、みんな三人を嫌っていたから、丁重に扱おうという意見は出なかったんでしょう。雄治さんたちは崖を下りて、三人を地面に埋めた。……これらは九月十八日から続いた今回の事件で、四行詩に書かれていた内容とよく似ています」

　ここまで説明したあと、理沙は寺尾の視線を捉《とら》えた。

「あなたは誰かから辰井事件の経緯を聞いて、江原さんたちが埋葬されたことを知ったんですよね？　闇に葬られた滋さんの犯行が許せなくて、今回、四行詩を残すようにしたんじゃありませんか？」

　ふん、と寺尾は鼻を鳴らした。

「そうだよ。あんたたちに過去のことを調べさせるため、俺は詩を残したんだ。いいか、こうなったのはすべて、警察が無能だったせいだ。あれほど重大な事件なのに、あんたたちはずっと気づかないままだった。この役立たずども！」

　眉《まゆ》をひそめて、矢代は寺尾を睨《にら》みつけた。だがその一方で、警察という組織の不甲斐《ふがい》なさを強く感じていた。いかに閉鎖的な集落だったとはいえ、なぜ警察は十年以上もの間、殺人事件を暴けなかったのか。これは所轄だけの問題ではなく、警視庁全体で考えなければならないことだろう。

「昔はともかく、今、私たちは真相にたどり着いています」理沙は話を続けた。「……できるだけ外部の人間を入れないようにと、滋さんたちは注意した。しかし万一のことを考えておく必要がありました。江原たち三人は集落を出ていってしまったことにしようか……と滋さんは考えた。ところが事件から十ヵ月後、奇跡のようなことが起こりました。江原たちと比較的年齢の近い男が三人、集落にやってきたんです」

そうだ、と矢代はうなずいた。それが辰井事件の第二段階に繋《つな》がったのだ。

「彼らは有森駿一《ありもりしゅんいち》、灰崎蓮司《はいざきれんじ》、敷島吾郎《しきしまごろう》という名前でした。三人は十年前の十月の夜、集落にやってきて、外れにある空き家に住み着いた。しかし、じきに住人たちに見つかってしまいました。出ていけ、と怒鳴られると思ったでしょうね。ところが、そうはならなかった。

顔役の滋さんがやってきて、『集落にいた住人と入れ替われ』と命じたんです。住居と食料などは与えるから、極力他人と会わないように暮らせ、と滋さんは言った。命令に従い、トラブルを起こさなければ月々金も与える、という条件を提示してきました。これがうまくいけば、江原たち三人の死亡が隠せます。滋さんにとっては願ってもないことだったわけです」

耳を疑うような話だった。だが辰井集落でならあり得るのではないか、という気がする。長瀬家を中心とした集落の環境が、それを可能にしたのではないだろうか。

「では、この有森たち三人はどこからやってきたのか。……じつは彼らの名前を、私たちは捜査の中で発見していました。あきる野市にあった宇沢外科クリニックのカルテに『Arimori』『Haizaki』『Shikishima』と書かれていたんです。宇沢敬親という医師は、長らく辰井集落へ往診に来ていた人でした。その事実から、私はこう推測しました。十年前に辰井にやってきた三人は、宇沢医師によって何らかの治療を受けたのではないだろうか。しかし治療の内容は、正式なカルテに残せるようなものではなかったのではないか、と。

ここで思い出したのが、十年前の九月に起こった墨田事件です。下倉健也さんを殺害した犯人たちは、ひと月ほど逃げ回った挙げ句、辰井集落にたどり着いたのだと思います。下倉さん宅からはわずかな金品しか盗めなかったので、逃走資金はすぐに尽きてしまった。それで集落の空き家に忍び込んだんでしょう。……結局、有森たち三人は滋さんの出した条件を受け入れました」

長瀬滋は有森駿一たちを、江原たちの代わりにしようと決めたわけだ。周りの人間が口裏を合わせれば外部にはばれない、と思ったのだろう。有森たちも、強盗殺人で逮捕されるのは避けたかったから、この山の中に身を隠そうと考えたのだ。

もともと江原と陣野はひとり暮らしだったから、有森と敷島は空いた家をあてがわれた。板東は母親と一緒に暮らしていたが、離れを使っていたので、灰崎はそこに住むことになった。

「雄治さんたちが情報を聞き出していたから、江原たちのパソコンや携帯電話はそのまま使うことができました。食べ物も差し入れられたし、滋さんたちから月々のこづかいまで支給された。江原たちが使っていた乗用車も譲ってもらえた。有森駿一と灰崎蓮司は高級な外車が好きだったので、ずっと乗っていたようですね。偽の陣野——敷島吾郎は国産の大衆車に買い換えてしまったようですが……」

　待ってくれ、と川奈部が口を挟んだ。

「できるだけ家にこもっていただろうが、そうは言っても郵便局員とか宅配業者とか、誰かやってくるだろう。そういう人たちに顔を見られたら、別人だとばれてしまうんじゃないか？」

「ええ。だから滋さんは、三人に整形手術を受けさせたんです。執刀したのは、滋さんが懇意にしていた外科医・宇沢敬親さんでした。どうやら宇沢先生は、金で動いてしまう人だったようですね」

　以前、宇沢敬親の息子・修が話していた。外科クリニックはあまり評判がよくなく、父は金に困っていたようだった、と。

　長瀬滋は土地持ちであり、集落の顔役だった。多額の金を使って、宇沢敬親に往診を頼んでいたのではないか。そうやって長年出入りしていた宇沢は、整形手術についても簡単に引き受けてしまった可能性がある。
理沙はメモを取り出して、みなに見せた。

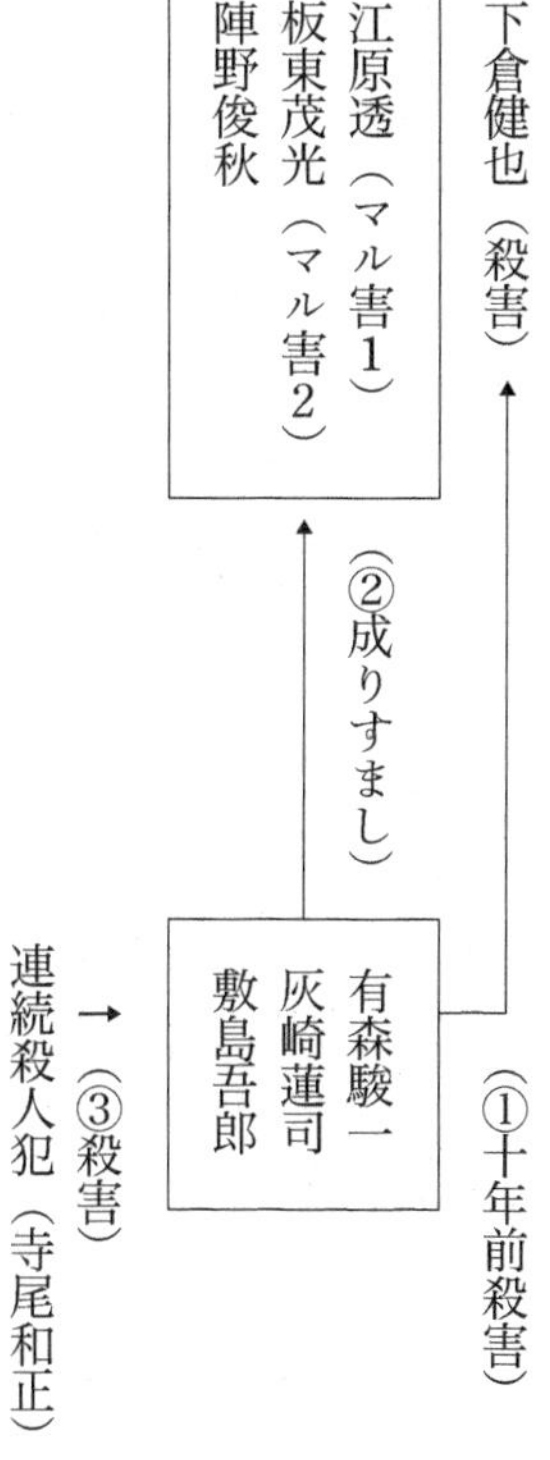

図を指差しながら、理沙は説明した。
「下倉健也さんが殺害された墨田事件は、江原たちとは関係なかったんです。有森たちが下倉さんを殺害し、江原たちに成りすました。調べてみると、本物の江原たちは殺害されていることがわかった。それで寺尾和正が復讐《ふくしゅう》計画を立てた。そういう構図の事件だったんですよ」
有森たちの成りすましがあったせいで、話がひどく複雑になっていたのだ。

理沙は図を夏目に渡して、被疑者に話しかけた。

「寺尾さん、ここからはあなたについてです。散弾銃で殺害された三人には、集落の外に親族はほとんどいないはずでした。ところが江原には養子に出された弟、つまりあなたがいた。あなたは江原に何度もメールを送っていました。携帯電話を受け継いだ有森駿一は困ったでしょうね。放っておくと不審に思われるから、江原の文章を真似して、あなたに返信していたんだと思います。メールだけだったので、どうにか偽者だとばれずに済んでいた。……ところがここ一年ぐらいのメールで、あなたは何かおかしいと感じたんじゃありませんか。だから集落へ様子を見に来た。そうでしょう？」

寺尾はふてくされたような顔をしていたが、ひとつ息をついて口を開いた。

「日本に戻ったあと、一度会いたいと兄貴に伝えたんだが、何かと理由をつけて引き延ばされていた。妙だな、とは思っていたんだ。今から半年前のメールで、疑いは決定的になった。俺は亡くなった実母のことを書いたんだが、その返信で命日が間違っていたんだよ。それまでにも小さな間違いがいろいろあったのを思い出して、本当に兄貴なんだろうかと不信感を抱いた。思い切って連絡してみたが、留守番電話になってしまって声が聞けない。それで半年前、この辰井にやってきたんだ」

「偽名を使って民宿に泊まりましたよね」

「こっちの正体を明かすわけにはいかなかった。誰かが兄貴に成りすましている可能性があったからな」

「集落の中を歩いて情報を集めていたそうですね」

ああ、そのとおりだ、と寺尾はうなずいた。

「遠くから見て、江原と称する男は兄ではないことがわかった。いったい何が起こったのか。俺はそれとなく話を聞いて回ったが、住人たちの口は固かった。ここで情報を得るのは無理かと諦《あきら》めかけたが、ひとりだけ俺に協力してくれた人がいた」

矢代は夏目と顔を見合わせた。前に集落に来たときのことを思い返してみる。ほかの住人と足並みを揃えず、真相を話してくれそうな人などいただろうか。

「誰なのかは伏せておく」寺尾は言った。「その『協力者』だけは、過去の出来事を何か思い悩んでいるようだった。話をするうち、価値観も俺と似ていることがわかってきた。だから俺は自分の正体を明かしたんだ。協力者は俺を気の毒に思ったんだろう、何か言いかけた。でもそこへほかの人間がやってきて、話はそれきりになってしまった。釈然としない思いがあったが、あまりしつこくするわけにもいかない。予定どおり二泊して俺は引き揚げた」

「そのあと、あなたは辰井集落のことをひそかに調べた……」

「何度も訪ねていくと警戒されるから、集落に出入りしている人間を探して話を聞いた。元電器店の浅沼とかな。ほかにも何人か当たってみた。だが決定的な情報は得られない。最終的には協力者に繰り返し電話をかけ、ようやく真相を聞き出すことができた。

兄貴たちが殺されたこと、有森たち三人が成りすましていることを、協力者は話してくれた。かつて有森たちが、下倉健也という男性を殺して逃げてきたことも聞かせてくれた。協力者は以前から、長瀬滋のやり方に反感を持っていたらしい。この集落の古いしきたりに嫌気が差していたんだろうな」

たしかに、そういうことはあるかもしれない。すべての住人が長瀬滋を敬い、感謝しているわけではないだろう。中には面従腹背するような人物もいた、ということだ。

「別の家で育ったが、俺は兄貴が好きだったし、尊敬していた」寺尾は記憶をたどる表情になった。「俺が高校生のころ、養母とうまくいかない時期があったんだ。あのときは兄貴からのメールでずいぶん励まされた。俺がドイツに行く前には一緒に酒を飲んだ。親戚《しんせき》の少ない俺にとって、兄貴は心の支えだったんだ。ところが去年、俺が帰国したときには、偽者が兄貴に成りすましていたってわけだ。絶対に許せなかった。

あんたらは知らないだろうが、四ヵ月前、俺はもう一度集落に行って、長瀬滋に会ったんだよ。すべてを正直に話して罪を償え、と奴に迫った。だがあいつは拒絶した。だったらもっと証拠を集めて警察に届けてやる、と俺は言った。

イライラしながら車で集落を出たんだ。ところが林道を走っているとき、顔を隠した三人の男が飛び出してきた。車から降りて、どうしたのかと尋ねると、奴らはいきなり襲いかかってきた。殴られ、蹴《け》られて俺は悲鳴を上げた。そのうち誰かが俺の左手を捻《ひね》った。『やめてくれ、手だけはやめてくれ』と俺は懇願した。だが男たちは、俺の左手に石を叩《たた》きつけた。ひどい痛みが走った。『二度とここに来るな』と言って、男たちは去っていった。そのとき、隠していた顔がちらりと見えたんだよ。それは兄貴に成りすました有森だった。

奴らがいなくなったあと、俺はよろよろと立ち上がった。左手の小指をつぶされているのがわかった。俺にとっては致命的な傷だ。そのまま車に乗って病院に行ったが、どうしようもなかった。切断するしかなかったんだ……」

寺尾は手錠をかけられた右手で、左手の小指をつかんだ。そのままねじると、小指が抜けた。いや、小指本体は根本から数センチのところまで残っている。抜けたのは、精巧に作られた義指だった。

「そうか……」矢代はつぶやいた。「江原透の司法解剖のとき、あなたは左手を棚にぶつけた。小指をかばっているようだったが、そんな理由があったのか」

「でも、それが致命的な傷というのはどういうことです？」

怪訝《けげん》そうな表情で夏目が尋ねる。何かに思い当たったという様子で、理沙が言った。

「今まで私も気がつきませんでしたが、こういうことじゃないでしょうか。寺尾さんはオーケストラネットというＮＰＯ法人に勤めています。以前はドイツで働いていたそうですが、もしかしたらオーケストラで何かの楽器を演奏していたのでは……」

あ、と言って、矢代は寺尾の顔を見つめた。

「バイオリンだ」寺尾はため息まじりに答えた。「だが、もう弾けなくなってしまった。日本に帰国して、これからまた活動を再開しようと思っていたのに」

彼は唇を嚙《か》んだ。演奏家にとって指は何より大事なものだろう。それを奪われた苦痛と屈辱は、矢代にも想像することができた。

「長瀬滋が俺を襲わせたことは間違いない。有森の顔も見ている。しかし俺の証言以外に、奴らがやったというたしかな証拠はなかった。警察に届けても、長瀬たちは集落ぐるみで否定するだろう。……将来に絶望した俺には、もう恐れるものは何もなかった。俺は復讐することにしたんだ。兄貴と、自分自身のための復讐だ」

寺尾は綿密に準備を整え、事件を起こしたという。彼の説明はこうだった。

小金井事件で「あなたの過去について大事な話がある」として、江原に成りすました有森を呼び出し、拉致《らち》した。殺害したあと、現場に第一の詩を残した。詩の内容に似せるため、遺体は土に埋めた。

「懐中時計は有森が下倉健也から奪って、ずっと愛用していたらしい。どうせ警察は墨田区の事件も放置しているだろうから、驚かせてやろうと思って、俺はその時計を現場に残した。ボールペンは半年前、辰井の民宿で手に入れたものだ。何本かあったから、ひとつもらってきた。それを現場に残して、辰井集落が関係あるぞ、という遠回りな手がかりにしたんだ。自己満足に近い遺留品だが、あんたたちにはいいヒントになったんじゃないか？　どうだ、憎い犯人から手がかりをもらって捜査をした気分は……」

からかうように寺尾は言う。口元には笑みがあったが、目はまったく笑っていなかった。

「そしてあなたは、被害者の指紋を消したんですね。身元がわからないように」

「有森の正体がわかってしまうと、残りふたりが警戒するだろうからな。それともうひとつ。警察にとって指紋のない人間は、アイデンティティーのない存在ということになる。それこそ有森たちにふさわしいじゃないか。正体を隠して、別の人間に成りすましていたんだから」

　あの三人には直接手を下す。しかし、成りすましを隠していた集落全体の責任も問いたかった、ということだろうか。

「三人の殺害が済んだので、今夜あなたは長瀬さんの家に放火した。長瀬滋さんを殺害して、計画は終了する予定だった……」

「偉そうにしていた長瀬の家を、灰にしてやりたかったんだ。息子の雄治も、焼け死ねばいいと思った。その騒ぎの間に、俺は長瀬滋を脅して、兄貴たちを埋めた場所まで案内させたわけだ。まさか、あんな崖《がけ》の下だったとはな。罪を後悔させてから、あの爺《じい》さんを突き落とそうと考えていたんだが……」

「復讐《ふくしゅう》を終えたあとは？」

「過去の出来事を告発する文章を、警察宛てに置いておくつもりだった。俺自身は……どうだろうな。気分次第だが、もう人生を終わりにしてもいいと思っていた」

　矢代は先ほどの崖を思い出した。自分たちが駆けつけなければ、寺尾はどう行動していたのだろう。長瀬滋を突き落として、遺書のような告発文を残し、そのあと自分も飛び降りていたのだろうか。

　理沙がポケットから畳んだ紙を取り出した。開くと、そこには四行詩が三つコピーされていた。

「これらの詩は、あなたが作ったものですか？」

「いや、違う。民宿に二泊して帰ろうとした朝、車のワイパーに手書きの詩が挟んであったんだ。中身が面白いから、ずっと持っていた。あとで兄貴の復讐を決めたとき、この詩を見直して、なるほど、と思った。兄貴たちはこの詩に書かれたような、ひどい死に方をしたんだろう。それを気の毒に思った住人が俺にヒントをくれたんだ。だったら俺も、書かれているとおりに遺体を損壊してやろうと思った。その上で、気味の悪いこの詩を現場に残したら警察が注目するだろう。あんたたちが右往左往する様子を、俺は楽しみにしていたんだよ」

　警察に対しても、彼はかなりの恨みを抱いていたようだ。それにしても、その協力者というのは誰なのか。

「電器店を経営していた浅沼さんの件は？」理沙は話題を変えた。

「陣野——いや、敷島を殺すとき、痛めつけて聞き出したよ。浅沼をやったのは敷島だ」

　寺尾は経緯を説明した。

　浅沼は集落の家々に出入りするうち、江原たち三人が入れ替わったことを知ったらしい。彼は驚き、家電を配送する際も敷島たちを警戒していたようだ。ところがある夏の日、浅沼は熱中症で倒れてしまった。それを、通りかかった敷島が介抱してくれたそうだ。そこから親しくなったのだという。

矢代は記憶をたどった。そういえば浅沼はウーロン茶を出しながら、「年寄りは水分をとらないと、脱水症状が起きやすい」などと話していた。

「敷島が死ぬ前に言っていたよ。浅沼は自分の父親に似ていたそうだ。十年も田舎暮らしをしていたから、敷島は人恋しくなっていたのかもな。まあ、俺にはどうでもいいことだが……」

良好な関係を築いていたふたりだったが、九月二十二日、大きなトラブルが起こった。

寺尾の推測では、こういうことだそうだ。

警察から連絡があって、浅沼は殺人事件が起こっていることを知った。江原こと有森と、板東こと灰崎が何者かに殺害された件だ。浅沼は矢代たちの聞き込みに応じて捜査情報を入手し、次は陣野こと敷島が狙われると推測したのだろう。彼は辰井集落の知人に電話をかけ、「陣野さんは大丈夫か」と尋ねた。知人はそれを陣野こと敷島に伝えてしまった。

敷島は疑心暗鬼になった。浅沼が心配してくれているとは知らず、彼が警察によけいなことを話すのではないかと恐れたのだ。その結果、敷島は暴走した。浅沼の知人から住所を聞き出し、口封じのために彼を殺害してしまったのだ。

「その知人というのは誰なんです？」

理沙が問いかけたが、寺尾は目を逸《そ》らして首を横に振った。

「それは警察が調べることだろう」

「おそらく集落の住人ですよね。その人物は、敷島が陣野に成りすました経緯を知っていた。それなのに敷島と浅沼さんの間に立って、情報の橋渡しをしたように見えます。いったいどういう人なのか……」

指先をこめかみに当てて、理沙はじっと考え込む。

「しかしな、口封じのためとはいえ、そう簡単に人を殺したりするか？」

川奈部が首をかしげた。それを受けて、寺尾は説明を続けた。

「背後にもうひとつ理由があったそうだ。十年前、宇沢敬親という医者は三人を整形した。だが三年ほど前からクリニックの経営が悪化して、長瀬滋に金の無心をしに来ていたんだ。そして二年前、もっと金をくれなければ整形の秘密をばらす、と遠回りに脅したらしい。滋は激昂《げきこう》して、宇沢の口封じを画策した。手を下したのは有森、灰崎、敷島の三人だったそうだ。殺しをすれば罪が増えてしまうが、自分たちの正体をばらされては困るという焦りがあったんだろう。滋の命令には逆らえない、という心理も働いたに違いない」

そういえば宇沢も浅沼も、ロープなどで絞殺されていた。同じ手口だったということだ。

矢代は寺尾に問いかける。

「一度口封じをしていたから、二度目も簡単に動いた、ということか？」

「だろうな。……仲間ふたりが次々殺されて、敷島はひどく動揺していたに違いない。そこへ俺は連絡をとった。一連の事件の真相を知る者だ、と電話をかけて呼び出した。半信半疑だったはずだが、敷島は約束した場所に現れたよ。俺はそのとき知らなかったが、奴は浅沼の口封じをしたあとだったから、かなり焦っていたんだろう。相手が殺人犯ならちょうどいい、殺してやろう、とでも思ったんじゃないか？

だが、こちらのほうが一枚うわてだ。呼び出したのは俺だから、事前にいくらでも準備することができた。田無町の廃屋であいつを待ち伏せ、痛めつけてから殺してやった。四行詩の内容に合わせるため、体中をナイフで傷つけた。あれは散弾銃で撃たれた傷を真似したものだったんだ。あんたたち、わかっていたかい？」

第一の詩には埋葬された遺体が描かれた。次は崖から落とされた遺体が、そして最後の詩には散弾銃で撃たれた遺体が出てきた。となれば、それらを書いたのは当然、十一年前の辰井事件を知っている者ということになる。

理沙はしばらく考えているようだったが、やがて四行詩の紙を指差した。

「じつは、この詩には隠された意味があるんです。寺尾さんは気づいていましたか？」

「……だから、十一年前の辰井事件を示唆しているってことだろう？」

「いえ、ほかにも意味があるんです。それがわかって、私はいろいろな推測を進めることができました。じつは有森たちの成りすましに気づいたきっかけも、これだったんです」

よくわからない、という顔で寺尾は理沙を見つめている。その件については矢代も夏目も、まだ聞かされていなかった。

「とても単純な話なんですが、この詩をよく見てください」

〈死んだのは敵だ、彼は生きている〉
微笑みながら黒い影が言った
だが私の予想は大きく外れたのだ
目の前には埋もれた彼の死体がある

生きながらの死はいつまでも続く
光と影の【反転】、生と死の【逆転】
〈罪人は奈落の底に落ちるだろう〉
黒い影は私にそっと話しかけた

体中を傷つけられた哀れな死体
血が噴き出し、辺りは深紅の海となる
黒い影はおごそかな口調で告げた

〈彼はもう死んでしまったよ〉

　矢代たちが今まで何度も読み返してきた、三つの四行詩だ。

「私たちはこれらの詩を読んで、人が死んでいく姿を描いたものだと思っていました。『彼は生きている』から始まり、『彼はもう死んでしまったよ』で終わっていますからね。でも、ひとつ引っかかっていたことがあるんです。第二の詩の『光と影の【反転】』『生と死の【逆転】』という部分、どうして反転と逆転が強調されているんでしょうか。もしかしたらこれは『反転せよ』『逆転せよ』という意味ではないかと気がつきました。それで、詩を読み直してみたんです」

　理沙はポケットから別の紙を取り出し、矢代たちの前で広げてみせた。

「うしろから前へ一行ずつ遡《さかのぼ》っていくと、こうなります」

〈彼はもう死んでしまったよ〉
黒い影はおごそかな口調で告げた
血が噴き出し、辺りは深紅の海となる
体中を傷つけられた哀れな死体

黒い影は私にそっと話しかけた

〈罪人は奈落の底に落ちるだろう〉
光と影の【反転】、生と死の【逆転】
生きながらの死はいつまでも続く

目の前には埋もれた彼の死体がある
だが私の予想は大きく外れたのだ
微笑みながら黒い影が言った
〈死んだのは敵だ、彼は生きている〉

「こうすると意味が逆になるんです。死んだのは別人であり、『彼』は生きていることになる。さらに『生きながらの死はいつまでも続く』という文章に注目しました。生者と死者のすり替え、つまり人間の入れ替わりが起こったのではないか、と私は考えたんです。そうなると、宇沢医師が残した『Arimori』『Haizaki』『Shikishima』というメモが重要な意味を持ってきます」

矢代は何度か詩を読み直した。たしかに、言われてみればそういう意味にもとれそうだ。

腕組みをして矢代は唸《うな》った。この詩にそんな手がかりが隠されているとは、まったく気がつかなかった。

「だとすると……」夏目が言った。「作者は成りすまし事件のヒントを、この詩に埋め込んだわけですね。事実を読み手に伝えたかった、ということでしょうか」

「三つの詩は寺尾さんの車のワイパーに挟んでありました。少なくとも寺尾さんに伝えたいという気持ちはあったはずです。……まあ結局のところ、成りすましの事実は協力者から電話で聞いたそうですが」

なるほど、と夏目は納得したようだ。

ここで理沙は背筋を伸ばし、真剣な顔で寺尾に話しかけた。

「そろそろ、協力者というのが誰なのか教えていただけませんか」

「断る。その人に迷惑がかかるだろうからな」

「いずれは明らかになることだと思いますが……」

「知りたければ自分たちで調べればいい。俺は絶対に喋《しゃべ》らない」

それだけ言うと、寺尾は黙り込んでしまった。夏目が宥《なだ》めても、川奈部が強い声を出しても、もう口を開かないつもりらしい。

軽くため息をついたあと、理沙はまた別の紙を取り出した。

「最後に……これは本件とは関係ないかもしれませんが、寺尾さんには伝えておいたほうがいいでしょう」

寺尾は黙り込んだまま、理沙のほうに目を向ける。

「十年前、墨田事件で下倉健也さんが殺害されました。彼が住んでいたのは四〇六号室でしたが、その部屋の電気メーターにこんなマークが書かれていました」

理沙はみなに紙を見せた。そこには《†》《▽》《×》という記号がコピーされている。

「これを調べたところ、『ホボ・サイン』ではないかと思い至りました」

「ホボ・サイン？」

矢代は首をかしげる。聞いたことのない言葉だ。

「『ホーボー・サイン』ともいうそうです。十九世紀から二十世紀にかけて、アメリカでホボまたはホーボーと呼ばれる放浪者が増えました。彼らは旅をしながら、ほかの仲間に情報伝達するため、独特のサインを使ったそうです。この先はキャンプが可能だとか、この方向に行っても無駄だとか、この家には親切な婦人が住んでいるとか、そういった情報ですね。泊まるところや食べ物には苦労していたでしょうから、仲間同士のサインはとても役に立ったはずです。

ここからは推測になりますが、有森たち三人のうちの誰かが、ホボ・サインを知っていたんじゃないでしょうか。また、誰かがマンションなどで訪問セールスをしていたんだと思います。セールスの人たちは、電気のメーターにこっそりマークを書くことがあるそうです。この家はひとり暮らしだとか、簡単に契約してくれそうだとか、怒りっぽくて駄目だとか、そういうことをね。

さらに私の想像ですが、有森たちはマンションを多数下見して、押し入る部屋にマークを付けていたのではないか……。郵便受けの中身を抜き取ってクレジットカードの明細などを調べれば、その家の生活水準がわかりますよね。そういうチェックの結果、下見役はターゲットとする部屋にホボ・サインを付けたんだと思います」

　以前、捜査会議で川奈部が電気メーターの話をしていた。それが理沙にとって、ひとつのヒントになったというわけだ。

「ホボ・サインの本来の意味だと『†』は『信心深い話をすればタダで食える』、『▽』は『道悪し、ほかの放浪者多し』、『×』は『OK』という意味だそうです。有森たちの誰かが訪問販売のふりをして訪ねたとき、住人をよく観察したんでしょうね。そして、ここは後日押し入るべき部屋だ、と印を付けたわけです。いろいろなマンションを訪ねていたから、マークを付けないと混乱するおそれがあったんでしょう」

「しかし、それは妙だな。下倉健也さんは信心深かったのか？」

　川奈部は『†』のマークを指差して尋ねる。理沙は首を横に振った。

「いいえ、違います。有森たちが目をつけたのは、下倉さんではなかったんです」

「……どういうことだ？」

「有森たちにとっては、まったく予想外のことだったでしょうね。もともと彼らがマークを付けていたのは四〇七号室、戸越慎太郎さんの部屋だったんですよ」

　えっ、と声を上げて川奈部はまばたきをした。理沙は続ける。

「戸越さんは線香のにおいが好きだと言っていました。当時も玄関先までそのにおいが漂っていたんでしょう。だから下見役は、戸越さんが『信心深い』性格だと感じた。マンションには『放浪者』、つまりほかの住人が多いから注意しなければならない。けれど、それでもこの部屋は狙う価値がある、『OK』だぞ、と判断したわけです。それで『†』『▽』『×』というマークを書いた。

　ところが、そのマークを見つけた戸越さんは気味悪く感じて、自分で消してしまったそうです。さらに、ただ消すだけではなく、仲のよくなかった四〇六号室・下倉健也さんの電気メーターに同じマークを書いてしまった。これは今日、戸越さん本人に電話で確認したから間違いありません。

　セールスにしつこくされればいい、という軽い嫌がらせのつもりだったんでしょうが、それがとんでもない事件に繋《つな》がりました。マークを確認した有森たちが、四〇六号室に侵入し、帰宅した下倉健也さんを殺害してしまったんです。部屋にはわずかな金しかなかったので、三人は価値のありそうな物品も奪っていった。有森は下倉さんが大事にしていた懐中時計を手に入れ、気に入ってずっと使っていたんでしょう」

　矢代の胸に、なんとも言えない嫌な思いが広がった。下倉健也は生活態度が悪く、戸越との間にトラブルがあったと聞いている。それが原因となって、部屋の取り違えが起こってしまったのだ。戸越は難を逃れたわけだが、事実を知れば、ひどく後味の悪い思いをするに違いない。

　川奈部と夏目は顔を見合わせ、戸惑うような表情を浮かべている。

寺尾はと見ると、彼は唇を震わせていた。

「何なんだよ、その話は！」寺尾は声を荒らげた。「もし四〇七号室からたっぷり金を盗んでいれば、有森たちは外国にでも行って悠々と暮らせたんじゃないのか？　ところが戸越とかいう奴のせいで部屋を間違え、運悪く殺人まで犯してしまった。その結果、有森たちは警察から逃げ回って辰井集落に転がり込んだ。そうだろう？　何もかも戸越のせいじゃないか」

「それは違います。有森たちが集落に行ったときには、もう江原たち三人は殺害され、崖《がけ》の下に埋められていました」

「しかし奴らが集落に行ったから、長瀬滋は成りすましの計画を思いついたんだよな。有森たちが辰井に来なければ、俺は偽の兄貴とメールをすることもなかった。兄貴は俺と縁を切ってどこかへ行ったんだと、諦《あきら》めがついたかもしれない。そうであれば俺が偽者を調べることはなかったし、長瀬滋に詰め寄って小指を失うこともなかった。有森たち三人を殺す必要もなかったはずだ……」

ちくしょう、ちくしょう、と寺尾はつぶやき続ける。欠損した左手の小指が、膝《ひざ》の上で震えている。

「なぜこんなことになってしまったのか、と私も思います」理沙は宥めるような調子で言った。「運命というには、あまりにも苛《か》酷《こく》な出来事です。でも、だからこそ寺尾さん、あなたは思慮深くあるべきでした。激昂《げきこう》する事情があったとはいえ、人を殺す計画など立ててはいけなかった。後悔というのは、あとからついてくるものなんですよ」

寺尾は顔を歪《ゆが》め、怒りに打ち震えている。今の理沙の言葉は、はたして彼の心に届いたのだろうか。

矢代たちは黙ったまま、寺尾の姿をじっと見つめていた。

7

被疑者の逮捕から一週間――。

先週のうちに鑑識課員を含めた捜査班が、崖下の捜索を行っていた。墓標代わりに植えられた野茨《のいばら》には赤い実が無数についていたという。掘り返された地面の下から、白骨化した三つの遺体が見つかった。ただちに歯型やＤＮＡ型の鑑定が進められ、それらは江原、板東、陣野の三人であることが確認された。

九月二十九日、特捜本部の捜査員たちは辰井集落に乗り込んだ。文書解読班からは矢代と夏目が捜査に参加した。

川奈部らとともに、矢代たちは集落の顔役・長瀬滋の家を訪ねた。

先日の火災で勝手口の辺りは黒焦げになり、崩れた建築材料が散らばっている。庭の芝生も一部、焼け焦げてしまっていた。だが屋敷の西半分は無事だったようだ。

正面玄関に近づき、川奈部はガラス戸を開け放った。誰かいませんか、と大声で尋ねる。

突然現れた大勢の捜査員を見て、息子の雄治は驚いていた。

「いったい何の騒ぎですか」

「警視庁捜査一課です。長瀬滋さんと雄治さんに逮捕状が出ています」

川奈部は文書を呈示した。若手の刑事ふたりが、素早く雄治を拘束する。

「ちょっと……待ってください」

「滋さんはどこですか」

靴を脱いで、川奈部たち捜査員は家に上がっていった。矢代と夏目もそのあとに続いた。

長瀬滋は自室で紅茶を飲んでいた。どやどやと踏み込んできた刑事たちを見て、彼は不快そうな表情を浮かべた。

「何だ、おまえたちは」

「警視庁の者です。長瀬滋さん、あなたは十一年前に江原透、板東茂光、陣野俊秋の三人を殺害しましたね」

「そんなことは知らん」

「あなたも、もうわかっているでしょう。先日逮捕された寺尾和正が、過去の事件について話しています」

「犯罪者の言うことを信用するのか？　あんたたち、それでも刑事なのか」

「崖下で遺体も見つかりました。署で話を聞かせてもらいましょう」

捜査員が滋を椅子から立たせようとする。滋はその手を振り払った。

「おまえ、俺を誰だと思っているんだ」

「ご自分ではわかりませんか？」川奈部は相手を睨《にら》みつけた。「あなたは殺人事件の被疑者です。どんな事情があったとしても、人を殺すことなど許されない。子供でもわかることです」

川奈部は滋の両手に手錠をかける。滋は目を剝《む》いて声を荒らげた。

「ふざけるな。俺は辰井のために人生をかけてきたんだ。住人が困っていれば金を貸してやったし、災害が起これば復旧に全力を尽くした。住人たちに聞いてみろ。みんな俺に感謝しているはずだ」

「ほかの住人たちにも、あとで話を聞きますよ」

若手の刑事たちが、滋を両脇から支えて歩かせる。廊下に出たところで、滋は矢代に気づいたようだ。

「きさま！　何もかも、おまえのせいだ。おまえが来なければ、みんな静かに暮らしていけたのに」

「長瀬さん、十一年前を思い出してください」矢代は言った。「あなたはこの上なく残酷なことをしました。その状況を真似た人物が、今回、悲惨な事件を起こしてしまった。あなたは自分の行動を恥じるべきではありませんか？」

滋は苛立《いらだ》った様子で舌打ちをする。

「そんなこと、俺が知るか。そもそも悪いのは江原たちだ。あいつらが由香里にひどいことをしたから……」

「その由香里さんも悲しんでいます。自分のためとはいえ、滋さんがあんなことをするとは思っていなかった、とね。お孫さんがこの集落から出ていったのはあなたのせいですよ」

「……なんだと？」

「もちろん事件を忘れたいという気持ちもあった。でも一番の理由は、滋さんのそばにいたくなかったからだと、彼女は話していたそうです。うちの上司が由香里さんから聞き出しました」

「嘘をつくな。そんなこと由香里が言うものか」

「事実です。自分が周りからどう見られているか、少し考えてみたらいかがですか？」

「くそ、この若造が！」

滋は矢代につかみかかろうとしたが、刑事たちによって遮られた。そのまま、引き立てられて玄関のほうへ歩いていった。

老人を見送りながら、夏目が小声で言った。

「先輩、かっこよかったですよ。胸がすっとしました」

「……こういうのは柄じゃないんだけどな」

「いや、よかったぞ」川奈部が矢代の背中をぽんと叩《たた》いた。「倉庫番にしておくには、もったいない奴だ」

そんなことを言って、川奈部は笑みを浮かべた。

このあと、事件を隠蔽《いんぺい》していた住人たちに対しても事情聴取が必要となる。川奈部の指揮のもと、捜査員たちは集落の各戸へ散っていった。

矢代と夏目も、メモ帳を片手に捜査を開始した。

日が暮れて、涼しい風が吹き始めた。もう季節は秋だ。

午後七時、矢代たちが特捜本部に戻ってくると、理沙が声をかけてきた。

「お疲れさまです。大変だったようですね」

「なにしろ人数が多くて……」鞄《かばん》を置きながら矢代は答えた。「集落ぐるみの隠蔽ですから、口裏を合わせられてしまうかもしれません。迅速に聞き取りをしないと」

「息子の長瀬雄治さんの様子はどうでしたか」

「ああ、彼は父親を恐れていたようですね。ずっと逆らえなかったけれど、このままではまずいと感じていたらしくて……。集落の将来を心配していたんでしょう」

息子でさえ意見ができなかったわけだ。それだけ滋の力が強かったということだろう。

「本来、文書解読班の仕事じゃないんですが、今は手が足りないようですし……。明日も川奈部主任たちに協力してあげてください」

「了解しました」

夜の捜査会議の前に、情報のすり合わせをしなくてはならない。理沙の周りにチームのメンバーが集まった。矢代と夏目、それに財津と谷崎も参加してくれた。

資料を開きながら、理沙はみなに言った。

「矢代さんと夏目さんが辰井集落に行っている間、小金井署では寺尾和正の取調べが続いていました。本人は容疑を認めていますから、全容が明らかになるのは時間の問題だと思います」

「鳴海たちが想像したとおりだったんだろう？」

眼鏡のフレームを押し上げながら、財津係長が尋ねてきた。そうです、と理沙は答える。

「細かい部分はともかく、大筋では合っていたようです」

「この詩から、よくあそこまで推理できましたよね。さすが鳴海主任」

四行詩の紙を見て、夏目は感心したように言う。

「ひらめきがあっただけですよ。文字の神様のおかげです」

「……前から思っていたんですが、文字の神様って何なんです？」谷崎が不思議そうな顔をした。「鳴海主任だけに見えるものなんですか」

「人にはそれぞれ違った神様がついていると思うんです。谷崎さんにだって、見えているんじゃありませんか」

「僕に？　何の神様が？」

「コンピューターの神様とか……。いえ、ソフトウェアの神様でしょうか。プログラムを作っていて、あるときすごい着想が出ることってありませんか。今までずっと悩んでいたのに突然、解決法が思い浮かぶとか」

記憶をたどる様子だったが、じきに谷崎は何かを思い出したようだ。

「たしかにありますね。そういうときって頭の回転に体が追いつかないというか、もどかしく感じます」

「そうでしょう。たぶんそれは、ソフトウェアの神様が降りてきているんですよ」

なるほど、とつぶやいて谷崎はひとりうなずいている。

その横で夏目が首をかしげた。

「私だったら何ですかね。武道の神様とか？　矢代先輩は何でしょう」

「俺の場合は、捜査の神様かな」

「いや、たぶんお遍路さんの神様ですね」夏目はひとり笑った。「ええと、財津係長は……」

「俺は打ち合わせの神様だ。……おまえたち、くだらないことを言ってないで、早く話を進めてくれ」

財津は腕組みをして部下たちを見回す。すみません、と夏目は首をすくめた。

資料のページをめくってから、理沙は説明を続けた。

「江原たちが殺害された経緯を、寺尾は協力者から聞いたと言っていましたね。その人物がわかりました。今日、集落で矢代さんが事情聴取をしてくれたんですよね」

「そうです。協力したのは民宿の松田多恵子さんでした」

　矢代は多恵子の顔を思い浮かべた。小柄で、パーマのかかった髪を栗色に染めていた。夫と同じくお喋《しゃべ》りが好きな、明るい雰囲気の女性だ。矢代たちから質問を受け、彼女は思い詰めたような顔で真相を語った。

「多恵子さんは以前から、長瀬滋のやり方に反感を抱いていたようです。結婚してよその町からやってきたものの、この集落のしきたりに馴染《なじ》めなかった、と話していました。彼女は辰井事件について、ずっと黙っていることに罪の意識を感じていたんです。そこへ江原の弟である寺尾が現れた。多恵子さんは彼に同情しました。寺尾が二泊したときは話せませんでしたが、その後何度も電話で質問されて心が動いた。他人に話すことで罪の意識から逃れたかった、という事情もあったんでしょう」

「元電器店の浅沼さんから、辰井事件の問い合わせを受けたのも多恵子さんです」夏目が言った。「その問い合わせがあったことを、彼女は敷島吾郎に話してしまったんですね。それで敷島は口封じに動いた、と……。それから、聞き込みのとき私たちの車に泥をかけたのも多恵子さんでした。にこやかな顔をしていましたけど、警察を嫌っていたんでしょう」

　多恵子は情に厚く、あれこれ気配りをする人物らしい。その一方で、考えるより先に行動してしまう面があったようだ。結局、彼女のせいで本来起こるはずのなかった連続殺人事件が発生してしまった、ということになる。浅沼が敷島に口封じされた件もそうだ。あれも、一貫性のない彼女の行動が原因だったと言える。

「そしてもうひとつ」矢代は四行詩がプリントされた紙を指差した。「この詩を作ったのも多恵子さんでした」

えっ、と言って谷崎がまばたきをした。

「本当ですか」

「俺も驚いたよ。……多恵子さんは昔から詩が好きだったそうです。今日判明したんですが、白鳥大洋さんの献本リストには、多恵子さんの父親の名前が載っていました。結婚して多恵子さんは名字が変わったから、予備班も気がつかなかったんです。彼女は父親からもらった『死者と魂の楽園』が気に入って、ずっと手元に持っていました。その中の『生きながらの死』という詩が辰井事件に似ていると気づき、真似をして三つの詩を作った。逆から読むと意味が変わるというのは、彼女が考えた仕掛けでした。

半年前に寺尾が訪ねてきたとき、多恵子さんはかなり驚いたけれど、今こそ自分の詩が役に立つときだと感じたそうです。詩を自動車のワイパーに挟んだのは、兄を亡くした寺尾への同情があったからでした。三つの詩を読んでもすべての真相を見抜くことはできないだろう。でも、もしかしたら寺尾は何かに気づくかもしれない、と少し期待していたんですね」

谷崎は難しい顔をしている。多恵子の行動について、考えを巡らしているようだ。

「自費出版されたものですから、あまり出回ってはいないはずです」理沙は詩集を手に取った。「でも文学好きだった多恵子さんはこの本を手に入れ、影響を受けたんでしょう。白鳥大洋さんの詩は人の心を動かした。でも、思わぬところで犯罪に結びついてしまったわけです。……事件の詳細を知ったら、白鳥さんはショックを受けるでしょうね」

たしかにそうだ、と矢代は思った。白鳥は事件の真相を知りたがっていた。だが、ありのままを話してしまっていいものだろうか。

さらに、もうひとり事件の詳細を聞きたがっていた人物がいた。

「下倉栄輔さんのほうはどうでした？」

矢代が尋ねると、財津が神妙な表情を見せた。

「今日、古賀さんが説明に行ったそうだ」

「任意だったとはいえ、かなり長い時間、話を聞きましたからね。犯人扱いされた、と怒っていたんじゃありませんか」

「いや、怒るというより呆然《ぼうぜん》としていたらしい。事件の真相がわかって捜査は一段落だ。でも息子さんを殺害した犯人たちは死んでしまった。本人の中で、事件が終わったという実感は薄いんじゃないかな」

「隣の戸越さんが、マークを書き換えた件は？」

「ああ……それはしばらく伏せておくらしい。そのまま伝えたら、下倉さんは戸越さんを恨むだろうからな」

難しい話だった。下倉には事実を知る権利があるように思う。だが彼が電気メーターのマークの件を知ったら、恨みと憎しみの中へ逆戻りとなってしまうだろう。

そのほか、いくつかの項目を確認して打ち合わせは終わりとなった。資料を整えて、財津は椅子から立ち上がる。

「文書解読班、今回もよくやってくれたな。いやあ、俺は鼻が高いよ」

軽い調子で彼はそんなことを言った。冗談なのかどうなのか、矢代にはよくわからない。

「この調子で頑張ってほしい、と言いたいところだが……」

そこで財津は言葉を切った。幹部席のほうを見て、誰かを捜しているようだ。

「何です？　思わせぶりな言い方ですけど」矢代はそっと尋ねる。

「今回、岩下管理官がほとんど絡んでこなかっただろう。忙しいといって、あまり特捜本部にも顔を出さなかった」

矢代も前方の幹部席に目を向けた。今日は久しぶりに岩下管理官の姿が見える。古賀係長から捜査の報告を受けているところらしい。

「警視庁本部で何か動きがあるようなんだ」財津は声を低めて言った。「俺のほうでも探ってみるが、おまえたちも周りに気をつけてくれ」

気になる話だった。あの岩下管理官のことだ。また派閥争いを始めようとしているのかもしれない。文書解読班はいつも目のかたきにされているから、注意する必要がある。

そんなことを考えているうち、岩下管理官と目が合ってしまった。慌てて矢代は会釈をする。岩下はすぐに目を逸《そ》らした。今は忙しくてそれどころではない、というふうに見えた。

「いろいろと気をつけなくちゃいけませんね、主任」

矢代は理沙に話しかけた。彼女は『死者と魂の楽園』のページをめくっていた。

「大丈夫ですよ」顔を上げて理沙は言った。「私たち文書解読班には、ほかのチームにはない力があります。自分を信じて、これからも仕事に励みましょう」

「まあ鳴海主任の場合、読むものがあれば仕事は二の次なんでしょうけど」

「失礼な。文書を読むのがこの部署の仕事じゃありませんか。だから私は、読んでいてもいいんです。……そうだ、古本探偵が書いた本も読まなくちゃいけませんね。それから夏目さんの小説の続編も、そろそろ完成すると聞いているし」

「おまえ、続編を書いてるのか！」

矢代は振り返って夏目を睨《にら》んだ。彼女は黙ったまま苦笑いを浮かべている。

「ほう、夏目は小説を書くのか。今度、俺にも見せてくれないか」

飄々《ひょうひょう》とした口調で財津が言う。夏目は嬉《うれ》しそうな顔で、こくりとうなずく。

まいったな、と矢代はため息をついた。せっかく実力を認められつつあるのに、文書解読班はこんな調子でいいのだろうか。隙を見せたら、また岩下管理官や小野塚理事官に狙われてしまうのではないか。真剣に捜査をしなければ、現場で所轄の刑事に絡まれることもあるだろう。

——やはり俺が引き締めていくしかない。

矢代は腕組みをして、自分にそう言い聞かせた。

参考文献

『ＺＥＲＲＯ』松田行正　牛若丸

本書は書き下ろしです。

本書はフィクションであり、登場する地名、人名、団体名などすべて架空のもので、現実のものとは一切関係ありません。

茨《いばら》の墓《ぼ》標《ひよう》

警《けい》視《し》庁《ちよう》文《ぶん》書《しよ》捜《そう》査《さ》官《かん》

麻《あさ》見《み》和《かず》史《し》

令和３年 ３月25日　初版発行
令和６年 11月25日　７版発行

発行者●山下直久

発行●株式会社KADOKAWA
〒102-8177　東京都千代田区富士見2-13-3
電話　0570-002-301（ナビダイヤル）

角川文庫 22589

印刷所●株式会社KADOKAWA
製本所●株式会社KADOKAWA

表紙画●和田三造

●お問い合わせ
https://www.kadokawa.co.jp/（「お問い合わせ」へお進みください）
※内容によっては、お答えできない場合があります。
※サポートは日本国内のみとさせていただきます。
※Japanese text only

ISBN 978-4-04-109308-5　C0193

◆◇◇

角川文庫発刊に際して

角　川　源　義

第二次世界大戦の敗北は、軍事力の敗北であった以上に、私たちの若い文化力の敗退であった。私たちの文化が戦争に対して如何に無力であり、単なるあだ花に過ぎなかったかを、私たちは身を以て体験し痛感した。西洋近代文化の摂取にとって、明治以後八十年の歳月は決して短かすぎたとは言えない。にもかかわらず、近代文化の伝統を確立し、自由な批判と柔軟な良識に富む文化層として自らを形成することに私たちは失敗して来た。そしてこれは、各層への文化の普及滲透を任務とする出版人の責任でもあった。

一九四五年以来、私たちは再び振出しに戻り、第一歩から踏み出すことを余儀なくされた。これは大きな不幸ではあるが、反面、これまでの混沌・未熟・歪曲の中にあった我が国の文化に秩序と確たる基礎を齎らすためには絶好の機会でもある。角川書店は、このような祖国の文化的危機にあたり、微力をも顧みず再建の礎石たるべき抱負と決意とをもって出発したが、ここに創立以来の念願を果すべく角川文庫を発刊する。これまで刊行されたあらゆる全集叢書文庫類の長所と短所とを検討し、古今東西の不朽の典籍を、良心的編集のもとに、廉価に、そして書架にふさわしい美本として、多くのひとびとに提供しようとする。しかし私たちは徒らに百科全書的な知識のジレッタントを作ることを目的とせず、あくまで祖国の文化に秩序と再建への道を示し、この文庫を角川書店の栄ある事業として、今後永久に継続発展せしめ、学芸と教養との殿堂として大成せんことを期したい。多くの読書子の愛情ある忠言と支持とによって、この希望と抱負とを完遂せしめられんことを願う。

一九四九年五月三日

角川文庫ベストセラー

脳科学捜査官 真田夏希
イノセント・ブルー
鳴神　響一

神奈川県警初の心理職特別捜査官の真田夏希は、友人から紹介された相手と江の島でのデートに向かっていた。だが、そこは、殺人事件現場となっていた。そして、夏希も捜査に駆り出されることになるが……。

孤狼《ころう》の血
柚月　裕子

広島県内の所轄署に配属された新人の日岡はマル暴刑事・大上とコンビを組み金融会社社員失踪事件を追う。やがて複雑に絡み合う陰謀が明らかになっていき……男たちの生き様を克明に描いた、圧巻の警察小説。

凶犬の眼
柚月　裕子

マル暴刑事・大上章吾の血を受け継いだ日岡秀一。広島の県北の駐在所で牙を研ぐ日岡の前に現れた最後の任侠・国光寛郎の狙いとは？　日本最大の暴力団抗争に巻き込まれた日岡の運命は？『孤狼の血』続編！

警視庁53《ゴーサン》教場
吉川　英梨

捜査一課の五味のもとに、警察学校教官の首吊り死体発見の報せが入る。死亡したのは、警察学校時代の仲間だった。五味はやがて、警察学校在学中の出来事が今回の事件に関わっていることに気づくが——。

偽弾《ぎだん》の墓
警視庁53《ゴーサン》教場
吉川　英梨

警察学校で教官を務める五味。新米教官ながら指導に奮闘していたある日、学生が殺人事件の容疑者になってしまう。やがて学校内で覚醒剤が見つかるなどトラブルが続き、五味は事件解決に奔走するが——。